사라진 것들

사라진 것들

The Disappeared

앤드루 포터 소설

민은영 옮김

문학동네

제니, 샬럿 그리고 알렉스에게

차례

오스틴

며칠 전 밤에 오스틴 인근 웨스트레이크힐스에서 열린 파티에서 바람을 쐬려고 밖으로 나갔다가 뒷마당 야외 화로 주위에 둘러앉아 담배를 피우는 옛친구들을 발견했다. 묘한 광경이었다. 여러 해 동안 못 보던 친구들이 대부분인데다 다들 아직도 담배를 피우고 있어서 더욱 그렇게 보였다. 마치 그들은 멈춘 시간 속에 그대로 머물러 있고 그동안 나만 다른 곳에서 결혼을 하고 자식도 낳으며 늙어간 것 같았다. 새벽 한시에 가까운 시간이었고 아내 로라는 먼저 집으로 돌아간 지 오래였다. 그날은 밤공기가 싸늘해서 모두 모닥불 주위에 웅크리고 앉아 무릎을 끌어안은 채 바람막이 점퍼를 바짝 여미고 있었다.

내가 빈 의자에 앉아 친구들을 향해 맥주를 들어올리자 모두가 미소를 지었다. 그때 누군가가, 아마 미치 앨런이었던 것 같은데, 내게 그 질문을 꼭 해야 한다고 말했다—아빠가 된 나는 시각이 다를지도 모른다고. 그 자리에는 미치 말고도 미치의 아내 줄리, 에번 베누아, 그리고 결혼은 했지만 아이가 없는 그레그와 데브라 헐이 있었다. 생각해보니 거기 있는 친구들은 모두 마흔다섯 살 이상이었지만 아이가 있는 사람은 나뿐이었다.

"우리가 말이야, 작년에 에번의 친구가 겪은 일에 대해 얘기하고 있었어." 미치가 말했다. "캘런이라는 친구."

에번이 담뱃갑에서 담배 한 개비를 꺼내며 고개를 저었다. "그 얘길 다시 할 거라면 난 맥주를 한 캔 더 마셔야겠다."

"전부 다시 얘기하진 않을 거야." 미치가 말했다. "짧게 줄여서 말할게."

미치가 담뱃갑을 내 쪽으로 내밀었지만 나는 됐다고 손을 저었다. "니코틴 끊은 지 팔 년이야." 나는 말했다, 어쩌면 너무 자랑하듯이. 모두가 나를 쳐다보았다.

"헛소리." 줄리가 말했다. "작년 여름에 너 담배 피우는 거 봤거든—그게 어디였더라?"

"줄리," 나는 말했다. "내가 널 마지막으로 본 지 칠 년 가까이 됐을걸."

줄리는 지금 여기가 어딘지 잘 모르겠다는 듯 눈을 찡그렸다. 모두가 취했지만 줄리는 나머지 우리보다 조금 더 취한 것 같았다.

"좋아," 미치가 자기 담배에 불을 붙이며 말했다. "다시 이야기로 돌아가자, 알았지? 들어봐."

하지만 미치가 들려준 이야기는 뒤죽박죽이었다. 미치는 자꾸만 멈췄다 다시 말하고, 바로 전에 한 말을 바꾸고, 처음에 알려주었어야 할 배경 정보를 뒤늦게 보충하고, 자기 설명이 정확한지 에번에게 확인했으며, 그 와중에 수시로 사십 온스짜리 캔맥주를 한참 들이켜곤 했다. 그 모습을 보고 있노라니 거기 있는 친구들 대부분을 처음 만난 대학 시절이 떠올랐다─나중에 우리 무리와 어울리게 된 에번 베누아만 빼고 모두가 대학 친구들이었다. 어쨌거나, 이야기의 핵심은 이러했다. 어느 날 밤 에번의 친구 캘런이 집에 돌아왔는데 집안에 침입자가 있었다. 침입자는 십대 소년이었고, 캘런보다 키는 살짝 컸으나 비쩍 말랐다. 하지만 주위가 어두워 캘런에게는 복도에 있는 이 소년의 흐릿한 형체 말고는 아무것도 보이지 않았다. 처음에는 도망가야겠다고 생각했지만 여자친구가 침실에서 잠들어 있다는 사실을 떠올린 그는 상대가 아이라는 사실을 알지 못한 채 달려들었고, 솟구치는 아드레날린에 힘입어 아이의 머리를 욕실 입구에 짓찧어 죽이고 말았다.

사건의 세부는 다소 불명확하다고, 미치는 이어서 설명했다. 에번이 아는 이 남자가 사건 직후 오스틴을 떠나버렸기 때문이다. 텍사스대학교 경제학과의 계약직 강사 자리도 그만두어 지금은 감감무소식이었다. 남자의 여자친구로 말하자면, 그가 어디로 가든—앨버커키로 갔다고 에번은 생각했다—같이 가려 했지만 남자 쪽에서 거절했다. 당연히 형사기소는 없었다. 자기 집에 침입한 사람을 죽이는 일은 침입자의 무장 여부를 막론하고—적어도 텍사스주 안에서는—전적으로 합법이었다.

"그런데 말이지, 요점은 그게 아니야." 미치가 말했다. "요점은 이 남자가—캘런, 맞지?—그 여파로 사실상 자살 충동에 시달린다는 거야. 삶을 완전히 등진 거나 다름없다고."

"뭐, 살인을 저지른 건 맞잖아." 데브라가 말했다. "엄밀히 따지자면 말이야."

"어떤 사람 눈엔 그렇겠지." 미치가 말했다. "다른 사람 눈엔 정당방위일 거고." 그때 미치가 시선을 돌려 나를 봤다.

"자, 그니까 질문이라는 게 바로 그거야, 응? 아빠인 너는 좀 다르게 볼 수도 있을 테니까, 응? 자식 가진 부모의 시각에서 말이지. 그러니까, 그 죽은 애 나이가, 몇 살이었댔지? 열다섯, 열여섯?"

"열다섯." 에번이 고개를 끄덕였다.

나는 고개를 저었다. 외투를 집안에 두고 나왔는데 갑자기 그걸 가져오고 싶어졌다. 모닥불 주위의 다른 친구들은 모두 말없이 담배만 피웠다. 이 이야기를 너무 여러 번 들었는지 다들 음울해 보였다. 에번이 나를 보며 처량하게 웃었다.

"다른 얘길 하는 게 좋지 않을까 싶다." 에번이 말했다.

우리는 또다른 친구 대니얼 헤런의 생일을 축하하려고 이곳에 모였다. 대니얼은 캘리포니아로 오륙 년 정도 떠나 있다가 다시 이 지역으로 돌아왔다. 대니얼이 떠난 뒤로 로라와 나는 로라의 다른 친구들—직장 동료들, 평생교육원에서 만난 여자들—과 더 자주 어울리기 시작했고, 얼마 후 우리 아이들, 토비와 준이 연달아 태어났다. 갑자기 우리는 원래 어울리던 무리를 떠나 망명이라도 한 기분이었는데, 그 친구들이 보고 싶지 않다거나 만나고 싶지 않아서가 아니라 우리에겐 아이 돌보미를 고용할 여력이나 근처에 살면서 애를 잠시 봐줄 가족이 없어서였다. 그래도 처음엔 그 친구들과도 계속 만났지만—한 달에 한두 번 정도—머지않아 우리처럼 아이가 있는 다른 부부들과 서로의 집에서 어울리는 쪽이 훨씬 더 편해지자 에번과 미치를 비롯한 다른 친구들과는 대체로 연락이 끊겼다.

이런 생각을 하면 자주 서글프고 때로 죄책감도 들었지만 그들의 페이스북 게시물—여전히 즐겨 다니는 여러 콘서트 소식, 시내의 온갖 나이트클럽에서 심야에 올린 셀피—을 보면 나만 다른 나라로 이민한 사람처럼 멀리 동떨어진 기분이 들었다. 친구들은 아직 젊음을 유지하고 있는데 나는 두툼한 허리와 넓적하고 편한 신발, 희끗희끗한 턱수염에 굴복해버렸다.

그런데 이제 이렇게 익숙한 장면이 눈앞에 펼쳐지고 있었지만—도스토옙스키 소설에서 튀어나온 것 같은 심야의 윤리적 딜레마, 그것도 우리 중 하나가 아는 사람에게 일어난 일이라니—나는 그들에게 호응할 수가 없었다. 그때 내가 하고 싶었던 말은 이런 것들이었다. 어쩌다 이렇게 됐는지는 몰라도 나는 무엇이 옳은지 그른지 구분하는 시각을 잃어버렸으며 살인과 죽음 같은 문제라면 그저 다 슬플 뿐이다. 정당화가 되느냐 아니냐를 따질 일이 아니다. 두 인간과 그들 각각의 가족에게 일어난 아주 슬픈 사건이라는 점이 중요하다. 그것 말고는 그다지 할 얘기가 없다.

하지만 실제로 그런 말을 하진 않았다. 그저 화장실에 가야겠다고, 돌아와서 내 대답―미치가 막 얘기한 사건에 대한 아빠의 시각―을 말해주겠다고 약속했으나, 부엌까지 나왔을 때 돌아갈 생각이 없음을 깨달았다. 그 대화의 무엇인가가 나를 뒤흔들고 우울하게 했다. 나는 미닫이 유리문을 통해 야외 화로 주위에 둘러앉아 담배를 피우는 친구들을 바라보았다. 그들 대부분을 이십 년 가까이 알고 지냈는데도 그 순간엔 거의 모르는 사람들 같았다. 나는 술을 한 잔 따라 마신 뒤 누구에게도 인사를 하지 않은 채―여태 가족실과 부엌에 남아 있는 사람들은 몇 되지 않았다―복도를 지나 현관 밖으로 걸어나왔다.

집에 돌아와보니 아내 로라가 소파에서 잠들어 있었다. 돌보미에게 수고비를 주고 아이들을 재우려고 나보다 먼저 집에 돌아온 로라는 옷도 갈아입지 않고 담요로 몸을 감은 채 거실 소파에 누워 있었다. 나는 옆으로 다가가 어둑한 불빛 속에 앉아서 아내의 다리에 손을 얹었다. 다른 방에서 희미한 음악소리가 났다. 경쾌한 어쿠스틱 선율이었다. 잠시 후 로라가 뒤척이다 눈을 뜨고는 잠깐 나를 알아보지 못하는 듯 눈을 깜빡거리고 찡그리며 올려다보았다.

"방에 안 들어가고 뭐해?" 나는 물었다.

"어?"

"왜 소파에서 자고 있어?"

로라가 눈을 비비며 일어나 앉았다. "준이 나쁜 꿈을 꿨어." 로라는 대답하며 다리에서 담요를 밀어냈다. "이번에도 무시무시한 꿈이었나봐. 책을 좀 읽어주고 같이 텔레비전을 봤는데, 그러다가—잘 모르겠어."

"방에 데려가 재운 거야?"

"당연히 그랬겠지." 로라는 대답하며 거실을 둘러보았다. "파티에서 와인을 너무 많이 마셨나봐. 차를 몰고 집에 오는 게 아니었는데."

"준이 어떤지 내가 가서 볼까?"

"그래." 로라가 고개를 끄덕였다.

우리집은 좁다. 워낙 좁아서 밤에 원목 마루를 밟고 걸어다니기만 해도 자는 사람을 깨우기가 쉽다. 그래서 나는 신발을 벗고 양말만 신은 채 딸의 방을 향해 조용히 걸어갔다.

준은 방안에서 깊이 잠들어 있었다. 팔로 베개를 끌어안은 채 태아처럼 몸을 웅크린 모습이었다. 이제 막 네 살이 된— 아들 토비보다 한 살이 어리다—그애는 세상에 속상한 일도, 무서운 일도 거의 없는데 요즘에는 어떤 꿈을 자주 꾼다. 아내와 나를 불안하게 하는 무시무시한 꿈. 아이는 직접 본 영화나 읽은 책을 묘사하듯 꿈의 아주 세세한 부분까지 우리에게 자세히 이야기했다. 하나같이 어둡고 불온한 그 꿈들은 폭력적인 심상과 불길한 경고, 아이가 '신호'라고 즐겨 부르는 것들로 가득했다. 나는 그런 꿈을 어떻게 이해해야 할지, 그게 어디에서 비롯되는지 알 수가 없었다. 준은 그런 꿈들만 아니면 행복한 아이로, 어린이집 선생들도 적응력이 좋고 다정하다고 칭찬했다. 성정이 너그럽고 마음이 온화한 아이였다. 그런 다른 종류의 생각들이 어떻게 아이의 머릿속에 들어갔는지 나로서는 도저히 알 수가 없었다.

딸의 침대 위에 앉아 탁상 스탠드를 켜고 허리를 숙여 아이의 이마에 부드럽게 입을 맞췄다. 방은 조용했다. 그 고요함에 섞여드는 소리는 작년에 로라가 아이의 방에 들여놓은 백색소음 발생기의 아련한 마찰음, 먹먹한 정전기 잡음 같은 소리뿐이었다. 나는 거기 앉아 그 소리를 들었고, 사르륵거리는 기계음에 빠져든 채 딸의 얼굴을 바라보면서 그 눈 뒤로 어떤 어두운 생각이 지나고 있을까 생각했다.

거실로 돌아오니 아내는 여전히 소파에 앉아 있었는데, 이번에는 와인 잔을 든 채였다. 요즘 들어 아내도 수면 장애를 겪고 있었고—극심한 불면증이 한동안 이어지다가 강렬한 꿈에 시달리는 기간이 짧게 뒤따르는 식으로—매일 밤 자기 전에 와인을 여러 잔 마시는 것이 유일한 해결책 같았다.

로라는 준이 태어난 뒤 일 년 가까이 거의 잠을 이루지 못해서, 밤마다 두세 시간을 자기도 힘들 지경이었다. 그래서 늘 피로한 상태였고 피로는 걱정을 증폭시켰다. 잡다하면서도 모호한 아내의 걱정들은 대개 아이들과 아이들의 건강, 복지, 안전 등에 관한 것이었다. 인터넷에서 이상한 질병이나 아동 발달 문제 따위를 다루는 글을 읽고 나면 우리 아이들에게 그 질병이나 문제의 증거가 보이곤 했다. 그 정도가 너무 심해지자 우리 가족의 소아과 주치의는 나를 함께 불러놓고 로라에게 노골적으로 한마디해야 했다.

이제 로라는 내색하지 않은 채 혼자 걱정했고, 밤마다 텔레비전을 보며 와인을 마시거나 때로는 십자말풀이를 했다. 나는 로라에게 최대한 자기만의 공간을 주려고 노력했다.

"괜찮아?" 나는 아내 옆에 앉으며 물었다.

그녀는 고개를 끄덕였다. "준은 자?"

"자."

"잘됐네." 로라는 와인 잔을 들어 한 모금 마셨다. "오늘밤에 내가 정말 왜 이러는지 모르겠다. 공기가 좀 이상한가?"

"파티에선 재미있었어?"

"아니, 당신은?"

"모르겠어." 나는 말했다. "그게, 기분이 좀 이상하더라. 그 사람들을 다 만나니까."

로라는 고개를 끄덕였다.

그때 미치 앨런이 했던 침입자 얘기를 로라에게 들려줄까 생각했는데, 왜 그런 생각이 떠올랐는지는 잘 모르겠다. 그건 아내를 자극할, 공황으로 몰아넣기 딱 좋은 이야기였다. 그래서 나는 그 얘기 대신 우리의 옛친구 중 다른 사람들, 그날 저녁에 만나 대화를 나눈 모니카와 스테이시 이야기를 꺼냈다. 둘에겐 토비 또래의 아들이 있었다.

"노아에게 무슨 일이 있었는지 걔들이 얘기해?" 로라가 물었다.

"아니." 나는 대답했다.

"정말?" 로라는 말했다. "당연히 이야기했을 줄 알았는데. 정말 슬픈 일이야."

표정을 보니 로라는 그 얘기를 하고 싶은 듯했지만—친구들의 아들 노아에게 무슨 일이 일어났든 그 얘기를 하고 싶은 듯했지만—그 순간 나는 알고 싶지 않았다.

"술을 한잔 타서 마실까 하는데." 내가 말했다. "당신도 줄까?"

로라는 고개를 저었다. "난 잠이나 자고 싶어."

부엌에 들어가 냉장고 문을 열어둔 채 그 불빛에 의지해 어둠 속에서 진토닉을 만든 나는 잔을 들고 거실로 나와 잠시 로라와 함께 소파에 앉아 있었다. 거기 앉아서 잠든 로라를 지켜보았다. 두 눈은 감겨 있었고 가슴이 천천히 오르내리는 모습이 보였다.

다른 방에서, 오디오에서 흘러나오는 클래식 음악이 들려왔다. 젊은 시절에 자주 듣던 쇼팽의 폴로네즈였다. 한참 뒤 나는 술잔을 들고 그 방에 가기로 마음먹었다. 아마도 그곳은 텔레비전과 오디오와 벽을 가득 채운 책이 있는 방, 가족실일 터였다. 로라는 집안의 다른 모든 방과 마찬가지로 밤에는 그곳에도 어둑한 조명을 켜놓았고—로라는 조명에 민감했다—나는 항상 책과 와인 한 잔, 때로는 칵테일 한 잔을 들고 그 방에 앉아 있는 시간을 즐겼다. 그것이 요즈음 내 인생의 단순한 즐거움이었다—퇴근하고 돌아와 아이들이 잠든 뒤 저녁 두세 시간을 그렇게 보내는 것. 내가 더 거창한 것을 원했나? 가끔은 그렇다고 생각하기도 했지만, 그 순간에는 술 한 잔을 들고 거기 앉아서 묘한 시적 감흥을 일으키는 그 음악을 즐길 수 있다면 그걸로 충분했다. 이곳이 내 집이고, 나는 그 안에서 안전하며, 복도 저편에서는 내 아이들이 각자의 침대에서 잠들어 있다는 사실을 알 수 있다면 그걸로 충분했다.

밖에서는 가끔 자동차가 지나가는 소리, 젊은이들이 허공에 대고 고함을 지르는 소리가 들렸다. 언제 나는 그런 소리를 내는 사람이 아니라 듣는 사람이 된 것일까? 나는 늦은 밤 이 의자에 앉아 나 자신에게 종종 그런 질문을 하고 술을 홀짝이며 마음의 평안을 느꼈다. 하지만 어쩐지 더 큰 목적에서 이탈해 표류하는 기분, 세상과 단절된 기분이 드는 것도 사실이었다. 벽 바로 뒤에서 그림자가 솟아오르고 더욱 거대한 부재의 울림이 메아리치는 듯한 느낌이 늘 있었다. 예전에 지녔던 무언가를 잃어버렸다는, 혹은 버려두고 떠나왔다는 느낌이 늘 있었다. 이런 기분을 아내에게 어떻게 설명할 수 있을까? 나는 눈을 감고 다시 쇼팽 음악에 집중했다. 이제는 다른 곡이었다. 녹턴. 섬세한, 서정적인, 부드러운.

그뒤에 무슨 일이 일어났는지는 모르겠다. 깜빡 졸았는지 그다음 기억은 로라가 나를 흔들어 깨우며 뒷마당에서 무슨 소리가 들렸다고 말하는 순간이다. 우리집은 차고에 세탁실이 붙어 있는 구조인데―어떤 불편한 독특함이랄까―로라는 걸핏하면 밤중에 그곳에서 무슨 소리가 난다고 주장한다. 밖으로 나가 확인해보니 문이 열려 있던 일이 한두 번 있긴 했지만, 거기에 실제로 사람이 있었던 적은 없었다. 우리집 뒷마당은 사방이 울타리─꽤나 높은 울타리─로 막혀 있어서 아무리 어둠을 틈탄다 해도 상당히 대담한 자가 아니고서는 울타리를 넘어 차고나 세탁실로 들어오기는 힘들다. 하지만 그럼에도 로라는 심각해 보였고, 손전등을 든 채 나를 뚫어지게 쳐다보고 있었다.

"그리고 또 한 가지," 로라가 말했다. "세탁실에 불이 켜져 있어. 내가 그 얘기 했던가?"

"그런 일은 전에도 있었잖아." 내가 말했다. "아마 내가 켜놨을 거야."

"아깐 켜져 있지 않았어." 로라가 말했다. "내가 집에 왔을 때 말이야. 켜져 있었으면 알아차렸겠지."

"확실해?"

"그래." 로라는 고개를 끄덕였다.

나는 로라의 손에서 손전등을 빼 들고 일어섰다.

거실로 나가서 보니 아내는 아이들을 깨워 소파에 앉혀놓았다. 아이들은 잠에 취해 몽롱한 눈빛이었는데, 둘째 준은 담요를 둘러썼고 첫째 토비는 카우보이 잠옷 차림이었다. 새

22

벽 세시에 가까운 시각이었다.

나는 아이들에게 웃어 보이며 다시 신발을 신었다. 로라가 앞장서서 부엌을 지나 뒷마당 덱으로 나가는 짧은 복도까지 걸어갔다. 당연히 나는 아까 미치에게서 들은 이야기를 생각하고 있었다. 그런 이야기를 듣고 실제로 똑같은 경험을 할 가능성, 나 자신이 그와 흡사한 딜레마에 직면할 가능성이 얼마나 될지 궁금했다. 친구들이 바로 그 이야기를 하는 모습을 상상했다.

아마도 그런 시나리오가 실현될 가능성이 워낙 낮아서였겠지만, 나는 차고나 세탁실에 불이 켜져 있더라도 거기서 누군가와 맞닥뜨리지는 않을 거라고 확신했고, 실제로 거기엔 아무도 없었다. 모든 것이 마땅히 있어야 할 상태 그대로 있었다. 나는 세탁실 개수대 위의 전등을 끄고 잠시 어둠 속에 서서 건조기 위의 작은 원형 창문 밖을 내다보았다. 이십 야드쯤 떨어져 있는 본채의 부엌 창문이 아이들과 로라의 얼굴 주위로 테두리를 이루었다. 어째서 그랬는지는 몰라도 그 광경을 보자 불현듯 두려움이 일었다. 식구들이 내 쪽을 바라보고 있지만 내가 보이진 않을 거라는 사실을 깨달았다. 다들 내가 어디에 있는지 몰랐다.

하지만 나는 거기에 조금 더 오래 서서 내 가족을 바라보았다. 바로 그때 다리가 부르르 떨렸고, 처음에는 경련인 줄 알았던 그것은 문자 도착을 알리는—이 경우에는 앞서 도착한 문자를 반복해 알리는—주머니 속 휴대전화의 진동이었다. 내가 왜 화장실에서 돌아오지 않는지, 왜 돌아와 제 질문에 답하지 않는지 궁금했을 내 오랜 친구 미치가 보낸 문자였다. 나는 전화기를 열었으나 문자는 읽지 않았다. 다시 집을, 내 가족이 바로 전까지 서 있던 창문을 주시했다. 이제 창문 속의 얼굴들은 사라지고 없어서 혹시 내가 좀전의 광경을 상상한 것인지, 꿈을 꾼 건 아닌지 잠시 의아해졌다. 최근에는 이런 일이 의례처럼 되어버렸다. 밤중에 자다가 깨어 뒷마당을, 세탁실을, 차고를 확인하는 일, 이상한 소음의 정체를 알아보는 일, 창문을 단속하고 잠금장치를 더 단단히 채우는 이런 일. 이것이 우리가 들어온 새로운 세상, 우리가 꾸기 시작한 새로운 꿈의 일부가 되었다. 그런데도 가끔은 그 꿈에 균열이 생기는 때가 있었다. 과거에서 들려오는 목소리에 깜짝 놀라는, 그 다른 삶이 살짝 윙크를 보내는 때가 있었다. 내 휴대전화에서 여전히 희미하게 빛나는 미치의 문자처럼. 무슨 일이 일어난 거야, 친구? 연한 파란색 문자 칸에 그렇게 쓰여 있었다. 너 어디로 간 거야?

담배

삶이 지금과는 달랐을 때, 다시 말해 우리에게 아이가 없던 시절에, 나는 이따금 외국의 어느 도시—예컨대 바르셀로나나 로마—에서 건물의 안뜰에 앉아 에스프레소를 마시며 담배를 피우는 우리를 상상하곤 했어. 우리가 서로를 처음 만났을 때부터 늘 피우던 담배, 그때는 우리가 남은 평생 계속 피울 거라고 생각했던 담배 말이야. 당시 우리의 오후와 아침은 책을 읽거나 수업을 준비하고 때로는 뉴스를 챙겨보면서 조용히 흘러갔지만, 저녁에는 내가 고대하는 시간이 왔지. 커피에서 와인으로 이동하는 시간, 저녁식사에서 식후 음주와 담배로 이동하는 시간. 우리는 뒷마당 덱으로 나가 유년기와 십대 시절의 음악을 들었고 가끔은 친구들을 불러 술을 더 마시고 담배를 더 피우기도 했지만 저녁의 끝은 늘 함께 침대에 나란히 누워 있거나 소파 위에서 서로를 꽉 끌어안고 뒤엉킨 몸으로 맞이했잖아.

그때의 우리가 어떻게 알았겠어? 그 모든 게 변한다는 것을, 그런 우리가 영원할 순 없다는 것을, 첫 아이가 태어나면 담배가 영원히 사라지고 둘째 아이가 태어나면 와인과 심야의 여유도 사라진다는 것을. 이제 우리가 함께하는 인생은 더욱 풍부해지고, 사랑과 선의는 두 배가 되고, 집안에는 더 많은 사람과 더 많은 웃음과 더 많은 재미가 있겠지만 결국 우리는 줄어들겠지.

며칠 전 밤에 오랜만에 아이들이 일찍 잠든 뒤 당신이 소파에 반듯이 누워 있을 때, 나는 식사실로 몰래 들어가 거기 숨겨둔 담배 한 갑을—담배를 끊으려고 노력하던 몇 달 동안 '응급용 담배'라며 간직했던 그 한 갑을—찾아보았는데 그게 아직도 그대로 있어서 깜짝 놀랐어. 비닐봉지에 밀봉된 완벽한 상태로, 좀 오래되었어도 아직 완전히 쿰쿰해지진 않은, 확실히 피울 수 있는 담배였지.

나는 작은 양주잔들을 꺼내고 니나 시몬의 음악을 틀었어. 그리고 작년에 형수가 스페인에서 사다준 오루호를 찾으러 갔지. 여덟시밖에 안 된 시간이었고 우리 둘 다 다음날 수업이 없었어. 어쩌면 뒷마당 덱에 나가 그 오루호를 마시고 담배를 피우며 음악을 들을 수도 있겠다고 생각했어. 어쩌면, 모르겠다―내가 무슨 생각을 하고 있었는지 정말 잘 모르겠지만, 어쨌든 그건 결국에는 중요하지 않게 됐지. 내가 오루호를 찾아낸 뒤 쟁반에 유리컵을 챙기고 담배에 불을 붙일 성냥까지 찾았을 때 당신은 이미 소파에서 깊이 잠들어 있었으니까. 말을 하다가 갑자기 하려던 말이 무엇인지 잊어버린 사람처럼 입을 크게 벌린 채로.

그렇게 입을 벌리고 있는데도 당신은 아름다웠고, 나는 조명을 어슴푸레하게 켜놓은 가족실 안에 잠시 서서 바라보며 당신을 깨울까 말까 고민했어.

결국 당신을 그냥 자게 놔두고 혼자서 담배와 오루호를 가지고 뒷마당 덱으로 가기로 했어. 추운 밤이었지. 샌안토니오치고는 말도 안 되게 추운 밤이어서, 오루호 반잔을 따라놓고 담배와 성냥을 꺼냈을 때 난 덜덜 떨고 있었어.

다시 시작하게 될까봐, 니코틴 중독의 구덩이로 다시 빠져버릴까봐 항상 두렵긴 하지만, 그때 내가 한 생각은 그게 아니었고 울기 시작한 이유도 그게 아니었어. 왜 울기 시작했는지, 사실은 잘 모르겠어. 왜냐면, 당신도 알겠지만, 난 울지 않는 사람이잖아. 아마 오륙 년, 혹은 더 오랫동안 한 번도 운 적이 없을 거야. 그래서 눈물을 불러온 것이 무엇이었는 지 정말로 모르겠어. 어쩌면 요즘 우리 생활의 압도적인 피 로가, 그간의 정신없던 하루하루가 마침내 내 뒷덜미를 잡아 서일까, 아니면 오루호가 독한 술이어서일까, 그도 아니면 그저 추위와 미닫이 유리문 너머에서 깊이 잠든 당신 모습, 그것이 주는 어떤 상실의 감각 때문이었을까, 아니 어쩌면 단순히 그렇게 오랜만에—그제야 깨달았지만, 사 년 만이었 어—담배에 불을 붙여놓고는 연기를 들이마시기도 전에, 담 배 연기를 폐 속으로 빨아들이기도 전에, 실수를 저질렀다는 걸, 이러지 말았어야 한다는 걸, 당연히 그 담배에서는—지 금껏 흘러온 시간만으로도 쿰쿰해지고 마르고 쪼그라든 그 담배에서는—내가 기억하는 맛이 전혀 나지 않으리라는 걸 알았기 때문일까.

넝쿨식물

   지난해에 나는 벽장 하나가 온통 실질적 쓸모가 없는 물건들, 오랫동안 쟁여두었지만 아직은 작별할 마음이 들지 않는 물건들로 가득차 있다는 사실을 깨달았다. 이 벽장에 보관된 물건 중에는 예전에 내 여자친구였다가 나중에 암으로 죽은 여자의 작은 그림도 한 점 있었다. 이름이 마야인 전 여자친구는 두 해 전에 마흔셋의 나이로 죽었다. 그 그림은 마야가 그림을 완전히 그만두기 전에 마지막으로 그린 작품 중 하나였다.

   마야가 이 그림을 내게 주었을 때 우리는 샌안토니오 남부의 작은 차고 아파트에서 함께 살고 있었다. 그 아파트는 유서 깊은 주택들로 유명한 킹윌리엄이라는 동네에 있는 오래된 파이어니어 제분소에서 서너 블록 떨어진 곳에 있었다. 그러나 우리 아파트가 부속된 주택은 유서 깊은 건물이 아니라 소박한 단층 주택이었다. 집주인은 라이어널 메릿이라는 남자로, 그는 텍사스대학교의 샌안토니오 캠퍼스에서 판화를 가르치던 1980년대 말에 이 집을 샀다. 라이어널은 딸이 떠나고 아내가 죽고 자신은 학교에서 은퇴한 뒤에도 이 집을 지켰다. 방이 세 개 딸린 본채와 함께 뒷마당 끝자락에는 널찍한 스튜디오가 있었는데, 그는 저녁 시간에 마야가 그곳을 쓸 수 있게 해주었다.

라이어널 본인은 이른아침에 그림 작업을 했는데, 때로 새벽 네시에 일어나 일을 시작하기도 했다. 아직 밖이 어두울 때, 반쯤만 깨어난 상태로, 아직 꿈속에 발 하나를 담근 채로 일하는 게 좋다고 그는 말했다. 스튜디오 한쪽 끝에 있는 커다란 타원형 창문으로 해가 천천히 떠오르면 그는 잠에서 깨어, 그의 표현을 옮기자면, 산 자들의 세계로 돌아오는 기분을 느꼈고, 해가 완전히 떠오를 무렵이면 작업을 서서히 정리하면서 마칠 준비를 했다.

나는 아침에 우리의 차고 아파트에서 내려갔을 때 벌써 하루의 일을 끝낸 그가 스튜디오 밖에 내놓은 작은 철제 의자에 앉아 담배를 피우며 커피를 마시는 모습을 자주 보았다.

라이어널은 젊었을 때 판화가로 어느 정도 이름을 알렸지만 그즈음에는 대개 수채화와 구상화를 주로 그렸는데, 성적인 내용일 때가 많았고 대개 기이했다. 그는 작품을 스튜디오 뒤쪽에 있는 대형 금고에 넣고 잠가두었지만 가끔 몇 점을 밖에 내놓아 말리는 경우도 있어서 마야가 저녁에 스튜디오로 작업하러 들어갈 때 우리의 눈에 띄기도 했다. 거대한 흰색 작업대 위에 놓인 그의 누드화 한 점을 처음으로 보았던 때가 기억난다. 그림 속 형체는 몸을 외튼 모습이었지만 그 사람이 누군지 나는 단번에 알 수 있었다. 우리는 앞서 한 달가량 일주일에 두세 번쯤 그 여자가 이른 아침에 스튜디오로 들어가는 모습을 목격했다. 모르긴 해도 스물다섯은 넘지 않았을, 팔다리가 길고 얼굴이 눈에 확 띄는 금발머리 아가씨, 햇볕에 잘 그을린 미인 유형이었다. 라이어널이 이 여자를 우리에게 소개하지 않은 터라 우리는 밤늦게 오래도록 맥주를 마시며 그 여자가 누구일지 추측하곤 했다. 반항아 딸? 조카? 전에 가르친 학생? 애인? 그것은 우리에게 일종의 게임이었고, 간혹 지나치게 몰입한 마야는 갖가지 이론을 내세우며 자신이 관찰한 온갖 것에서 찾은 증거를 이리저리 꿰맞췄다. 가끔 라이어널과 함께 담배를 피우더라, 마야는 맥주 캔을 집어들며 말했다. 딸이라면 아빠랑 담배를 피우진 않을 거야, 그치? 아빠가 그러라고 놔둘 리 없잖아.

하지만 우리 앞에 떡하니 놓인 누드화를 보자 그 이론들이 죄다 부질없어지는 듯했다.

"그냥 모델이었나봐." 나는 말했다. "돈 주고 고용한 사람, 그렇지? 화가들이 다 그렇게 하지 않나?"

"그냥 모델은 아닌 것 같아." 마야가 그림을 집어 자세히 살피며 말했다. "난 알 수 있어. 분명히 같이 자는 사이야."

"어떻게 알아?"

마야는 어깨를 으쓱했다. "그냥 알아."

"그 사람, 나이가, 예순 살은 됐을걸." 내가 말했다.

"알아." 마야가 말했다. "하지만 젊어 보이는 예순 살이지."

"젊어 보인다고 생각해?"

"그냥 잘생긴 남자라는 뜻이야, 알잖아, 유명하기도 하고―적어도 이 근방에서는."

나는 마야를 한참 쳐다보았다. "네가 걱정되기 시작한다."

"제발." 마야가 말했다. "그냥 내가 스물서너 살 때 어땠는지, 저런 나이 많은 남자가 어떤 힘을 발휘했는지 기억난다는 뜻이야―특히 예술가로 첫발을 내디디며 어디서든 인정을 구할 시기에는 더 그렇지."

"그 여자가 예술가라고 생각해?"

"모르지." 마야는 말했다. "아마도. 그런 분위기가 느껴지지 않아?"

당시 막 서른한 살이 된 마야는 스물서너 살이라 해도 믿을 만큼 어려 보였지만 본인은 그렇게 느끼지 않는다는 걸 나는 알았다. 얼마 전부터 마야는 눈가의 미세한 주름과 관절의 시큰거림과 팔에 올라온 반점을 두고 불평하기 시작했다. 내가 바로 네 눈앞에서 할머니가 되어가는구나, 하면서 극적인 몸짓으로 머리를 내 가슴팍에 묻으며 안아달라고 말하기도 했다. 그때 우리는 두 해 가까이 사귀고 있었는데, 그건 내가 한 여자와, 그리고 마야가 한 남자와 가장 오래 사귄 기간이었다. 우리는 결혼과 관련한 얘기는 하지 않았지만 언급을 피하지도 않았다. 사람들이 그에 관해 물으면 서로를 의미심장하게 바라보았고, 그러다 둘 중 누군가가 웃으면서 말했다. 누가 알겠어? 더 이상한 일들도 벌어지잖아, 안 그래?

하지만 그날 저녁에 나는 무언가가 마야의 마음을 어지럽히고 있다는 걸 알 수 있었다. 깊은 생각에 빠진 것 같았다. 수채화 속 여자의 어떤 점이 마야의 신경을 건드렸다.

그날 밤 느지막이 침대에 누워 담배 한 개비를 나눠 피우던 중에 마야가 말했다. "구역질나. 그렇지 않아?"

"뭐가?"

"옆집." 마야가 말했다. "라이어널과 그 여자 사이에 벌어지고 있는 일."

나는 부엌에서 갖다놓은 맥주병을 집어 한 모금 마셨다. 그날 저녁 기온은 37도에 가까웠고—도무지 열기가 사그라들 줄 모르는 7월 중순의 샌안토니오—머리 위에서는 천장 팬이 전속력으로 돌고 있었다.

"역겨워." 나는 말했다. "맞아."

침대 위에서 마야는 옆으로 바짝 다가와 내 손에 들린 맥주병을 가져가더니 물기 서린 병을 자기 볼에 댔다.

"그 여자가 누군지 알고 싶어." 마야가 말했다.

"왜?"

"모르겠어." 마야는 대답하며 창밖으로 스튜디오 쪽을 내다보았지만 어두워서 아무것도 보이지 않았다. "그냥 그러고 싶어."

그 여름의 초입에 마야와 나는 내 부모님을 보러 캘리포니아까지 먼길을 차를 몰고 갔었다. 돌아오는 길에 라스크루시스와 엘패소 사이 어디쯤에서, 마야는 내게 요즘 세라 젠이라는 화가를 다룬 기사를 계속 생각하고 있다고 말했다. 젠은 화가에게 작업 스튜디오가 가까이—집에서 몇 걸음 떨어진 곳, 혹은 옆 건물의 다락 같은 곳—에 있는 것이 얼마나 중요한지 이야기했다. 이 화가가 느끼기에 언제든 작품에 다가갈 수 있는 환경은 예술가에게 무척 중요한 조건이었다.

마야는 그때까지 줄곧 샌안토니오 남부에 있는 스튜디오에서 작업했는데 하루 이십사 시간 언제든 이용할 수 있었지만, 일하고 싶을 때마다 편도 이십 분 넘게 차를 몰고 가야했다. 마야는 어느 순간 단지 그 거리 때문에 차라리 작업하지 않기로 할 때가 점점 잦아진다는 것을 깨달았다.

하지만 바로 전주에 마야의 대학원 은사가 이 지역에서 판화가로 활동하는 라이어널 메릿을 언급하며 그가 지역 예술가들에게 차고 위의 작은 아파트와 함께 스튜디오 공간 일부를 임대하기도 한다고 말했다. 은사에게서 받은 라이어널의 번호로 마야가 전화를 걸었을 때 라이어널은 아파트가 마침얼마 전에 비었다고 말했다.

그 정도까지 얘기했을 때 우리는 웨스트텍사스의 평평하고 황량한 사막을 달리고 있었고, 나는 마야가 진짜 하고 싶은 말을 향해 차근차근 나아가고 있음을 알아차렸다. 이번 캘리포니아 여행 직전에 그 아파트를 보러 갔었는데 완벽하더라고 마야는 말했다. 유일한 문제는 월세였다. 거기에서 살려면 같이 살 사람을 구해야 했다.

그 무렵 우리는 함께 사는 문제를 가볍게 언급하긴 했어도 진지하게 의논한 적은 없었다. 우리는 서로 일 마일도 안 되는 거리에 있는 각자의 작은 아파트에서 살고 있었다. 원하면 언제든 서로의 집에 걸어갈 수 있었다. 이미 만족스러운 조건이었다.

"압박하진 않을게." 마야가 말했다.

"알아."

"시간을 두고 생각해봐도 돼."

"그럴 필요 없어." 나는 대답하고 나서 팔을 뻗어 마야의 손을 잡았다. 멀리에서 해가 지고 있었다. "그렇게 하면 좋을 것 같아."

그리고 실제로도 좋았다. 아침마다 마야는 샌안토니오미술관으로 출근해 작품 보존 부서에서 시간제로 일했고, 나는 나대로 우리 동네의 카페로 출근해 바리스타로 일했다. 저녁이 되면 라이어널의 집 뒤에 딸린 작은 안마당에서 둘이 만나 맥주를 두어 병 마시거나 가끔은 가벼운 샐러드를 함께 먹은 뒤 마야는 스튜디오로 일하러 들어갔다.

그곳에서 살게 된 뒤로 마야의 작업은 잘 진행되었다. 마야는 매일 밤 대여섯 시간 동안 일하고 이따금 내가 잠든 후에도 마무리 작업을 해가며 훌륭한 작품을 창작했다. 작품은 대부분 그전 몇 해 동안 무수히 다녀온 멕시코 여행에서 영감을 얻은 추상화였다. 마야는 작업이 잘되어가고 있다는 것, 지금이 어쩌면 예술적 돌파구가 될지도 모르는 특별히 생산적인 시기라는 것을 스스로 의식했고 나도 이해했기 때문에 우리는 작품 얘기를 하지 않았고 나는 마야가 요청할 때가 아니면 작품을 보지도 않았다. 그런 행동에는 연속 안타를 대하는 야구 선수처럼 어딘지 미신적이기까지 한 측면이 있었다. 우리는 불운을 불러오고 싶지 않았다.

그동안 나는 안마당에 앉아서 책을 읽으며 저녁 시간을 보낼 때가 많았다. 예전부터 늘 읽으려 했지만 그럴 시간이 없었던 고전들을 하나하나 독파했다. 『카라마조프가의 형제들』 『마담 보바리』 『에피 브리스트』 같은 책들. 안마당은 사방이 사막식물들—샐비어와 유카와 선인장—로 둘러싸여 있었고 마당 한쪽 끝에 있는 높은 철제 울타리에는 부겐빌레아를 비롯해 꽃 피는 넝쿨식물들이 뒷골목까지 흘러내렸다.

가끔 저녁에 라이어널이 안마당으로 나와 함께 담배를 피우거나 와인을 마실 때도 있었다. 맥주는 입에 대지 않고 와인만 마시는 그는 늘 직접 와인을 준비해 내 몫의 잔까지 가지고 나왔다.

라이어널의 외모에 대한 마야의 말은 옳았다—젊어 보이고 세련된, 흡사 여성적이라고 할 만한 생김새에 연푸른 눈, 햇볕에 그을린 매끈한 피부, 아주 살짝만 희끗희끗할 뿐 전체적으로 금발인 숱 많은 머리칼. 그는 가벼운 옷차림을 선호해서 하늘거리는 셔츠와 리넨 바지 차림에 짙은 색 샌들을 신거나 아예 맨발로 다닐 때도 있었다.

내 옆에 와서 앉을 때 그는 늘 나와 무슨 모의라도 꾸미는 양 의미심장한 미소를 짓고는 가져온 와인의 코르크를 따서 두 잔을 따랐다.

와인에 대해 거의 모르는 나도 라이어널이 나와 나누어 마시는 와인이 아주 좋은 거라는 사실은 알았고, 가끔 그가 어느 산지의 어느 양조장에서 만든 와인인지 말할 때도 있었다. 하지만 그는 대체로 자기 얘기를 즐겨 해서, 작업중인 작품, 계획중인 다음 여행지, 최근에 만난 인상적인 사람들 따위를 화제로 삼았다. 라이어널이 자기 자신을 굉장히 대단한 사람으로 여긴다는 사실을 알기까지는 그리 오래 걸리지 않았다. 자아가 흘러넘쳤다. 하지만 그런 그가 갑자기 취약하고 혼란스럽고 외로운 사람처럼 보이는 순간들이 있었다—

삼 년 전에 죽은 두번째 아내나, 브루클린에 살고 있으며 아버지와 말을 섞지 않는 딸 얘기를 할 때 특히.

마야는 아침마다 오는 여자에 대해 물어보라고, 라이어널이 뭐라고 말하는지 들어나보자고, 알아낼 게 있는지 보자고 계속 나를 부추겼지만 나는 그럴 엄두가 나지 않았다. 내가 그 여자에 대해 알기를 바랐다면 그가 이미 내게 말을 꺼냈을 거라고 생각했다. 그래서 나는 대신 라이어널 자신에 대해, 샌안토니오에서 예술가로 활동한 젊은 시절에 대해 물었고, 가끔은 나와 마야와 우리의 관계에 대해 말하기도 했다.

처음부터 라이어널은 나도 어떤 방면의 예술가일 거라고 추측했다. 사실은 그렇지 않다고—난 그저 바리스타일 뿐이라고—말해도 그는 의심을 거두지 않았다.

"그런데 자네가 사랑하는 일은 뭐야?" 어느 저녁에 와인을 한 잔씩 더 따르면서 그가 물었다.

"모르겠어요." 나는 말했다. "아직 알아가는 중인 것 같아요."

"지금 나이가 몇이지?" 그가 물었다.

"서른하나요."

라이어널은 고개를 끄덕이며 와인을 한 모금 마셨다. 무슨 말인가 하고 싶은 듯했지만 하지 않았고, 그저 피우던 담배

를 비벼 껐다. 그러더니 잠시 뒤에 물었다. "대학에서 전공은
뭐였나?"

"영화요." 나는 대답했다. "그런데 졸업은 하지 않았어요."

"왜?"

"모르겠어요." 나는 말했다. "저도 왜 그랬는지 도무지 모
르겠네요. 그저 흥미를 잃은 거겠죠."

그는 다시 고개를 끄덕였다. "하지만 정말로 영화를 만들
고 싶었던 시절은 있었겠지?"

"아뇨." 나는 말했다. "전 이론 쪽에 더 관심이 많았어요.
적어도 한동안은."

라이어널이 잔을 내려놓았다. "음," 그는 말했다. "그것도
매진할 만한 분야잖아, 그렇지?"

"그렇죠," 나는 말했다. "제 분야가 아닐 뿐."

그가 가볍게 웃고 나서 내 담배를 한 개비 달라고 손짓하
기에 나는 담배를 건넸다. 라이어널은 담배에 불을 붙인 뒤
나를 한참 쳐다보다가 미소를 지었다.

그때 그가 내 잔을 잡으려는 것처럼 무심히 팔을 뻗어 내
손을 잡았다. 이상한 순간이었다. 잠시 내 손을 잡은 채 나를
무척 심각하게 쳐다보던 그가 말했다. "자네, 뭐든 필요하면
내가 여기 바로 옆집에 있다는 걸 명심해. 알겠지?"

"알겠어요." 나는 대답했다.

"진심이야," 그는 말했다. "뭐가 필요하든."

"알겠어요." 나는 말했다. "감사합니다."

그러고 나서 라이어널은 자리에서 일어나 돌아서더니 집 안으로 들어갔다.

그날 밤, 마야가 작업을 마치고 돌아왔을 때, 나는 라이어널에 대해서나 안마당에서 약간 이상했던 순간에 대해 말하지 않기로 마음먹었다. 마야가 그날 힘든 저녁을 보냈다는 것, 최근 몇 주간 동력이 되어주던 내면의 힘을 조금 잃었다는 것을 알 수 있었다. 마야는 사방이 막힌 듯 답답하다고, 영감이 메마르고 기가 꺾인 기분이라고 투덜거렸다. 라이어널의 여자 그림을 본 순간부터 집중력을 잃었다고 말했다.

마야는 라이어널이 스튜디오를 성적인 공간으로 바꿔버렸다고, 그래서 당황스럽다고 했다.

"게다가, 그 사람 그림은 다 너무 좋아."

"네 그림들도 그래."

"하지만 느낌이 달라."

"난 개인적으로 네 그림을 더 좋아해."

"넌 당연히 그렇겠지." 마야가 말했다. "너는 충직한 남자잖아."

"내가 널 모른다 해도 그럴 거야." 나는 말했다. "진심이
야." 그리고 정말 진심이었다. 그곳으로 이사한 이후 마야가
그려온 작품이 나는 정말 좋았다. 실은 마야의 모든 작품이
좋았지만, 어딘가 아주 원시적이고 본능적인, 그녀 안의 매
우 인간적인 것에 영감을 받은 듯한 그즈음의 그림들이 특히
좋았다.

내가 그런 말을 다 했는데도 그날 밤 마야는 여전히 풀죽
은 기색이었다. 그림을 그릴 때 늘 입는 헐렁한 멜빵바지에
딱 붙는 민소매 티를 입고 있던 마야는 남은 맥주를 마저 마
신 뒤 부엌 한가운데에서 둘 다 벗어버리고 샤워하러 욕실로
들어갔다. 나는 침실로 가서 마야가 좋아하는 재즈 라디오
채널을 틀었다.

몇 분 뒤 샤워를 마치고 나온 마야는 수건으로 몸을 감싼
채 침대로 올라와 누웠다.

"다음에 라이어널을 보면 하고 싶은 말을 적어도 세 가지
는 생각해냈어." 마야가 말했다.

"좋아."

"하지만 말하지 않을 건데, 무슨 소용이야?"

"그가 돼지 새끼라는 말." 내가 말했다.

"아, 그래, 그거. 사실 난 포식자라는 말을 쓰려고 했어."

"그는 과대평가되었다는 말."

"그래. 하지만 꼭 그렇진 않아. 사실 라이어널은 요즘 인생 최고의 작품들을 만들어내고 있어."

"또 뭐가 있지?"

"모르겠어." 마야는 말했다. "멍청한 짓이야. 난 왜 이렇게 그 사람을 싫어할까? 우리에게 이 공간을 주었으니 감사해야지, 안 그래? 우리 여기서 아주 잘 지내고 있잖아."

마야는 옆으로 돌아누워 나를 쳐다보았다. 그러더니 내가 자기 몸을 볼 수 있도록 천천히 수건을 풀었다.

"나도 그 여자처럼 아름답다고 생각해?"

"뭐하는 거야?"

"그냥 대답해."

"물론이지." 나는 대답하며 마야의 눈을 들여다보았다. "너 왜 이러는 거야?"

"모르겠어." 마야는 한숨을 쉬었다. "작년에 서른이 되고부터 정말 엉망진창이야."

"그러네." 나는 말했다. "정말 그런 것 같다."

"착하게 좀 말해."

나는 마야에게 살며시 다가갔다. "넌 내가 개인적으로 아는 여자 중에 가장 아름다워." 나는 그렇게 말하며 마야의 손을 잡았다. "내가 사귄 여자 중에서도 확실히 가장 아름답고."

그러자 마야는 잠시 나를 보더니 몸을 돌려 천장을 응시했다. "고마운 말이야." 마야는 눈을 감으며 말했다. "넌 이해 못하겠지만, 정말 그래."

여름이 끝나갈 무렵 마야는 단기간에 연이어 작업한 그림 세 점을 내게 주었다. 삼면화였다. 마야는 내가 14세기 이탈리아 화가 조토의 열렬한 팬이며 조토가 파도바의 아레나 예배당에 그린 프레스코화를 특히 좋아한다는 사실을 알았다. 그래서 마야는 조토의 그 그림들을 본보기로 하여 그가 그린 하늘의 짙푸른 색감과 복합적이지만 단순하게 표현된 종교적 주제를 완벽히 포착해 자신의 작품에 담았다.

그로부터 몇 달 뒤 우리가 헤어지기로 한 후에 마야는 내게 그 삼면화를 돌려달라고, 샌프란시스코에서 여는 첫 전시회에 걸고 싶다고 한다. 이 작품은 전시회 첫날 어느 의사에게 팔리고, 그의 개인 주택으로 옮겨져 벽에 걸린 뒤로는 우리 둘 다 두 번 다시 보지 못한다. 하지만 매일 밤 기온이 37도를 넘어가던 그 7월에, 어스름한 저녁 빛에 물든 라이어널의 스튜디오에서 그 그림들을 그리던 마야를 나는 기억한다. 심지어 라이어널도 어느 날 밤 안마당에 함께 앉아 와인을 마시다가 그 삼면화를 언급했다.

"마야는 지금 그 귀한 공간에 들어갔어." 그는 말했다. "난 알아볼 수 있지."

나는 고개를 끄덕였다.

"그런 일이 일어나면 참 좋아."

나는 창문이 환히 밝혀진 스튜디오를 돌아보았고 마야가 그 안에서 작업하고 있다는 걸 알았다. 어긋나고 좌절한 기분으로 한 주를 보낸 뒤 마야는 다시 성큼성큼 나아가고 있었다.

"이십대는 자기가 무엇을 하고 싶은지 탐색하는 시기인 것 같아. 하지만 삼십대는 최고의 성과를 내는 시기지."

"선생님도 그때 최고의 성과를 내셨어요?"

라이어널은 고개를 끄덕였다. "확실히 그랬지."

아침마다 찾아오는 여자, 그가 그리는 여자에 대해 물어보려면 이 순간이 좋은 기회일 것 같았다. 그 전주에 라이어널은 그녀를 캐럴라인이라고 부르며 일종의 제자라는 식으로 몇 번 언급한 적이 있었다. 캐럴라인도 아직 탐색하는 시기냐고 물었더니 라이어널은 그저 미소를 지었다.

"오, 아니야." 그는 말했다. "캐럴라인은 이미 예술가로서 완성된 상태로 세상에 나왔어. 흔치 않은 부류지. 올해 말에 휴스턴에서 전시회를 열 거야, 확실해."

"정말이에요?"

"아, 그럼. 틀림없어."

나는 라이어널을 쳐다보았다. "두 분이 가까워 보이시더라고요."

그는 미소를 지었다. "내가 그애랑 자는지 알고 싶으면 그냥 그렇게 물어."

"좋아요." 나는 말했다. "그러세요?"

"아니." 그는 웃음을 터트렸다. "당연히 아니지. 그애 나이가 내 절반밖에 안 될 거야, 사이먼." 그는 와인 잔을 들어 길게 한 모금 마셨다. "게다가," 그는 말했다. "처량하게 들릴지도 모르지만, 난 아직도 아내를 사랑하는 것 같아." 라이어널은 자기 발을 내려다보다가 손을 뻗어 문질렀다. 그러더니 나를 보고 미소를 지었는데, 아내 얘기를 할 때 늘 그렇듯 어쩐지 멍하고 억지스러운 미소였다.

잠시 후 라이어널은 담배를 껐다.

"한 잔 더?" 그가 고갯짓으로 병을 가리키며 물었다.

"아니요." 나는 말했다. "괜찮습니다." 그러고 나서 일어섰다. "전 오늘밤은 이만 마무리할까 해요."

밤늦게 마야가 집에 돌아왔을 때 나는 침대에 누워 라디오를 들으며—그때 우리에겐 텔레비전이 없었다—잠들기 위해 애쓰고 있었다. 내가 듣고 있던 방송의 제목은 '로스 올비다도스'*로, 과테말라에서 행방불명된 아이들 이야기를 다루었다. 그걸 들으니 기분이 울적해졌다. 마야는 집에 들어와 곧바로 욕실로 가서 샤워기를 틀었고, 몇 분 뒤 수건만 두르고 나와 침대에 앉았다.

"늦었네." 나는 말했다.

"라이어널과 얘기를 나눴어."

"그래? 무슨 얘기?"

"사실 별 얘기 아니야." 마야는 말했다. 그러더니 일어나 벽장으로 가서 옷을 입었다.

마야가 옷을 입는 동안 나는 앞서 라이어널과 나눈 대화를 간단히 전하며 우리가 그 여자와의 관계를 오해한 것 같다고, 라이어널은 아직도 아내를 사랑한다더라고 말했다. 마야가 벽장 꼭대기 선반에서 상자 몇 개를 내리는 소리가 들렸지만 대답은 없었다.

---

* Los Olvidados. '망각된 존재들'이라는 뜻의 스페인어.

몇 분 뒤 벽장에서 나왔을 때 마야는 티셔츠와 반바지 차림이었고 젖은 머리의 물방울이 침대로 떨어졌다.

"수건이라는 게 있다는 소식은 못 들었어?" 나는 옆에 눕는 마야에게 말했다.

"난 네가 틀렸다고 생각해." 마야가 말했다. "라이어널에 대해서. 아마 그 사람은 질문을 피하려고 그렇게 말했을 거야."

"어쩌면." 나는 말했다. "그랬을 가능성도 있지."

마야가 내게 몸을 바짝 붙였다.

"진짜야." 마야가 말했다. "작년에 그 사람과 잔 여자를 적어도 세 명은 알아."

"정말?"

"정말." 마야가 말했다. 그러더니 일어나 앉아서 팔에 묻은 물기를 닦았다. "난 라이어널이 길모퉁이의 퀵스톱 편의점 같은 사람이라는 느낌이 들어."

"무슨 소리야?"

"아, 알잖아." 마야는 웃으며 말했다. "늘 영업중."

그뒤로 며칠간 나는 라이어널을 주의깊게 관찰하며 아침마다 캐럴라인과 무슨 일이 있는지 살폈지만 특이한 점은 없어 보였다. 캐럴라인은 언제나 마야와 내가 일어나기 전에 도착했고 늘 내가 아침을 준비하려고 부엌 개수대 앞에 서 있을 때 떠났다. 떠나기 전에 캐럴라인과 라이어널은 의식처럼 담배를 한 대씩 피웠는데, 서로 별말 없이 서서 담배를 피우다가 라이어널이 캐럴라인을 포옹하며 등을 토닥인 뒤 먼저 자리를 떴다.

그동안 마야는 이제 좀처럼 라이어널 얘기를 꺼내지 않았다. 새로운 작품에 열중하면서 와하카에서 접한 종교적 민속 예술에서 영감을 받은 그림들을 연달아 완성했다. 아마도 그해 여름에 작업한 가장 강렬한 작품이었을 그 그림들은 매우 훌륭해서 마야는 굳이 작품 얘기를 하려고 하지도 않았다. 어느 날 밤에 부엌에서 함께 스크래블 게임을 하며 맥주를 마실 때, 세 시간에 걸친 스튜디오 작업에서 아직 온전히 빠져나오지 못한 마야에게 나는 유명해지더라도 날 잊지 않았으면 좋겠다고 말했다.

"알겠어." 마야는 말했다. 샌안토니오 밖에서는 전시회 한 번 한 적 없는 마야였지만 이제 곧 상황이 바뀌려 한다는 걸 나는 알 수 있었다—그리고 마야도 알았다고 생각한다.

"라이어널이 아는 사람들과 기꺼이 연결해주겠대." 나는 말했다. "뉴욕, 로스앤젤레스, 샌프란시스코에 있는 사람들."

"내 작품 얘길 왜 라이어널에게 하는 거야?"

"내가 한 거 아니야." 나는 말했다. "라이어널이 먼저 말을 꺼냈어." 나는 마야를 쳐다보았다. "네가 해온 작업을 봤대."

시선을 돌리는 마야를 보니 내가 신경을 건드렸다는 걸 알 수 있었다. 무언가 미신적인 거리낌이 있는 듯했다.

"라이어널이 내 경력에 관여하는 게 싫어." 마야가 말했다. "어떤 식으로든. 알겠어?" 마야는 나를 똑바로 바라보았다.

"알겠어." 나는 두 손을 번쩍 들며 대답한 뒤 음악을 바꾸려고 다른 방으로 갔다.

다시 나와서 보니 마야는 부엌 개수대 앞에 서서 안마당을 내려다보며 생각에 잠겨 있었다. 우울해 보였다. 내가 뒤로 다가가 배에 팔을 두르자 마야는 내 팔을 꽉 쥐었다.

"지금은 우리 인생에서 참 좋은 시기야, 그렇지?" 마야가 말했다.

"맞아." 나는 마야를 바짝 끌어당기며 말했다. "아주 좋은 시기야."

그뒤 몇 주 동안 우리의 나날에는 고요한 단순함이 자리잡았다. 아침마다 같은 시각에 깨어 뉴스를 들으며 조용히 커피를 마시고 각자 일터로 갔다. 저녁에 돌아와서 보면 부엌에 사람은 없고 마야의 쪽지만 싱크대 위에 놓여 있었는데, 대개 그 내용은 그날 밤 나를 위해 냉장고에 남겨둔 음식— 치킨 데리야키, 엠파나다, 라자냐—을 데우는 방법이었다. 나는 그때 마야가 죄책감 때문에 화해의 선물로, 매일 밤 사라져서 미안하다는 의미로 이런 음식을 남겨두었다고 생각한다. 하지만 나는 마야가 사라지는 게 전혀 서운하지 않았다. 당시에 마야는, 라이어널이 말했듯, 그 귀한 공간에 들어가 있었고 나는 마야를 위해 행복했다. 마야가 마음껏 일하기를 바랐고 해명을 요구하지도 않았다.

저녁 늦게 마야가 스튜디오에서 돌아오면 우리는 침대에 누워 UFO 음모론 방송을 들었다. 사람들이 방송국에 전화해 늘어놓는 목격담이나 정부의 은폐 공작에 대한 터무니없는 이론들, 51구역과 관련된 잘 알려지지 않은 사실들을 들으며 우리는 어김없이 폭소를 터트렸다. 가끔은 가만히 누워 마야가 좋아하는 재즈 채널을 듣기도 했고, 라이어널이 빌려준 테이프로 고전소설과 살인 추리극, 에드거 앨런 포의 단편을 비롯한 오디오북을 듣는 때도 있었다. 마야는 밤에 마시는 와인을 좋아했고, 때로 내가 카페의 동료들을 통해 마리화나를 좀 구하면 함께 말아서 피우기도 했지만, 우리는 대체로 그냥 침대에 누워 말없이 라디오나 테이프를 들으며 소리 없는 대화를 주고받았다.

그 무렵 마야는 사람들과 어울리는 자리에 완전히 발길을 끊었고 그러자 나도 덩달아 그렇게 되었다. 마야는 혼자만의 시간과 공간을 최대한 확보하려고 애썼다. 자신에게 특별한 일이 일어나고 있음을 자각했고 그것을 망치고 싶지 않았던 것 같다. 마야는 규칙적인 일상을 지키고 싶어했다. 아침의 커피, 직장 일과 스튜디오 작업, 그리고 밤늦게 침대에 누워 라디오를 듣는 우리의 의식.

그동안 라이어널은 더이상 저녁에 안마당에 나오지 않았고 캐럴라인도 아침에 나타나지 않았다. 그래서 넝쿨식물과 꽃 피는 사막식물, 다육식물과 샐비어가 무성한 집 뒤편의 그 조용한 안마당에 우리 둘만 있는 느낌이 들 때가 많았다. 겪어보지 않았다면 이런 생활이 외로울 거라고 생각했을 테지만 사실 난 외롭지 않았다. 마야가 한 번에 네다섯 시간씩 사라지고 없어도 괜찮았다. 내겐 책이 있었고, 음악이 있었으며, 그즈음에는 대학 때 알았으나 만남이 끊긴 옛친구들에게 편지도 쓰기 시작했다.

가끔은 뭔가 놓치고 있다거나 뒤처지고 있다고 느끼기도 했지만 보통 그런 느낌은 곧 사라졌다. 가끔 클레어몬트에 사는 부모님이 전화를 걸어 앞으로 무엇을 해서 먹고살지 정했느냐고, 혹은 내면의 진취성을 북돋아줄 수 있는 책을 보냈는데 잘 받았느냐고 물어도 쉬이 마음이 흔들리지 않았다. 나는 서른한 살이었고 내 일을 좋아했다. 내 삶을 부끄러워하지 않았고, 마야와 함께 있는 한 그저 그 곁에 있는 것만으로도 나 자신보다 더 큰 무언가에, 다른 사람의 예술에 소소한 방식으로 기여하고 있다고 느꼈다. 나도 자신이 가는 길의 일부라고. 마야는 언젠가 내게 그렇게 말했고, 나는 그 말을 믿었다.

심지어 한번은 내가 곁에 없다면 현재 작업하고 있는 그림들을—이제는 전시회를 염두에 둔 그 작품들을—한 점도 완성할 수 없을 것 같다고 말한 적도 있었다.

마야가 그 말을 하던 날 밤에, 우리는 부엌에 앉아 담배에 불을 붙이고 있었다. 내가 틀어놓은 니나 시몬의 음악이 흘렀고, 마야는 열 점짜리 연작으로 구상한 작업의 마지막 네 점을 막 완성한 뒤라 과민하게 들떠 있었다. 마야는 주초에 그 그림들을 라이어널에게 보여주었으며 그가 샌프란시스코에 있는 미술관에 대신 전화를 걸어주기로 했다고, 그날 저녁에 내게 말했다.

"라이어널이 네 경력에 관여하는 게 싫다고 했던 것 같은

데." 나는 말했다.

"내가 그랬어?"

"여러 번."

이제 9월 초가 되었지만 아직도 저녁 공기는 더워서 창문을 전부 열어두었고 천장 팬도 전속력으로 돌아가고 있었다.

"음, 그럼 내 맘이 바뀌었나봐." 마야가 말했다.

"그럴 이유라도?"

"없어." 마야는 고개를 저었다. "그럴 때가 된 거겠지. 그뿐이야."

나는 그 말뜻을 알았다. 마야는 초여름에 시작한 작업을 마쳤고—이 이상한 예술적 분출의 시기, 그 끝까지 가보았고—이제 다 끝난 것이었다.

그때 마야가 일어서서 개수대로 걸어가 담배를 들고 그 자리에 섰다.

"포식자라고 하지 않았나?" 잠시 뒤에 나는 말했다. 내가 왜 그 말을 하는지, 왜 그만두지 못하는지 나 자신도 알 수가 없었다.

"어?"

"라이어널." 나는 말했다. "네가 언젠가 그 사람을 포식자라고 불렀어."

마야는 그 말을 무시하는 척했다.

"그 사람 그렇게 나쁘지 않아." 마야는 내게 말하고 담배를 개수대에 던진 뒤 옷을 갈아입으러 욕실로 들어갔다.

다음날 아침에 잠에서 깼을 때 마야는 아직 잠들어 있었다. 나는 창가로 가서 안마당을 내려다보다가 반바지와 흰 티셔츠 차림으로 담배를 피우는 캐럴라인을 보았다. 라이어널은 처음에는 보이지 않다가 몇 분 뒤 집 뒤쪽에서 눈에 띄게 짜증스러운 표정으로 나타났다. 캐럴라인이 그 집에 드나드는 모습을 여러 주 동안 보지 못해서 그 이유가 궁금하던 참이었다. 언젠가 물었을 때 마야는 모른다고 말했다. 아마 흥미를 잃었나보지, 마야는 라이어널을 가리켜 그렇게 말했다. 하지만 그날 아침에 캐럴라인은 확실히 화가 나 있었다. 나는 캐럴라인이 양손을 마구 내젓다가 불붙인 담배를 라이어널의 맨발에 내던지자 라이어널이 펄쩍 뛰는 모습을 지켜보았다. 잠시 후 캐럴라인은 집 측면에 난 좁은 자갈길로 사라졌다. 라이어널은 잠시 거기에 서 있다가 주변을 둘러본 뒤 다시 안으로 들어갔다.

마야가 일어났을 때 나는 무엇을 보았는지 말하지 않았고 그날 저녁에 퇴근한 뒤에도 언급하지 않았다. 사실 집에 돌아왔을 때 아파트는 텅 비어 있었고 마야의 흔적은 어디에도 없었다. 라이어널의 스튜디오에도, 그의 집에도 불이 꺼져 있었다. 마야에게 문자를 보냈지만 답은 없었다.

한참 뒤, 혹시 모르니 스튜디오로 직접 가서 확인해보기로 했다. 하지만 거기에는 아무도 없었고 마야의 그림들은 전부 캔버스 방수포로 덮여 있었다. 라이어널이 가끔 자기 작품을 놓아두는 흰 작업대로 가보았다. 그 무렵 그의 작품들은 전보다 덜 자극적이고 대부분 정물이었지만, 그날 밤에는 누드화가, 사실은 누드화 연작이 놓여 있었는데 전부 다 같은 여자를 비슷한 구도로 그린 것이었다. 그림 속 여자는 모호하게 표현되어 형체를 확실히 구분하거나 누군지 알아볼 순 없었지만 캐럴라인이 아니라는 점만은 확실했다. 여자의 머리색이 어두웠다—길이와 색깔이 마야와 대체로 같은, 하지만 실은 다른 누구라고도 할 수 있는 머리칼.

그 순간 내가 어떤 감정이었는지 지금 설명하기는 어렵다. 혼란스러운. 슬픈. 불확실한. 그 그림들을 오래 쳐다보며 그 여자가 누구인지 알아내려 했지만 당연히 불가능한 일이었다. 확실히 정의할 수 있는, 누군지 알아볼 만한 특징은 없었지만 그래도 어쩐지 나는 그게 마야라고 확신했다. 그런 것들은 어떻게 알게 되는 걸까? 내가 그 질문에 대답할 수 있을

지는 지금도 잘 모르겠다. 그 그림들을 본 순간 그냥 알았다는 사실만을 알 뿐이다.

그날 밤에 집에 돌아온 마야는 흥분에 들뜬 상태였고 확실히 취해 있었다. 좋은 소식이 있어서 초저녁에 라이어널과 그의 예술가 친구들 몇몇과 함께 축하하러 나갔다고 했다. 라이어널이 연결해준 샌프란시스코의 미술관장에게 작품을 몇 점 촬영해 보냈었는데 그날 아침에 전시회를 하자는 전화가 왔다는 것이었다. 비록 삼 주에 불과한 전시이지만 그래도 텍사스 밖의 정식 미술관에서 처음으로 여는 진짜 전시회였다. 내게 같이 축하하자고 전화하려 했지만 식당의 휴대전화 통신 상태가 너무 나빴다고 마야는 주장했다. 그래서 문자라도 보내려 했는데 배터리가 방전되었다고 했다. 마야는 먹통이 된 전화기를 들어 보였다.

나는 아무 말도 하지 않았다. 전시회 소식에 들뜬 마야에게 차마 라이어널의 그림이나 그에 대한 의심 얘기를 꺼낼 마음이 나지 않았다. 말을 꺼냈더라도 어떻게 말했을지, 마야가 그림 속 여자는 자기가 아니라고 주장했다면 뭐라고 말할 수 있었을지 모르겠다. 뭔가 증명할 수 있었던 것도 아니니까. 그래서 나는 그저 마야를 꼭 껴안고 축하해준 뒤 와인을 한 잔씩 따르고 건배를 했다.

"그래, 전시회는 언제가 될 것 같아?" 나는 물었다.

"모르겠어." 마야가 말했다. "아직 구체화된 건 하나도 없으니까. 이런저런 서류 작업이라든가, 준비할 게 굉장히 많을 테고—"

"그래도 어쨌든 전시회가 열린다는 거잖아."

"그렇지." 마야는 말했다. "내가 이해하기로는 그래."

나는 잔을 내려놓고 마야를 바라보았다. 벌써 마야가 떠나버렸다는 느낌이 들었다. 눈빛이 어딘가 달랐다. 아마도 그때가 누군가와 함께 있으면서 그런 감정을 느낀—이미 가버린 사람을 바라보고 있다고 느낀—내 인생의 유일한 순간이었을 것이다.

마야가 내게 다가왔다. "있잖아, 거기 가면 네 부모님 댁에서 지내도 되겠다."

"물론이지." 나는 그렇게 대답하면서도 그런 일은 절대 일어나지 않으리라는 걸 알았고 분명 마야도 그 말을 내뱉은 순간 알았을 것이다.

이런 점진적인 멀어짐은 그해 여름 내내 일어나고 있었지만 나는 그 순간이 되어서야 그것을 물리적으로 감지했다. 이제 방안에는 다른 기운이, 다른 분위기가 흘렀다. 마야는 앞을 바라보고 있었고 나는 뒤쪽 배경 어딘가에서, 멀리 기차역 플랫폼에서 그 모습을 지켜보고 있었다.

"난 아직도 믿을 수가 없어." 그날 밤 침대에 함께 누워 있을 때 마야가 내게 말했다. "내 말은, 이런 일이 일어나리라고 생각이라도 해봤냐는 거야."

"해봤지." 나는 말했다.

"했다고? 정말?"

"당연하지." 나는 말했다. "한 번도 의심한 적 없어."

다음 몇 달 동안 마야는 여러 차례 샌프란시스코로 가서 미술관장을 만나 작품에 대해 의논했고, 돌아올 때마다 베이에어리어를 더욱 좋아하게 되어 그곳으로 이사하겠다는 소망이 더욱 강해졌다. 그전에 클레어몬트에 있는 내 부모님 댁에 여러 번 갔지만 캘리포니아 남부는 그녀에게 베이에어리어, 특히 샌프란시스코와 비슷한 감흥을 주지 않았다. 마야는 샌프란시스코를 유럽에 비유하면서, 예술계의 측면에서 볼 때 그곳에선 훨씬 많은 일이 진행되고 있다고 말했다. 거기서 다른 예술가들, 다른 미술관장들을 만난 듯했다.

나는 무슨 일이 벌어지는지 알 수 있었고, 전시회 얘기를 들었을 때 이해했듯이 이때도 이해했다. 내겐 그 일을 멈출 힘이 없다는 것, 그리고 이제 그건 나와는 관계없는 일이라는 것을. 마야는 오랫동안 샌안토니오를 떠나고 싶어했고 이제 마침내 기회가 왔다.

어느 밤에 부엌에서 마야와 함께 서 있던 때가 떠오른다. 마야는 작품 이송을 돕는 미술관 직원과 통화하는 중이었다. 어떤 이유에선지 그것은 꽤 복잡한 과정이었고, 전화를 끊은 마야는 피곤하고 불만스러운 기색이었다. 내가 옆으로 다가가 팔로 감싸안았을 때 마야가 너무도 뻣뻣하게 경직된 채 그대로 서 있어서 뭔가 달라졌음을 거의 즉시 깨달았던 기억이 난다. 다음날 아침식사를 하다가, 마야가 내게 출근하기 전에 잠깐 산책을 할 시간이 있는지 물었다.

"산책." 나는 말했다. "물론이지. 무슨 일이야?"

하지만 나는 무슨 일인지 이미 알았다. 마야의 눈을 보고 알 수 있었다. 이것이 우리가 몇 주 내내 피해온 대화임을 나는 알았다.

"그냥 좀 걷자고." 마야는 말했고 그게 다였다. 그것이 끝이었다.

산책을 나가 아파트에서 몇 블록 정도 거리에 있는 강변을 걸으면서 우리 둘 다 울었던 기억이 나지만, 나는 마야에게 화가 나지 않았다. 라이어널의 스튜디오에서 그 수채화들을 봤을 때 마야에게 화가 나지 않았던 것처럼. 다른 여자친구였다면 화가 났을 테지만 무슨 이유에선지 마야에게는 화가 나지 않았다. 우리 관계는 그런 식이 아니었다. 벌써 몇 번이나 마야는 내게 베이에어리어로 함께 이사하자고 했고 나는 매번 그럴 수 없다고 말했다. 그러고 싶지 않아서가 아니라 끝이 어떨지 알아서였다. 샌안토니오에서 홀로되는 대신 캘리포니아에서 홀로될 테고, 나는 그것을 바라지 않았다.

그날 밤에 아파트에서 마주앉아 언제 이 집에서 나갈지, 언제 라이어널에게 말할지를 비롯해 이주와 관련한 얘기를 나누던 중 마야가 잠시 사라졌다가 작은 유화 한 점을 가지고 돌아와 내 앞 탁자 위에 올려놓았다. 그해 여름에 우리 아파트 안의 정물을 그린 그림이었다. 와인 한 잔, 부엌 개수대 위에 놓인 조그만 검은색 라디오, 담배 한 갑, 그리고 창틀에 올려놓은 다육식물 화분 몇 개.

마야는 그게 어떤 그림인지, 그걸 왜 내게 주는지 전혀 말하지 않았다. 그저 식탁에 그걸 올려놓고 부엌에서 나갔다.

밤늦게 침대에 누워 있는데 마야가 방으로 들어와 내 옆에 누웠다. 이제부터 잠을 어떻게 자야 하는지는 아직 정하지 못한 상태였다. 마야가 내 가슴에 머리를 올리자 나는 양팔로 그녀를 안았다. 그로부터 일 년 안에 마야는 림프절에 작은 멍울을 발견할 테고 삶이 영원히 바뀌겠지만, 그 순간만은 그보다 더 활기차고 생기 넘칠 수 없었다. 나중에 섹스를 마치고 나서 나는 다시 한번, 이번에는 그것이 마지막이었음을 알기에 울었다. 아마 마야가 운 이유도 나와 같았을 것이다. 섹스는 끔찍하게 안 좋았고 나중에 부엌에서 함께 설거지할 때 우리는 그 이야기를 하면서 웃었다.

설거지를 마친 뒤 마야는 식탁에 앉아 잠들기 전 마지막 담배를 피웠고, 그때 삼면화 얘기를 꺼냈다. 함께 일하는 미술관장이 그 작품을 전시에 쓰고 싶어한다며 내게 어떻게 생각하느냐고 물었다. 나는 달리 무슨 말을 할 수 있을지 몰라서 그냥 괜찮다고 말했다. 마야는 고개를 끄덕였다.

"하지만 이건 네가 가지면 좋겠어." 마야가 정물화를 내밀며 말했다. 그제야 깨달았지만 그건 근사한 그림이었다.

"왜?" 나는 물었다.

"왜냐면," 마야는 돌아서서 부엌에서 나가며 말했다. "내가 제일 좋아하는 그림이라서야."

세상을 떠나기 몇 달 전이던 2014년에 마야는 내게 이메일을 보내며 버클리 외곽의 월넛크리크에 있는 새집과 그 당시 각각 네 살과 여섯 살이었던 두 아이의 사진 몇 장을 첨부했다. 십 년 정도 재발 없이 지내온 시점이었고 사진 속에서도 마야는 무척 좋아 보였다. 날마다 삼사 마일 거리를 달리고 식사도 잘한다고, 지난 몇 년간을 통틀어 가장 몸 상태가 좋다고 했다. 그리고 내게 보낸 사진 중에서 맨 마지막 사진을 언급하며 말했다. 마야의 표현대로 '엄마 차림'을 하고 딸과 함께 학교 밖에 서서 찍은 사진이었다. 이게 나라니 믿어지니? 마야는 썼다. 내가 얼마나 평범해졌는지 봐. 그 옛날에는 이렇게 될 거라고 누가 생각이나 했겠어?

나는 샌안토니오에서 마지막 여름을 나던 때의 마야를 떠올려보았다. 물감이 튄 작업복, 히피풍의 샌들, 등으로 길게 늘어뜨린 머리. 이제 마야는 짧게 자른 머리에 보수적이고 비싸 보이는 옷을 입고 있었다. 남편에 대해서는 들은 얘기가 별로 없어서, 1990년대 말에 첨단기술 붐이 일었을 때 꽤 성공해 이제 반은 은퇴한 상태라는 정도만 알았다. 이메일 끝부분에서 마야는 우리가 라이어널의 집에서 함께 살던 시기를 짧게 언급했는데, 전에는 좀처럼 없던 일이었다. 그 시절을 자주 생각한다고 썼고 그게 전부였다. 나는 마야가 샌프란시스코로 떠난 뒤에는 두 번 다시 그림을 그리지 않았다는 사실을 알았다. 이유를 들은 적은 없지만 이주 첫해에 받은 암 진단과 관련이 있으리라고 생각했다. 그 경험은 예전에 자기가 어떤 사람이었는지 기억조차 나지 않을 만큼 자신을 근본적으로 바꿔놓았다고 마야는 말했다. 그해에 골수이식과 두 주기에 걸친 항암 치료를 받은 뒤 치료를 마치고 나왔을 때, 그녀는 내게 이메일로 이렇게 말했다. 지금 내 이메일 계정에서 네게 이 글을 쓰고 있지만 나는 이제 더이상 내가 아니야.

나는 그 말이 무슨 뜻인지 묻지 않았고 마야도 설명한 적이 없다.

여러 해가 지나는 동안 우리가 서로에게 자주 편지를 쓰던 시기도, 몇 달간, 때로는 일 년 넘게 아무런 연락 없이 지낸 시기도 있었다. 그 세월 내내 마야는 자신의 작품을 거론하거나 그림을 그만둔 이유를 말한 적이 없고 나도 묻지 않았다. 마야에게 그 시절은 단지 인생의 다른 부분인 거라고 나는 짐작했다. 나와 함께한 인생은 남편과 아이들이 있는 현재의 인생과 다른 거라고.

요즘은 예전처럼 마야를 자주 생각하지 않지만 그러다가도 생각이 날 때는 라이어널의 스튜디오에서 그 수채화들을 발견한 날이 떠오르며, 그날 밤에 그랬듯이 지금도 그 누드화 속 인물이 정말로 마야였을까 궁금해진다.

그게 정말 마야였다면, 라이어널 앞에서 포즈를 취할 때 무슨 생각을 했을까? 왜 그랬을까? 직장에서 일찍 돌아온 마야가 그의 스튜디오에 들러 작은 목제 이젤 뒤에 앉은 라이어널 앞에서 옷을 벗는 장면을 상상해본다. 내가 아무것도 모르는 채 카페에서 일하던 그 오후에 그들은 무슨 대화를 했을까? 수채화 속 여자가 정말로 마야였다면, 아마도 라이어널이 주지 못했을 그 무엇을 그녀는 그에게서 얻고자 했던 것일까?

그리고 내게서는 무엇을 원했을까? 라이어널에게서 원했던 것과 같은 것일까? 마야와 나는 우리 인생의 두 해에 가까운 나날을 밤마다 나란히 누워 함께 잤는데 지금도 나는 내가 마야를 진정으로 알았는지 궁금하다. 혹은 마야가 나를 진정으로 알았는지.

라이어널 메릿은 마야보다 몇 년 앞서 역시 암으로 죽었지만 나는 그의 차고 위 아파트에서 나온 그해 가을 이후로 한 번도 그를 만난 적이 없다. 하지만 캐럴라인은 다시 만났다. 몇 년 전 지역 예술 프로그램을 위해 시내에서 열린 모금 행사에서였다. 캐럴라인은 당연히 예전보다 열 살 더 많았지만 겉모습은 사실상 그대로였다. 여전히 아름답고 여전히 젊고 여전히 햇볕에 그을린 모습 그대로. 나는 행사장 반대편에서 손을 흔들었지만, 나를 보고 어정쩡하게 미소 짓다가 돌아서

서 친구에게 뭔가 짧게 속삭이는 모습으로 보아 캐럴라인은
내가 누군지 모르는 게 분명했다.

라임

우리가 처음으로 받은 집들이 선물은 멕시코산 라임나무였다고 기억한다. 우리의 친구이자 지역에서 상당한 명성을 얻은 조각가 로레나가 준 선물로, 로레나가 직접 만든 멋진 도자기 화분에 심겨 우리에게 전달되었다. 이건 영원히 살 거야, 로레나는 화분을 가져온 날 우리에게 말했다. 그리고 그 말은 옳았다. 그 멕시코산 라임나무는 우리의 뒷마당 덱에 있는 모든 식물과 나무 가운데 유일하게 샌안토니오 최초의 서리 내린 겨울을 견디고 살아남으며 최고의 회복력을 증명했다. 봄에 우리는 그 나무에 열린 라임으로 마가리타 잔을 장식했고, 여름에는 로레나가 다시 재혼을 했다. 다섯번째이자, 바라건대 마지막이었으면 한다는 남편과. 사랑에 빠지는 게 난 정말 너무, 너무, 너무 좋아, 로레나는 자주 말했다. 결혼하는 과정도 좋아. 하지만 어쩐지 결혼한 '상태'는 좋지 않은 것 같아. 하지만 그 다섯번째 남편은 계속 그녀 곁에 남았고 그뒤로 오랫동안 나는 그 결혼과 우리의 라임나무를 연결 지어 생각하곤 했다. 왜 그런지는 정말로 모르겠다. 난 미신을 믿는 사람이 아닌데도 그 나무를 두고는 그랬다. 매해 겨울마다 나는 나무에 물을 주고 이파리를 마대 방수포로 감싸주었다. 어쩐지 그 나무가 죽지 않는 것이 세상에서 가장 중요한 일인 것만 같았다.

첼로

나는 마흔두번째 생일을 맞고 며칠 뒤에 아내 내털리와 함께 아내가 재직하는 대학에서 열린 강연에 갔다. 강연은 진정한 자아라는 개념, 그리고 과연 진정한 자아라는 게 실제로 존재하는지 여부를 다뤘다. 텍사스대학교 소속인 듯한 삼십대 초반의 젊은 여성 강사는 진정한 자아라는 건 존재하지 않지만 그걸 믿는 사람은 많으며, 그래서 진정한 자아라는 개념은 매우 강력하다는 결론을 내렸다.

물론 그 외에 다른 내용도 있었지만 그것이 강연의 핵심이었다. 강연이 열린 소강당을 나와 나무가 우거진 오솔길을 따라 차가 있는 곳까지 걸어갈 때, 내털리는 어쩐지 머리가 복잡해 보였다. 아내는 강연 뒤풀이 자리―교정 반대편에서 있을 편안한 분위기의 모임―에도 초대받았지만 가지 않기로 했다. 얼른 집에 가서 아이 돌보미를 돌려보내고 아이들을 재운 뒤 술이나 마시고 싶다고 했다. 내털리는 며칠 잠을 못 잔 사람처럼 피로해 보였고 집에 오는 내내 창밖을 멍하니 바라보며 대시보드를 톡톡 두드리다가 양손을 허벅지 위에 올려놓기를 반복했다. 나는 아내의 손을 보지 않으려고 갖은 애를 썼으나―그건 최근에 생긴 나쁜 버릇이었다―어쩔 수 없이 눈길이 갔다. 오른손은 괜찮았지만 왼손은, 그날 아침만큼 심하진 않아도, 살짝 떨리고 있었다.

차가 정지신호에 걸렸을 때 나는 몸 상태가 어떻냐고 물었다. 아내는 어깨를 으쓱했다. "비슷하지 뭐. 대체로 그냥 좀 피곤해."

나는 고개를 끄덕이고 창밖으로 나무가 우거진 우리 동네의 조용한 거리를 바라보았다. 학교 근처의 이 한적한 작은 동네에서 우리는 일곱 해 가까이 살아왔다. 어린 시절에 살던 코네티컷의 풍경과 너무도 흡사해서 나는 우리가 텍사스에 살고 있다는 사실을 종종 잊는다.

"있잖아," 내털리가 잠시 후에 말했다. "강연에서 다들 날 쳐다보지도 않더라."

"학과 사람들 말이야?"

"그래."

"아마 그냥 당신 상상일 거야." 나는 그렇게 말하고 팔을 뻗어 아내의 손을 잡았다.

"아니야, 데이비드." 내털리는 창밖을 보며 말했다. "정말로 상상이 아니라고 생각해." 아내는 한숨을 쉬며 원피스를 매만졌다. "있지, 난 많은 걸 받아들일 수 있는데, 동정은─그것만은 받아들일 수가 없어."

"당신을 동정하는 사람은 없는 것 같은데." 나는 말하며 다시 아내의 손을 잡았다. "게다가 동정하면 좀 어때? 동정하라고 해. 어쨌거나 무슨 상관이야?"

"음, 그들과 함께 일해야 하는 사람은 당신이 아니잖아." 내털리는 말하며 다시 창밖을 바라보았다. "그들의 눈길을 감당해야 하는 사람도 당신이 아니고."

집에 돌아온 뒤 내가 돌보미에게 수고비를 치르는 동안 내털리는 침실로 들어가 옷을 벗었다. 아이들은 이미 자고 있었고─우리에게는 각각 두 살과 다섯 살인 딸 에린과 아들 핀이 있다─나는 돌보미를 현관까지 배웅한 뒤 아이들 방으로 들어가 잘 자는지 살펴보았다. 최근 에린이 아기 침대를 졸업한 후로 두 아이를 한방에 재웠는데 지금까지는 이 방법이 꽤 효과적이었다. 핀은 에린이 아직 아기라서 가끔 자다 깨어 울기도 한다는 점을 이해하는 듯했고, 에린은 익숙하고 편안한 부모의 침실을 떠나 이제 따로 자야 한다는 점을 받아들이는 듯했다. 둘은 터울이 가까운 남매치고 놀라울 정도로 사이가 좋았고 가끔은 서로 다정하기까지 했다. 아마 계속 이렇게 지낼 수는 없으리라는 걸 알았지만 적어도 당장은 효과적이었다.

그 밤에 나는 아이들을 깨워 우리가 집에 왔다는 걸 알려야 하나 고민하면서, 흐릿한 방의 불빛 속에서 잠든 아이들을 바라보며 한참을 서 있었다. 그 순간 아이들은 천사 같고 평온했다. 낮에 일상적으로 보던 모습과는 너무나 달라 보였다. 집 저편에서 샤워하는 소리가 들리기에—오늘밤 내털리가 특히 피곤하다는 표시였다—얼마 후 불을 끄고 와인을 찾으러 다시 부엌 쪽으로 갔다.

자기 전, 혹은 저녁을 먹은 뒤 와인을 한잔하는 건 이제 매일 밤의 의식처럼 자리잡았다. 내털리가 밤마다 와인을 한두 잔 마시면 신경이 이완되고 떨림이 진정된다는 사실을 깨달은 이후 곧바로 시작된 의식이었다. 잠깐이면 사라지는, 삼십 분 이상 지속되는 일이 드문 위안이었지만 그로 인해 아내의 저녁 시간이 견딜 만해졌다. 그날 밤 나는 아내가 어떤 것을 원할지 몰라서 와인을 여러 병 꺼낸 뒤 와인 잔과 치즈와 올리브를 내놓았다. 조명의 밝기를 어둑하게 낮추고 코르크 따개를 찾아 서랍을 뒤졌다. 부엌 개수대 위 창문 밖에서 이웃집 스프링클러의 쉭쉭거리는 소리가 아득하게 들렸고, 두 집 사이에 있는 잔디밭 건너편에서는 이웃집 십대 딸이 친구와 함께 자기 집 뒷마당 덱에 누워 마리화나 한 개비를 나눠 피우는 모습이 보였다.

이제 초저녁이 되어 마당 끄트머리에 있는 나무들 사이로 은은한 바람이 불고 마지막 남은 석양빛이 희미해지고 있었다. 나는 한참 더 개수대 앞에 서서 비파나무들과 공구 창고와 집 뒤편의 작은 스튜디오 사이로 해가 저무는 풍경을 바라보았다. 집안 반대편에서 샤워기가 꺼지고 몇 분 뒤에 음악이 켜지는 소리가 났다. 내털리가 평생을 바쳐 연마한, 그리고 우리가 지금까지 살았던 모든 아파트와 주택에서 항상 흐르던 클래식 음악이 아니라 베시 스미스의 노래였다. 새로 찾은 사랑이자 요즈음 우리의 삶을 진한 소울로 채우는 음악. 나는 코르크 마개를 따고 내털리의 잔은 신경써서 반만 채워—더 많이 채우면 손을 떨어 흘리기 십상이었다—두 잔을 따른 뒤 부엌 한가운데에 있는 아일랜드 식탁 앞에 앉아

기다렸다.

얼마 뒤 욕실 가운을 입은 내털리가 머리를 뒤로 빗어 넘기고 양팔로 허리춤을 감싼 모습으로 나타났다. 나는 거실을 가로질러 부엌으로 들어오는 아내를 안아주려고 일어섰다. 내털리가 다가와 내 가슴에 머리를 묻었고, 잠시 나는 그녀를 안은 채 등을 문지르다가 아내의 어깨를, 쑤시는 쪽 어깨를 문질렀다. 얼마 전부터 아내는 그 어깨를 자기 존재의 골칫거리라고 부르기 시작했다.

"아직도 쑤셔?" 뒤로 물러나 아일랜드 식탁 앞의 스툴에 앉는 내털리에게 나는 물었다.

"A현을 짚을 때마다." 내털리는 말하고 나서 한숨을 쉬었다. "오늘 아침엔 뭔가 나아진다고 생각했거든, 괜찮은 것 같았다고. 그런데 점심 무렵부터 지독하게 심해졌어."

지난 몇 주 동안 내털리는 첼로의 위치를 바꿔가며 여러 실험을 했다. 엔드핀을 연장해 본체를 살짝 오른쪽으로 기울여 더 낮은 각도로 잡아도 보고, 떨림을 줄이려고 더 무거운 활을 써보기도 하고, 오른쪽 팔에 힘을 더 강하게 주어 떨림을 조절해보려고도 했다. 하지만 이 모든 변화는 또다른 문제를 일으켰고 그중 가장 심각한 문제는 삼십 분 이상 연주할 때마다 오른쪽 어깨에 느껴지는 날카로운 욱신거림이었다.

"하지만 오늘밤에 그 얘긴 하고 싶지 않아." 내털리가 잔을 내려놓으며 말했다.

"좋아." 나는 대답했다. "무슨 얘길 하고 싶어?"

"다른 건 다 괜찮아." 내털리가 대답하며 웃었다.

나는 싱크대 수납장으로 가서 빵을 꺼냈다. "오늘 프랜시스와 얘기했어." 나는 말했다. "이번주에 당신을 보고 싶다던데."

"내가 더 나빠졌다고 말했어?"

"아니." 나는 대답했다. "난 당신이 정말로 나빠졌다고 생각하지 않으니까. 내가 보기엔 증상이 오락가락하는 것 같은데, 안 그래?"

아내가 나를 빤히 바라보았다. "이건 내 몸이야, 데이비드. 그리고 내가 나빠졌다고 말하고 있잖아." 내털리는 창가로 걸어가더니 여전히 뒷마당 덱에서 연초를 피우는 이웃집 딸과 그애의 친구를 바라보았다. 잠시 그들을 유심히 바라보는 듯하던 그녀가 되돌아섰다.

"그건 그렇고, 핀이 알아차리기 시작했다는 말을 내가 했던가?"

"뭘 알아차려?"

"내가 요즘 포크를 어떻게 쥐는지. 글씨체도 그렇고. 에린의 머리를 땋아주지 못한다는 것도."

"나도 에린의 머리를 땋아주진 못해." 내가 말했다.

내털리는 나를 쳐다보고는 와인을 한 모금 더 마셨다. "있잖아, 우리 언젠가는 이 얘기를 해야만 해, 데이비드."

"무슨 얘기?"

"아이들 얘기."

"아이들은 괜찮을 거야." 나는 말했다. "우리 모두 괜찮을 거라고."

"데이비드, 언젠가 집안의 모든 일을 당신이 도맡아야 하는 때가 올지도 몰라. 그러면 어떤 상태가 될지 우리가 미리 얘기를 해야 한다고."

"그런 일이 일어나면 그때 생각하자." 나는 말했다. "만일 일어난다면."

"만일이란 없어." 내털리는 말했다.

"그건 모르는 일이지."

"아니," 아내는 말했다. "알아."

많은 사람이 뇌심부자극이라는 용어가 무슨 뜻인지 알 필요 없이 살아간다. 오랫동안 나는 그런 사람 중 하나였고 내털리도 마찬가지였는데, 어느 날 밤 파티에 갔다가 학교 근처의 조용한 거리를 따라 차를 몰고 집에 돌아가는 길에 내털리가 새끼손가락 하나를 들어올리며 이상한 점, 뭐든 평소와 다른 점을 알아보겠는지 내게 물었다. 나는 차를 운전하고 있었는데도 그 손가락이 살짝 떨리는 것을 보았다. 미세한 경련, 겨우 눈에 띌까 말까 한 정도였다.

며칠 뒤 저녁 식탁에서 내털리는 지난 몇 주 동안 다운보를 할 때, 특히 활 중간을 써서 다운보를 할 때 손이 꽤 많이 떨리더라고 말했다. 활 중간 부분으로 더블스톱을 할 때는 더욱 심하다고 했다. 나는 가족의 주치의와 진료 약속을 잡자고 제안했으나 내털리는 이미 신경과 전문의와 예약을 잡아둔 상태였다. 아내는 이미 알고 있었다. 몇 주 뒤에 어느 식당에 들어가려고 줄을 서 있을 때 그녀는 내게 그렇게 말했다. 우리가 식탁에서 그 대화를 하던 순간에 자기는 이미 알고 있었다고.

진료를 맡은 신경과의사는 몇 가지 검사를 했지만 공식적인 진단을 내리기에는 너무 이르다고 판단했다. 의사는 파킨슨병일 가능성도 물론 있기는 하지만 그보다는 본태성진전이 더 의심된다고 말했다. 일반적으로 중증도가 낮고 진행성이 아닌 경우도 있으나 어쨌든 삶을 뒤바꾸는, 내털리처럼 손에 생계가 달린 사람에게는 특히 타격이 심한 질병이었다.

떨림은 시간이 갈수록 심해지기도 하고, 그대로 유지되거나 거의 변화가 없기도 하고, 흔치 않은 경우 오히려 나아지기도 한다고 의사는 말했다. 다행히도 당장은 떨림이 손에 국한되어 있었고 주로 오른손에 나타났다. 의사는 우선 경과를 지켜보자고 했다. 경과를 지켜보며 기다리자고.

그뒤 며칠 동안 내털리는 최악을 예상하면서 약간 우울해했다. 자신의 경력에 대해서, 그리고 이 상황이 연주자로서만이 아니라 음악과에 새로 임용된 교수로서 무엇을 의미하는지에 대해 많은 이야기를 했다. 내털리는 최근에 학교에서 현악 부문 학과장을 맡았다. 음악 이론 과목들을 가르치고 학과 학생 여럿에게 매주 레슨을 해줄뿐더러, 대학 소속 현악사중주단을 비롯해 다른 모든 연주 활동을 병행하면서 간혹 먼 거리를 여행해야 할 때도 있었다. 의사는 일상에서 받는 모든 유형의 신체적, 정서적 스트레스가 떨림을 촉발할 수 있다면서 첼로 연주를 계속하고 싶다면 일을 대폭 줄여야 한다고 경고했다. 그 주 후반에 두번째 진료를 볼 때 한 말이었다. 또한 의사는 공연이 있을 때를 대비해 베타차단제를 처방했고 본태성진전에 전문성을 갖춘 물리치료사를 근처에서 찾아보라고 권유했으며 아울러 뇌심부자극을 비롯한 외과적 치료법들이 소개된 책자를 하나 주었다.

내털리는 그날 약간 멍한 상태로 병원에서 돌아왔다. 의사가 한 말을 내게 일부 전했지만 전부 알려주진 않은 채 혼자 있을 시간이 필요하다고 말했다. 나는 아내가 뒷마당에 있는 스튜디오로 걸어가는 모습을 바라보았다. 작년에 처남 트렌트가 지어준 연습실이었다. 오스틴의 저명한 건축회사 소속 건축가인 트렌트는 작년 6월에 내털리의 마흔번째 생일을 기념해 동료 몇 명과 함께 그 스튜디오를 설계했다. 장인이 비용을 댔지만 트렌트에게 그건 사랑의 노동이었음을 나는 알았다. 벽 전체가 유리로 된 그 스튜디오는 꽤 작은 규모의 건물이라 가로세로 길이가 이십 피트에 지나지 않지만, 밤에 내털리가 그곳에서 연주할 때면 뒷마당 한가운데에서 빛나는 거대한 유리 상자처럼 보였다.

하지만 그날 밤, 내털리는 그곳에 첼로를 가져가지 않았다. 그녀는 혼자 스튜디오로 걸어가 방 한가운데에 있는 작은 의자에 앉았다. 벽에 방음 처리가 되어 있지만 나는 아내가 음악을 듣고 있다는 것을 알았다. 유리벽으로 둘러싸인 방 한가운데에서 바닥에 와인 한 잔을 놓고 의자에 등을 기댄 채 눈을 감은 그 모습을 보고 알 수 있었다.

몇 시간 뒤 집으로 들어왔을 때 내털리는 아무 말도 하지 않았다. 바로 자러 들어갔고 다음날 일어났을 때는 새로 찾은 낙관과 결의에 사로잡힌 듯 보였다. 현악 부문 학과장 자리에서 내려오지 않겠다, 라고 내털리는 말했다. 교수로서의 책임을 타인에게 넘겨주지 않겠다. 현악사중주단에서 탈퇴하지 않겠다. 의사가 제안한 대로 베타차단제를 복용하고 물리치료도 시작하고 식사도 잘 챙기고 운동도 더 많이 하고 매사를 더 건강한 관점으로 바라볼 것이다. 의사의 제안과 인터넷 환우 커뮤니티에서 권하는 모든 방법을 전부 실행할 것이다. 그래, 힘든 길이 되겠지만—굉장히 힘든 길이 될 수도 있겠지만—이 병이 나를 규정하도록 내버려두지 않겠다.

내털리가 자신이 선언한 모든 일을 해나가는 동안 나는 놀라서 얼떨떨한 채 그녀를 바라보았다. 내털리는 수업을 계속했고, 독주 레슨을 지도했고, 대학의 현악사중주단과 계속 연습했으며, 자신에게 생긴 일을 난처함이나 두려움 없이 동료들에게 말했고, 심지어는 앞으로 우리 삶이 어떻게 바뀔지, 섹스와 관련해 얼마나 창의적인 방법을 고안해야 할지, 내가 화장을 대신 해주게 되면 자기가 얼마나 못생겨 보일지를 두고 몇몇 친구들과 농담까지 나눴다. 이런 상태—이런 낙관의 시기—가 두세 달 남짓 이어진 것 같다. 그러던 어느 날, 아마 서너 주쯤 전에, 집에 돌아왔더니 내털리가 침대에 누운 채로 극심한 현기증이 나는데 도무지 멈추지를 않는다고 말했다. 그녀는 눈물을 보이면서 음악학과에 전화를 걸어 출근할 수 없는 상황을 설명해달라고 부탁했다. 내털리는 겁에 질려 있었다.

"병원에 가야 할 것 같아." 나는 말했다.

"아니야." 아내가 대답했다. "안 가도 돼. 전에도 이런 적 있어. 곧 지나갈 거야."

"내가 어떻게 하면 좋을지 알려줘."

"그냥 불만 꺼줘." 그녀는 말했다. "문도 닫아주고. 나중에 애들 데리러 가면 그냥 내가 좀 아프다고만 말해."

나는 부탁대로 불을 끈 뒤 잠시 문가에 서서 아내를 바라보았다. 눈을 감은 내털리의 가슴이 어둠 속에서 천천히 오르내렸다. 내가 거기에 있다는 걸 모르는 줄 알았는데 잠시 후 그녀가 몸을 틀어 아주 잠깐 나를 올려다보고는 한숨을 쉬었다.

"미안해, 데이비드." 내털리가 말했다.

"뭐가?"

하지만 대답은 없었다. 아내는 그저 눈을 감고 돌아누웠다.

그날 저녁 이후로 내털리는 수업이나 현악사중주단이나

연주자로서의 미래에 관한 얘기는 하려 하지 않는다. 그저
아이들과 우리의 미래, 그것이 어떤 모습일지에 대해서만 말
하려 하는데, 그런 얘기를 하겠다는 열의가 너무나 강렬하고
급박해서 걱정스러울 정도다. 나는 의사가 한 말을 일깨워주
려고 애쓴다—이 시점에선 아직 뭐든 확실히 알기 어렵다는
것, 그리고 어지럼증은, 그래, 괴로운 증상이긴 하지만 그것
만 놓고 보면 별 의미가 없을 수도 있다는 것. 그러면서도 나
는 아내가 최근 몸에 나타난 변화를 우려한다는 걸 알아차린
다. 며칠 전에는 대학의 현악사중주단 공연을 취소했다. 에
르빈 슐호프의 소품 몇 곡과 내털리가 무척 좋아하는 레오시
야나체크의 유명한 곡 〈크로이처 소나타〉를 연주하는 공연
이라 그 결정이 얼마나 절망적일지 나는 잘 알았다. 그 얘기
를 하던 날 밤에 나는 부엌에서 에린에게 줄 저녁을 만들고
있었다. 핀은 이웃집에서 그 집 아들 중 하나와 놀고 있었는
데, 만약 핀이 그때 옆에 있었다면 안 그랬겠지만 그날 밤 내
털리는 울었다. 그날 밤 내털리는 무너졌다. 진단을 받은 뒤
로 그녀가 처음 운 날이었다.

나중에 침대에 함께 누워 있을 때 내털리에게 현악사중주
단과 무슨 일이 있었는지 말해보라고 했다. 단원들은 우리가
오랫동안 알고 지낸 사람들이자, 함께 휴가를 떠나고 저녁식

사에도 무수히 초대한 가까운 친구들이다. 나는 아내가 하는 말이 자초지종의 전부가 아니라는 걸 알았지만 그녀는 더 자세히 얘기하려 하지 않았다. 당신이 그런 식으로 연주를 그만두는 걸 그들이 가만히 보고만 있었다는 사실을 믿기 힘들다고 해도 아무 말도 하지 않았다.

다음날 내털리의 가장 친한 친구이자 현악사중주단의 수석 바이올리니스트인 프랜시스에게 전화를 걸어 무슨 일이 있었는지 물었다. 프랜시스와는 칠 년 가까이 알고 지냈고 내가 대단히 우러러보는 사람이기에 그녀는 진실을 말해줄 거라 믿었다. 그러나 처음에 프랜시스는 조심스러워하며 대답을 회피하다가 내가 넌지시 재촉하자 마지못해 최근에 내털리가 좀 까다로웠던 건 사실이라고 말했다―'신경질적이다'는 것이 프랜시스의 표현이었다. 연습에서 나머지 단원들을 잘 따라가지 못했고, 그래서 그들은 내털리가 자신의 몸에 정확히 무슨 변화가 있는지, 그것을 어떻게 통제할 수 있는지 더 잘 알게 될 때까지만이라도 잠시 연주를 쉬는 게 어떻겠냐는 제안을 꺼낼 수밖에 없었다고 프랜시스는 말했다. 단원들은 단체로 모여 터놓고 얘기했고, 듣자 하니 내털리는 말없이 오래 가만히 앉아 있었던 것 같다. 마침내 모두가 각자의 의견을 말하고 나자 내털리는 일어서서 첼로를 챙겨 나갔다고 했다. 프랜시스는 다들 마음이 끔찍이 안 좋다고, 내털리의 심정을 상상조차 할 수 없지만, 그래도 사중주단은 활동을 계속해야 한다고 말했다. 프랜시스는 자꾸만 갈라지는 목소리로 그런 말을 하면서 거듭 사과했지만, 나는 걱정하지 말라고, 전적으로 이해한다고 대답했다.

"그런데요, 내털리가 그냥 연주하고 싶다고 한다면," 프랜시스가 통화 막바지에 말했다. "내가 틀림없이 다른 단원들에게 말해볼 수 있을—" 하지만 나는 프랜시스가 말을 끝내기 전에 가로막았다.

그런 일이 있고 며칠이 지난 그날 밤에 다시 그 얘기를 꺼내려 하자 내털리는 이제 다 극복했다고, 현악사중주단은 더이상 생각하고 싶지 않다고, 이미 지난 일이라고 말했다. 오히려 내가 너무 감상적이라면서, 일종의 부정 단계에 머물러 있다고 나무랐다. 내가 좀더 명료한 시각으로 상황을 바라봐야 한다고 그녀는 말했다.

그날 더 늦게 다시 프랜시스에게 전화를 걸어, 내털리가 증상이 호전되고 다른 단원들에게 사과한다면 다시 사중주단에 합류할 기회가 있을지 물었다. 왜 그랬는지는 나도 모르겠다. 그 답은 이미 알고 있었다.

"다른 단원을 이미 찾았어요." 프랜시스가 조심스럽게 말했다. "미안해요, 데이비드."

"누구예요?"

"그게 정말 중요한가요?"

"에릭 재노위츠인가요?" 나는 물었다. 에릭은 몇 년간 내털리의 가장 우수한 학생이자 수제자였는데 학교를 졸업한 뒤 그 역시 계약직 강사로 교원에 합류했다.

프랜시스는 대답하지 않고 오히려 내게 물었다. "두 사람, 지금 어떻게 지내는 거예요, 데이비드? 여기 사람들 모두가 많이 걱정해요. 내털리만이 아니라 데이비드 당신도. 우린 어떤 식으로든 두 사람을 돕고 싶어요."

나는 걱정해주어 고맙다고, 우리는 잘 지내고 있다고 말했다. 살짝 기분이 상했지만—어쨌거나 내털리는 (학과에서나 다른 단원들과의 문제에서) 여러 번 프랜시스를 도우려고 나섰으니까—다른 말은 하지 않고 나중에 연락하겠다고만 말했다.

이제 내털리는 다시 창가로 가서 개수대 위 창문 밖으로 이웃집 딸과 친구를 내다보고 있었다. 사위가 어두웠다.

"쟤들 마리화나 피우고 있을까?" 내털리가 말했다.

"아니," 나는 대답했다. "내 생각엔 그냥 담배 같아."

내털리는 고개를 저었다. "저애가 언제 저런 십대가 되었지? 우리가 여기 처음 이사왔을 때 저애가 어땠는지 기억해?"

"어린아이였지." 나는 말했다. "근데 그건 칠 년 전이야."

다시 고개를 저으며 와인을 한 모금 마시는 아내가 무슨 생각을 떠올리는지 나는 알았다. 그녀는 우리 아이들을, 그리고 그애들이 십대가 되었을 때 우리의 삶이 어떠할지를, 특히 자신의 증상이 더 진행되어 지금보다 나빠진다면 어떻게 될지를 생각하고 있었다. 최근에 내털리는 인터넷에 있는 영상 몇 개를 '최악의 시나리오'라고 지칭하며 내게 보여주었다. 그러면서 내가 최악의 상황에 대비하기를 바란다고, 자기가 파킨슨병 혹은 그보다 더한 병에 걸렸다면 우리의 삶이 어떻게 변할지 알기를 바란다고 했다. 나는 두번째 영상까지 보고 나서 그만 끄라고 했다. 이런 영상을 더는 보지 않겠다고 말했다. 그런데 이제 아내의 생각이 다시 거기로 돌아가고 있음을 알았고, 그래서 나는 요즘 계속 내털리에게 연락하려고 애쓰는 프랜시스 얘기로 화제를 되돌리려 애쓰며 프랜시스가 그 주에 열 번도 넘게 집으로 전화했다는 사실을 일깨웠다.

내털리는 눈을 치뜨면서 와인 잔을 내려놓았다.

"있잖아, 에릭 재노위츠 같아," 내털리가 말했다. "나 대신 들어온 단원."

"그래서 놀랐어?"

"아니. 하지만 걘 절대로 나가지 않는다는 건 알아. 내 증상이 좋아진다 해도."

"그건 알 수 없지."

"아니, 알아." 내털리는 말했다. "야심이 대단하거든."

"뭐, 다른 사중주단도 있잖아."

"내겐 아니야."

"독주는 어때? 다시 투어 공연도 다니고."

"데이비드." 내털리가 나를 빤히 쳐다보았다. "난 포크도 제대로 쥘 수가 없어."

내털리가 빈 잔을 향해 고갯짓하자 나는 거기에 와인을 더 따랐다. 벌써 석 잔째였다.

"이것만 마시고 그만이야." 나는 잔을 밀어주며 말했다.

내털리는 그 말을 무시한 채 스툴에 앉았다.

"아까 강연에서 그 여자가 했던 말이 자꾸 생각나. 그거 있잖아, 우리의 선택과 행동은 그것이 진정한 자아와 맺는 관계를 기준으로 판단된다는 말, 그리고 진정한 자아와 조응하는 행동이 가치 있다고 여겨진다는 말. 하지만 자신의 선택과 행동을 더이상 통제할 수 없다면 어떡하지? 자기 몸을 더 이상 통제할 수 없다면?"

내털리는 나를 바라보았다.

초저녁의 강연 막바지에 그 여자 강사는 어떤 주장을 증명하기 위해 소소한 실험을 하고 싶다고 말했다.

강사는 조교를 시켜 흰 쪽지와 작은 연필을 모든 청중에게 나눠준 뒤 각자 세로 두 줄로 단어들을 적되, 한 줄에는 자신의 '진정한' 자아를 가장 잘 묘사하는 단어를, 다른 한 줄에는 '실제' 자아를 가장 잘 묘사하는 단어를 적으라고 했다. 내털리는 그 작은 연필을 쥐기가 힘들어 결국 도중에 포기했지만 그전에 적어놓은 단어 몇 개가 얼핏 내 눈에 들어왔다. 엄마, 완벽주의자, 대리인, 포기자, 불구자, 첼리스트, 유령. 이 단어들을 어떻게 이해해야 할지, 그녀가 어떤 단어를 어느 줄에 포함시킬 생각이었는지 알 수가 없었다. 읽기가 고통스러웠다. 나는 몸을 기울여 뭔가 말하려 했지만 아내는 이미 종이를 구겨버린 뒤였다. 이제 나는 그 단어들이 무슨 뜻이었는지, 그녀가 그것을 왜 썼는지 궁금해졌다. 그 실험의 요지가 무엇이었는지는 기억나지 않았다.

"그러니까, 내 몸이 더는 내 것이 아닐 때 진정한 자아는 어떻게 되느냐고." 내털리는 말을 이었다. "내가 옷을 입을 수 없게 되면 어떻게 될까? 머리를 스스로 빗을 수 없게 되면?"

"당신, 와인을 너무 많이 마신 것 같다." 나는 말했다.

"난 지금 굉장히 진지한 질문을 하고 있는 거야, 데이비드. 그런데 당신은 내 말을 귀담아듣지 않잖아."

"듣고 있어." 나는 대답하며 아내에게 다가갔다. "당신은 두려운 거야. 이해해. 나도 두려우니까."

"그런데 요점은 바로 그거야." 내털리가 와인을 홀짝이며 말했다. "나는 전혀 두렵지 않거든."

내털리를 처음 만난 날, 우리는 둘 다 대학 삼학년이었고, 그날 밤에 그녀는 봄철 콘서트 시리즈의 일환으로 드미트리 쇼스타코비치의 첼로 협주곡을 연주하고 있었다. 그 공연에서 독주를 한 학생은 내털리가 유일했는데, 그것은 그녀가 지난 십 년간 오벌린대학을 거쳐간 첼리스트 중 가장 훌륭한 연주자이기 때문이었음을 나는 나중에 알게 되었다. 사람들은 내털리에 대해 말할 때 영재 혹은 거장 등의 수식어를 과장 없이 사용했다.

그날 콘서트가 끝난 후에, 지금은 이름도 기억나지 않지만 그때는 우리 둘 모두의 친구였던 여자가 무대 뒤에서 나를 내털리에게 소개했고, 우리는 대학 오케스트라 학생들 일고 여덟 명과 함께 교정 반대편의 어느 기숙사에서 열린 맥주 파티에 가게 되었다. 파티가 끝나고 해가 막 떠오를 무렵 우리는 내털리의 기숙사로 돌아가기 위해 교정 동쪽 가장자리를 지나는 조용한 거리를 따라 걸어갔다.

하지만 그 모든 이후의 일들보다 더 생생히 기억나는 것은, 음악에 대해 아무것도 모르던 내가 무대 위의 내털리를 보면서 위대함이란, 특출하고 탁월한 재능이란 이런 것임을 깨닫던 순간이다. 물 흐르듯 유연하게, 마치 몸의 연장인 양, 팔의 일부인 양 움직이던 활을 바라보던 기억, 공연중 이따금 눈을 감고 자기 안으로 사라지는 듯하던 내털리, 오르내리는 박자에 맞춰 호흡도 빨라졌다가 느려지고, 어떤 순간에는 꿈이나 무아지경에서 깨어나는 것처럼 환히 밝아지던 그녀의 모습을 바라보던 기억이 난다. 그 내밀하고 황홀한 느낌에 취해 나는 내털리에게서 눈을 뗄 수가 없었고, 공연이 마지막에 이르렀을 때에도 그녀를 물끄러미 바라보고만 있었다. 공연장에 불이 켜지고 객석의 청중 모두가 기립 박수를 치던 장면이 기억난다. 모두가 계속 선 채로 몇 분 내내 박수를 치던 장면이 기억난다.

그날 밤 느지막이 어두운 뒷마당에 서서 스튜디오의 유리

벽 너머로 내털리를 바라보는 동안 나는 그런 기억을 떠올리고 있었다.

좀전에 우리는 두번째 와인 병까지 비웠고 내털리는 아이들이 잘 자는지 확인한 후 첼로를 살펴보러 침실로 들어갔다. 브리지가 기울어졌는지만—그게 최근의 골칫거리였다—확인하려는 줄 알았는데 몇 분 뒤 연주를 하고 싶다면서 케이스를 통째로 가지고 나왔다. 나는 열시가 다 되어간다고, 의사가 자는 시간을 앞당겨보라고 하지 않았느냐고 말했지만 내털리는 내 말을 무시하고 부엌으로 들어가 와인을 더 챙겼다.

잠시 후 나는 내털리가 뒷마당의 스튜디오를 향해 걸어가는 모습을 지켜보았다. 한쪽 팔에 첼로를 끼고 다른 쪽 손에는 와인 병을 든 채 어둠을 뚫고 나아가는 모습을. 나는 스튜디오에 불이 들어오기를 기다렸다가 유리벽으로 둘러싸인 큐브가 갑자기 환해지자 뒷마당으로 나가 계속 바라보았다.

하지만 그 밤에 내털리는 첼로 케이스를 열지 않았다. 첼로를 한쪽 구석에 세워둔 채 스튜디오 한가운데에 놓인 작은 의자에 앉아 아이팟과 연결된 오디오를 켰다. 이퀄라이저에 불이 들어왔고, 나는 내털리가 요전날 밤처럼 와인 병을 옆쪽 바닥에 내려놓은 채 머리를 뒤로 젖히고 눈을 감는 모습을 보았다.

나는 방에서 잠든 아이들을 생각했다. 그애들이 앞으로 엄마가 연주하는 모습을 볼 수 없게 된다면 얼마나 슬픈 일인가 생각했다. 내가 예전에 본 대로, 우리가 처음 만난 날 연주했던 대로, 아이들이 방에서 잠든 늦은 밤에 바로 이 스튜디오에 나와 무수히 했던 대로, 그렇게 진정으로 연주하는 그녀의 모습을 볼 수 없게 된다면 얼마나 슬픈 일인가. 최근에, 혹은 과거에 첼로를 연주하던 엄마의 모습은 기억에 남겠지만 그건 모호하고 불완전한, 머나먼 기억일 것이다. 이처럼 생생한 기억은 아닐 것이다. 나는 최근에 내털리가 겪는 증상—어지럼증과 균형감각 이상—을 생각했다. 두 가지 다 파킨슨병과 연관된 증상이라는 사실을 우리 둘 다 알고 있고 의사도 '염려스럽다'고 인정했다. 주초에 의사는 검사—혈액 검사 몇 가지와 MRI—를 더 해보자며 내털리를 불렀고 이제 우리는 기다리고 있었다. 지금까지 여러 달을 지나는 동안에도 우리는 계속 기다려온 것만 같았다. 이 회색 지대를 부유하면서 어떤 미래가 올지 모르는 채로 모든 결과를 조마조마 걱정하고, 혼자 있는 순간에는 요즘 우리 곁을 한시도 떠나지 않는 어떤 느낌을 견디면서 기다리고 있었다. 그것은 우리의 몸이 엄청나게 허약하며, 갑작스럽고 불가해한 방식으로 우리를 배반할 수도 있다는 느낌이었다.

그때 나는 스튜디오로 조금 더 가까이, 하지만 내털리는 나를 볼 수 없을 만큼만 가까이 다가갔다. 맨발 아래 시원한 땅이, 등에는 부드러운 바람이 느껴졌다. 마당에 짙은 어둠이 깔려 강렬하게 빛나는 스튜디오의 조명 외에는 온통 캄캄했다. 나는 더 다가갔다. 내털리가 머리를 앞으로 기울이며 어깨를 늘어뜨리는 모습을 바라보았다. 내가 손을 흔들거나 이름을 부르면 어떻게 될지 궁금했다. 내털리가 나를 볼지, 이번 한 번만이라도 문으로 다가와 나를 안으로 들여줄지.

라인백

지난 몇 년 동안 나의 일과는 대체로 똑같다. 여섯시경에 일어나 커다란 주전자에 커피를 가득 끓여 마시고, 조간신문을 읽고, 달리기를 하러 나갔다가, 샤워와 면도를 하고, 대략 다섯시 정도까지 프리랜서 업무를 처리한다. 그뒤에는 와인 한 병을 따고 한 시간가량 이메일에 답장한 뒤 와인 바 폰테인에 가서 늘 앉는 자리에 앉는다. 리베카는 거의 항상 거기에, 바 안쪽에 서 있고 우리는 보통 와인 한두 잔을 같이 마시는데, 그러면 콜레트나 다른 웨이트리스가 내게 음식—무엇이 되었든 그날 밤에 손님들에게 낼 음식을 맛보기로 조금씩 덜어놓은 것—을 가져오기 시작할 테고, 데이비드나 다른 셰프가 간간이 나와서 음식맛이 어떤지 물을 것이다. "맛있어." 나는 매번 말할 것이다. "어제보다도 더 맛있네." 그러면 그들은 어김없이 미소를 지으며 내 등을 토닥이고는 거짓말하지 말라고 하겠지만 사실 그건 거짓말이 아니다. 그들이 만드는 음식은 한결같이 훌륭하다. 그 음식은 내가 인생에서 신뢰하는 몇 안 되는 대상 중에 하나다.

나는 폰테인을 경영하는 데이비드와 리베카를 이십 년 가까이 알고 지냈다. 그들은 나의 가장 오랜, 가장 가까운 친구들이며 내가 여기 라인백에 사는 이유다. 우리는 다 함께 저 아래 푸킵시에 있는 대학에 다녔고 뉴욕에서 무모하고 비생산적인 한두 해를 보낸 뒤 결국 여기로 와서 폰테인을 열었다―아니, 여기로 와서 폰테인을 연 것은 두 사람이고 나는 덩달아 따라왔을 뿐이다.

처음에는 두어 달만 머물면서 두 친구가 식당을 궤도에 올릴 때까지 도울 계획이었는데, 어떻게 된 일인지 두어 달이 두어 해가 되고, 두어 해는 이십 년이 되고 말았다. 그 생각을 되도록 안 하려고 노력하지만 어쩌다 생각에 빠져버리면 이따금 무서워진다. 시간이 얼마나 빨리 흐르는지.

보통의 밤이면 나는 저녁 영업이 끝날 때까지 계속 자리를 지킨다. 그러다가 주방 직원이나 웨이트리스들과 잠시 어울리면서 그들이 주고받은 손님 뒷담화를 듣고 와인을 마시거나 뭐든 남은 음식을 먹는다. 가끔 데이비드가 나와서 함께 어울리기도 하고 리베카가 메뉴에 추가하려고 검토중인 와인을 가지고 들르기도 한다. 우리는 각자 한 모금씩 마시고 나서 리베카에게 의견을 말할 테고, 그러면 리베카는 한참 자리를 떴다가 삼십 분쯤 뒤에 다른 것들, 일테면 또다른 와인 한 병, 치즈 한 접시, 플루오트타르트 같은 음식을 들고 나타난다. 그러다보면 어느덧 주방 직원들은 밖으로 나가 담배를 피우고, 웨이트리스들은 남자친구에게 문자를 보내기 시작하고, 나는 이 어둑한 방에 홀로 남아 흔들리는 촛불과 창밖에서 느리게 흩날리는 눈을 바라볼 것이다.

식당이 막 개업한 초창기에는 나도 가끔 주방에서 일손을 거들었다. 정기적인 일은 아니었고 급료도 받지 않았지만 그래도 즐거웠다. 내가 한 일은 대부분 준비 작업이었다. 뉴욕에 살던 시절에, 데이비드가 나도 자기와 리베카의 식당 사업에 합류할 거라는 희망을 버리지 않았던 시절에 내게 가르쳐준 일들이었다. 실은 나도 한참 고민했다. 나는 샐러드에 넣을 채소를 썰고 졸일 음식을 젓고 소스를 만드는 과정에서 단순한 재미를 느꼈다. 아무 생각 없는 전념, 주방 안의 동지 의식, 그리고 어떤 음악을 틀지, 연례 미식축구 내기에서 누가 돈을 딸지 등을 두고 벌이는 언쟁도 좋았다. 게다가 두 친구 옆에 머물며, 마치 한 사람의 두 부분처럼 느껴질 만큼 매끄럽고 유기적인 팀으로 함께 일하는 두 사람의 모습을 바라보는 것도 좋았다. 하지만 나는 그런 일의 스트레스를 끝내 감당하지 못했다. 유난히 바쁜 밤이면 점점 쌓여가는 긴장도 그렇고, 요리사들이 주문을 놓쳤다거나 크렘브륄레를 너무 익혔다거나 수프를 망쳤다거나 하는 너무나 단순한 문제를 두고 서로에게 공격적으로 덤벼드는 모습도 견디기 힘들었다. 밤 영업이 끝날 무렵이면 온갖 스트레스에 극도로 긴장한 나는 담배를 반 갑 가까이 피워야만 세상으로 돌아가 다시 사람들과 대화할 수 있는 상태에 도달할 수 있었다.

요즈음 나는 리베카와 함께 집의 앞쪽 공간에 머무르는 때가 많다. 리베카가 집수리 계획을 말하거나 밤마다 식당에 오는 단골들의 뒷소문을 늘어놓을 때 그 이야기를 듣는 게 좋다. 때로 와인을 좀 과하게 마시면 리베카는 말이 많아져서 자신의 다양한 철학을 장황하게 늘어놓거나 내 인생의 다양한 문제에 대해 경고도 할 것이다. 리베카는 내가 우울에 빠져 있다고, 아니 그보다는, 뭔가를 놓친 채 살고 있다고 생각하는 듯하다. 나는 그렇지 않다고, 인생을 있는 그대로 즐기고 있다고, 여자친구나 안정된 직업이나 내 소유의 집이 없어도 상관없다고 말하려 애쓴다. 이런 방식으로 이십 년 가까이 살아왔고 바뀔 생각도 없다고, 나는 그녀에게 말한다. 그런데도 리베카는 걱정한다. 내가 홀로 늙어간다고 걱정하고, 자기들이 계획대로 두 해 뒤에 이곳을 떠나면 내게 무슨 일이 벌어질지 걱정한다. 지난 육 개월간 그들은 폰테인을 팔고 텍사스로 가서 오스틴에 다른 식당을 연다는 계획을 세웠다. 과거에도 비슷한 계획이 나온 적 있지만—한 번은 뉴욕에 식당을 연다는 것이었고 또 한번은 벨리즈로 이주한다는 것이었다—실제로 이행된 적은 없었으며 그래서 나는 그다지 걱정하지 않는다. 그럼에도 리베카는 나를 압박한다.

"그러니까, 그럼 넌 어떻게 되겠어?" 얼마 전 밤에 둘이서 술을 마시던 중에 리베카가 내게 말했다. "넌 뭘 할 거야?"

"난 괜찮을 거야." 나는 말했다.

"넌 여기에 계속 있을 거야?"

"라인벡에?" 나는 말했다. "아마도." 그러고서 리베카를 쳐다보았다. "나도 오스틴에 따라갈 수도 있고."

집 앞쪽 창문 밖으로 눈 덮인 라인벡의 텅 빈 거리가 보였다. 식당과 상점들의 창문이 안에서부터 빛을 내며 따뜻한 불빛을 보도로 흘리고 하늘에서는 새 눈송이들이 하늘하늘

내려왔다.

리베카는 나를 빤히 바라보았다. "넌 텍사스를 싫어하잖아." 리베카가 말했다.

"좋아하도록 노력하면 되지." 나는 한쪽 눈을 찡긋하며 대답했다.

"도무지 진지하게 받아들이질 않는구나."

"나 진지해." 나는 말했다. "그저 아직 일어나지 않은 일을 걱정하는 게 의미가 없다고 느낄 뿐이야."

"일어나지 않을 거라고 생각하니까 그렇지."

"내가 언제 그렇게 말했어?"

"말하지 않았지." 리베카는 말했다. "하지만 난 알 수 있어." 그러더니 그녀는 내 쪽으로 몸을 돌리며 내 손을 꽉 쥐었다. "뭔가 확고한 것을 찾아야 해, 리처드."

"무슨 뜻이야, 확고한 거라니?"

"내 말은, 인생에서 확고한 무언가를 찾아야 한다는 거야."

대학 시절에 그 둘을 처음 만났을 때 우리는 학교 도서관의 영상실에서 함께 일했다. 우리가 할 일은 저녁 영화 수업이 있는 밤에 다양한 영화를 상영하고, 도서관의 소장 영화

목록을 잘 채워놓고 관리하는 것이었다. 꽤 쉬운 일이라 짬짬이 담배를 피울 휴식 시간이 자주 생겼다.

데이비드와 리베카는 처음엔 커플이 아니었는데, 가을 학기가 끝날 무렵부터 둘이 교대시간을 바꿔 나오거나 가끔은 동시에 함께 일하는 모습이 눈에 띄기 시작했다. 그러더니 겨울방학의 어느 밤에 술에 취해 인사불성이 된 데이비드가 내 방에 나타나 리베카가 전 남자친구랑 다시 만나려 한다는 말을 들었다며 눈물을 글썽였다. 리베카에 대한 마음을 그녀에게 밝힌 적이 있는지 물었더니 데이비드는 없다고, 말을 꺼내기가 늘 너무 두려웠다고 대답했다. 그래서 나는 그를 학교 근처 커피숍으로 데려가 술을 깨게 한 다음 다시 리베카의 기숙사로 데려갔고, 일이 잘못되면 데이비드를 위로할 작정으로 한 시간 가까이 밖에서 기다렸으나 물론 일은 잘 풀렸다. 나는 리베카의 기숙사 방 창문에서 불이 꺼지는 것을 보고 다시 집으로 돌아갔다.

대학 졸업 후에는 셋 다 한동안 뉴욕시에서 살면서 거의 주말마다 만나 햄프턴스로 놀러가거나 라인벡과 뉴버그 같은 허드슨 연안의 작은 마을로 자주 여행을 다녔다. 나는 상당히 저명한 예술 잡지에서 보조 업무를 하는 일자리를 구했고 데이비드와 리베카는 어퍼이스트사이드의 여러 식당을 거치면서 처음에는 접객부터 시작해 나중에는 요리까지 하게 되었다. 데이비드는 실제로 요리에 꽤 재능을 보여 결국에는 작지만 평판이 좋은 프랑스 식당에서 수석 셰프로 승진했다. 그 식당은 둘이 함께 사는, 혹은 공동 거주하는 86번가의 아파트 근처에 있었다. 하지만 그즈음 데이비드의 관심이 자기 식당을 열어 원하는 종류의 요리를 하는 일로 옮겨간데다 두 사람 다 뉴욕 생활에, 그곳의 생활양식과 생활비에 조금은 지치기 시작했던 것 같다. 그들은 더 조용하고 단순하고 비용이 덜 드는 곳을 원했다. 졸업 오 주년 동창회가 열려 우리가 함께 모교에 갔던 그 주말에, 무슨 일인가 일어났던 것 같다. 그게 뭐였는지는 모른다. 그 주 일요일에 기차를 타고 집으로 돌아온 나와는 달리 데이비드와 리베카는 거기 남았다는 사실만을 알 뿐이다. 둘은 라인벡으로 갔고 다음번에 내가 그들을 만났을 때는 훗날 폰테인이 될 건물에 이미 보증금까지 지불한 뒤였다. 내가 그 얘기를 들은 날 밤에 우리는 36번가에 있는 최고로 훌륭한 일식당의 작은 테이블에 둘러앉아 면 요리를 먹고 있었다. 데이비드가 나를 올려다보더니 입안에 면을 가득 채운 채 웃었다. "이거." 데이비드가 말하며 냅킨으로 입을 닦은 뒤 남은 면을 후루룩 먹었다. "이거." 그가 말했다. "그리울 거야."

결국 나 역시 그곳으로 이주하기까지는 겨우 한 달밖에 걸리지 않았다. 그들도 내가 맨해튼에서 계속 살리라고 예상하진 않았던 것 같다. 그때는 이미 예술 잡지 일을 그만두고 프리랜서 생활을 시작했으며 아파트의 임대료가 막 오른 뒤였다. 뉴욕시에서 버티고 있을 이유가 별로 없었다. 게다가 두 친구는 이사 계획을 말한 순간부터 적극적인 설득에 들어갔다.

"네가 여기로 이사오지 않으면," 리베카는 내가 처음으로 라인벡에 놀러갔을 때 말했다. "우린 서로를 죽이고 말 거야, 알잖아?"

"저 녀석은 올 거야." 데이비드가 웃으며 말했다. "아직 스스로 깨닫지 못했을 뿐."

나는 그럴 수 없다고, 너희를 졸졸 따라다니는 기분이 들 거라고, 그건 너무 이상하지 않느냐고 말했지만, 물론 그때 나는 이미 이사하기로 결심을 굳힌 뒤 집주인에게 통보하고 그 밖의 준비도 마친 상태였다.

내가 실제로 이사를 한 날 두 친구가 나를 차에 태워 마을 곳곳에 데리고 다닌 기억이 난다. 그해 가을의 문턱이었을 텐데, 나뭇잎의 색이 막 바뀌기 시작했고 공기가 서늘해지고 있었으며 사방이 잠잠하고 고요했던 기억이 난다. 도중에 데이비드가 작은 농산물 시장 앞 도로변에 차를 세우고 갖가지 가을 채소와 과일―가지와 콜리플라워와 옥수수와 배, 늙은 호박과 사과와 치커리와 애호박―을 사던 기억도 난다. 그날 밤 우리가 함께 집으로 돌아갔을 때 데이비드는 우리에게 놀랍도록 멋진 식사를 직접 요리해주었으며―그 음식이 뭐였는지 기억할 수 있다면 좋으련만―우리 셋은 아주 작은 임시 부엌에 앉아 실컷 배를 채웠다. 그런 다음에는 아파트 바닥에―그들이 주택을 사기 전이었다―함께 누워 마리화나 한 개비를 나눠 피우며 레너드 코언의 음악을 듣고 사는 이야기를 나눴다. 그러다 어느 순간 데이비드가 내 쪽을 돌아보더니 이런 생활에 익숙해질 수 있겠느냐고 물은 기억, 내가 그럴 수 있다고 대답한 기억이 난다.

"내 말뜻은, 영구적으로 말이야." 데이비드가 말했다.

"알아." 나는 대답했다. "내 말도 그런 뜻이야."

"그래?" 데이비드가 말했다. "그러면 여기 계속 있을 생각이야?"

"그럴 생각을 해볼 생각이야." 나는 말했다.

"잘됐어." 데이비드는 말하며 내 손을 꽉 쥐었다. "기쁘다."

이날 밤은 무슨 이유인지 몇 년이 지나서도 생생히 기억난다. 나중에 셋이서 함께 뒷마당 덱으로 나가 추위 속에서 담요를 뒤집어쓰고 있던 시간, 멀리서 빛나던 농장들의 불빛, 병을 주고받으며 함께 마시던 와인, 나뭇잎 타는 냄새. 몇 주가 지난 뒤 데이비드는 내게 털어놓았다. 그날 밤이 사실상 그들 둘을 구했다고, 그보다 며칠 앞서 리베카가 아이를 유산했는데 자기는 그녀가 영영 뉴욕으로 돌아가버릴 것 같아서, 어떤 위로도 통하지 않는 듯해서 걱정했다고. 데이비드가 나를 안고 고맙다고 말했지만 나는 무슨 영문인지, 내가 뭘 했다는 건지 알 수 없었다.

데이비드는 내게 이주할 결심을 해주어 정말로 기쁘다고 말했고, 나는 그에게 지나간 일은 너무 걱정하지 말라고, 유산은 많은 커플에게 생기는 일이며 내 어머니도 나를 낳기 전에 두 번이나 겪었다고 말했다. 그때는 언젠가 그들이 다시 아이를 가지려 할 거라고 진심으로 믿었는데, 내가 아는 한 다시는 그러지 않았고 아이 얘기를 거의 꺼내지도 않았다. 훌륭한 부모가 되었을 사람들이고, 식당을 막 개업한 뒤라 여유 시간이 많았던 그때가 시기적으로도 완벽했을 터라 나는 늘 그 일이 슬프게 느껴졌다.

몇 년이 흐른 뒤 내가 그에 관해 물을 때면 데이비드는 폰 테인이 그들의 아기라고 주장했고, 장난기가 발동할 때는 내가 자기들 아기라고 말했다. 식당 직원들이 가족이나 다름없다고, 그 이상 뭔가를 원한다는 건 상상할 수 없다고 말하기도 했다. 하지만 리베카에게 같은 질문을 하면, 그러니까 아이 얘기를 화제에 올리면, 리베카는 멍하게 딴생각에 잠기곤 했다. 대답을 얼버무리면서 화제를 바꾸거나 질문을 내게로 돌리기도 했다.

"내 말은, 너는 그런 생각 안 하느냐고." 리베카는 말하곤 했다. "바로 네가 원하는 게 그거 아니야?"

"음, 아이들이 있으려면 먼저 아내가 있어야겠지. 아니면 여자친구라도."

"네가 원한다면 당장이라도 생기겠지."

"맞아." 나는 말했다. "그리고 그게 핵심 아니겠어? 내가 원한다면."

오랫동안 리베카는 그 식당에서 일하던 여러 여자와 나의 만남을 주선했다. 내가 지금보다 젊고 직원들 대부분과 나이가 비슷했을 때는 더 열심히 시도했다. 내게 짝을 찾아주거나 적어도 함께 어울릴 수 있는 다른 사람을 찾아주어야 한다는, 어떤 모성애적 의무감을 느낀 것 같다. 이런 만남 주선이 실제로 효과를 발휘한 적도 한두 번 있어서 상대 여자와 한두 달, 때로는 더 길게 사귀기도 했지만 결국 어떤 사람과도 더 깊은 관계로 발전하지는 못했다. 불꽃이 튄 적이 없었는데 그건 아마 내 잘못이었을 테고, 설령 불꽃이나 불꽃과 비슷한 뭔가가 있었다 해도 나는 늘 그것을 꺼트릴 방법을 찾아냈다.

리베카가 가장 최근에 나와 이어주려 한 여자는 식당의 매니저인 로셸이었다. 나는 로셸과 이미 이 년 가까이 알고 지냈는데, 뉴욕에 사는 남자친구만 없었다면 진작에 데이트 신청을 했을지도 모른다. 그런데 몇 달 전 리베카가 내게 로셸이 남자친구와 헤어졌다고 알렸고, 어느새 우리 모두는 리베카와 데이비드의 집에서 저녁식사를 하고 있었다. 그러다 로셸과 나는 데이트를 몇 번 했고 매번 다 좋았으며, 이윽고 7월에는 케이프코드에 몇 주간 집을 빌리자는 식의 여름 계획도 의논했다.

그런데 그 모든 것이 너무 빨리 진척되는 듯했고, 아마 그래서 내가 물러나기 시작했을 것이다. 모르겠다. 얼마 뒤에는 이 관계 역시 근래에 맺은 다른 모든 관계와 비슷하게 느껴지기 시작했다. 거기엔 바로 그 친밀함이, 그 신뢰가 없었다. 데이비드는 내가 사귀는 여자들을 매번 자신과 리베카의 관계, 혹은 우리 셋의 관계와 비교하는 건 부당하다고, 그 무엇도 이 관계와 진정으로 경쟁할 수는 없다고, 게다가 우리 셋 사이에는 못해도 이십 년의 세월이 있지 않느냐고 말한다. 하지만 난 그것과는 아무런 상관이 없다고 말하려 애쓴다. 세월과는 전혀 관계가 없다고. 친밀함의 문제야, 나는 데이비드에게 말한다. 있거나 아니면 없거나, 둘 중 하나인 그것 말이야.

우리가 헤어지던 날 밤에 로셸에게도 같은 설명을 하려 했지만 로셸은 듣고 싶어하지 않았다. 깊은 밤, 내 아파트 밖에 주차한 로셸의 차 안에서 히터를 틀어놓고 앉아서 창밖을 응시하는 로셸의 얼굴을 바라본 기억이 난다. 마침내 내가 말을 끝내자 로셸이 말했다. 내 문제는 누군가와 연인 관계가 되기를 진정으로 원하지 않는다는 것, 그저 원하는 척할 뿐이라는 것이라고.

"당신은 친밀함을 회피하는 사람이야." 얼마 후 비 오는 날 내 아파트 밖에 함께 서 있을 때 로셸이 말했다. "그런 사람을 일컫는 말도 있는 것 같아."

"은둔자?"

"아니." 로셸은 대답하고 나서 웃었다. "내가 생각한 건 그렇게 근사한 말이 아니었어."

　데이비드가 오스틴 계획을 처음으로 내게 말한 때는 8월 말의 어느 날이었을 것이다. 8월 말이거나 9월 초. 데이비드의 집 뒷마당 덱에 함께 앉아 그의 사촌이 보내준 훌륭한 시가를 피우던 중에 그가 무심히 흘리듯 말했다. 도심 지역에 자리를 보고 있다고. 지금으로선 이 년을 염두에 둔 계획이지만 상황에 따라 이 년 혹은 삼 년이 걸릴 수도 있다고 했다. 그는 어쩐지 조용한 목소리로, 말끝마다 충격을 완화해줄 유의사항을 덧붙여가며 말했는데, 그건 내가 기분이 나쁘거나 상처받을까봐 걱정될 때 쓰는 방식이다. 솔직히 나는 그 애기를 어떻게 받아들여야 할지 정말 알 수 없었다. 데이비드에게 진심이냐고 물었고 데이비드는 그렇다고, 그런 셈이라고 대답했다. 리베카가 늘 그곳으로 돌아가고 싶어했다면서―리베카는 샌마코스에서 자랐다―나이들어가는 부모님 옆에서 사는 일이 리베카에게는 중요하다고 말했다. 아울러 그곳의 외식산업이 성장하고 있다고, 그래서 그렇게 된 거라고 데이비드는 말했다. 그렇지만 아직은 모든 게 구상이고 추측일 뿐이라는 말도 마지막에 덧붙였다. 그저 내가 알아야 한다고 생각했다고.

나는 고개를 끄덕이며 마시던 맥주를 홀짝였다. 고요하고 서늘한, 아름다운 여름 저녁이었다. 산들바람이 부드럽게 불었고 저녁해가 마당 끝에 늘어선 나무들 뒤로 넘어가고 있었다. 데이비드의 얼굴에는 그가 결혼 초에 자주 짓던 표정이 떠올라 있었다. 리베카와 겪는 문제를 내게 털어놓을 때 짓곤 하던, 왠지 죄스러운 표정.

나는 그를 보고 웃었다. "하고 많은 곳 중에," 나는 말했다. "텍사스일 줄이야."

"그러게." 데이비드가 어깨를 으쓱했다. "음, 알잖아, 리베카의 가족 문제를 포함해 이런저런 이유로. 둘이서 꽤 오래 의논해온 일이야."

나는 다시 고개를 끄덕였다.

"하지만, 말했듯이, 지금은 그냥 구상일 뿐이야─솔직히 말하면 일종의 몽상이랄까."

"음, 예전엔 폰테인도 그랬지."

"뭐?"

"몽상."

"그래." 데이비드가 말하며 멍하니 생각에 잠긴 듯한 표정으로 웃었다. "하지만 그건 달랐어."

"왜?"

"모르겠어." 그는 말했다. "그땐 우리가 더 젊어서 그랬을까? 우린 이제 젊지 않아, 리치."

이 말을 할 때 데이비드는 내가 모른다고 생각되는 어떤 것을 알려주려 하거나 나를 교화하려는 듯했고, 어쩐지 작정하고 하는 말 같은 느낌이 들었다. 하지만 내가 마시던 맥주를 내려놓고 미처 무슨 말을 꺼내기도 전에 리베카가 우리 뒤쪽 문가에 나타났다. 네모난 액자 같은 부엌 불빛을 등지고 선 리베카는 와인 한 병과 새 담배 한 갑을 들고 있었다. 우리는 다른 얘기로, 다른 화제로 옮겨갔고 그날 밤에는 더 이상 이주 계획을 거론하지 않았다.

라인벡에서 살던 초기에, 우리 모두 세상을 알아가고 있었고 그 무엇도 영구적이거나 아직 정착되지 않았던 그 시기에, 우리는 걸핏하면 뉴욕시로 나갔다. 우리 중 누구도 그곳에서의 삶이 이미 끝났다는 것을, 그곳에서 떠나왔다는 것을 완전히 받아들이지 못한 듯했다. 우리는 금요일 오후에 기차에 올라탔고 가는 길에 호텔을 예약했으며 우리가 좋아하던 술집과 식당을 모조리 훑고 다니다가 대학 시절처럼 새벽 네다섯시가 되어서야 잠자리에 들었다. 그걸 가장 좋아한 사람은 리베카였다고 생각한다. 애초에 라인벡으로 이주한다는 발상에 반발한 사람도 리베카였고, 그때까지 살았던 임대료 통제 아파트의 열쇠를 마침내 반납해야 했을 때 눈물을 보인 사람도 리베카였다.

리베카는 밤새 술을 마시고 격렬히 즐기면서 우리를 너무 젊은 분위기의 클럽으로 끌고 다니며 함께 춤을 추자고 졸랐다. 딱 한 시간만, 그녀는 말하곤 했다. 우리는 가끔 뭐든 리베카가 원하는 대로 따라줄 때가 있었는데, 우리가 즐기는 것보다 리베카가 즐기는 모습을 보는 게 더 재미있어서였다. 그때 리베카는 아직 버티고 있었고 아무것도 변하지 않았다고 믿으려 했다. 여러 해가 흐른 뒤에도 가끔 그녀의 눈 속에 얼핏 스치는 그 시절의 다른 자아는 라인벡으로 가는 기차에 오르는 순간 희미해지기 시작해 소도시를 하나씩 지날 때마다 점점 더 흐릿하게 멀어지곤 했다.

근래 들어 우리는 뉴욕에 좀처럼 가지 않고, 일 년에 한두 번쯤 공연을 보거나 옛친구들을 만나러 갈 뿐이다. 하지만 예전에는 그런 감각이 있었다—지금 생각해보니 나만 그랬을 수도 있겠다—어쨌든 예전에는 우리가 젊음의 어떤 절정에 도달했다는 감각, 우리가 여전히 젊다는 게 아니라 아직은 그런 척할 수 있다는, 더 젊은 자아로 슬쩍 되돌아가 다시 대학 시절의 그 사람들이 될 수 있다는 감각이 있었다. 그건 속임수이자 가장假裝 놀이였고, 우리는 그 놀이를 자주는 아니어도 그게 가능하다는 사실을 되새길 수 있을 만큼은 이어 갔다.

그러다 어느 날 갑자기 멈춰버렸다. 왜 그랬는지는 정말로 모르겠다. 주방이 완공되어서, 식당 영업이 바빠져서, 일요일 브런치나 결혼식 피로연 같은 주말 영업을 늘려서 등등의 이유였을 것이다. 가끔 내가 뉴욕에 한번 가자고 말을 꺼내면 두 사람은 힘없이 웃으며, 음, 그래, 다음주에 상황을 보자, 아니면 다다음주, 하고 말했지만, 물론 다음주가 되면 그들은 다시 바빠졌다.

둘 중 한 명과 마지막으로 뉴욕에 간 때는 지난 11월인 것 같다. 리베카가 크리스마스 선물 쇼핑을 하러 미드타운에 가는데 같이 가자고 했다. 춥고 흐린 날이었고 그 계절의 뉴욕이 늘 그렇듯 바람이 불었지만 결국은 무척 즐거운 나들이가 되었다. 우리는 삭스와 바니스 백화점에 갔고 우리가 가장 좋아하는 간이식당 중 한 곳에 들러 파스트라미 샌드위치를 먹었으며 첼시호텔에서 칵테일 몇 잔을 마신 뒤 라인백으로 가는 기차를 타고 우리가 없다는 사실을 데이비드가 눈치채기도 전에 돌아갔다. 집으로 향하는 기차에서, 이런 오후를 함께 보낼 수 있는 리베카 같은 사람이 내 인생에 존재한다니 얼마나 행운인가 생각한 기억이 난다. 하지만 무심결에 리베카에게 그 말을 하자—난 아직 그날의 향수에 젖어 있었고 약간 취한 상태였다—리베카는 창밖을 우두커니 내다보며 빙긋 웃을 뿐이었다. 나중에 기차가 푸킵시 근방을 지나고 있을 때 그녀는 난데없이 대학 시절에 우리가 키스한 밤을 기억하느냐고 물었다. 그건 리베카가 데이비드와 사귀기 전, 아마도 그보다 한두 달 전에 파티에서 술에 취해 저지른 이상하고 무의미한 키스였다. 그렇지만 전에는 한 번도 꺼내지 않던 이야기를 왜 이렇게 긴 세월이 흐른 뒤에 언급하는지는 궁금했다. 리베카는 그때 나를 정말로 좋아했다고 말하더니, 곧이어 그걸 아느냐고 물었다. 나는 몰랐다고 대답하고는 이내 웃음을 터트리며 엄청난 기회를 놓쳤다는 둥 농담을 했다.

"놓친 거 맞아." 리베카가 웃었다.

"음," 나는 잠시 후 창문 쪽으로 고개를 돌리고 밖을 내다보며 말했다. "누구나 실수를 하잖아, 그렇지?"

"그렇지." 리베카는 내 어깨에 머리를 기대고 한숨을 쉬며 말했다. "정말로 실수를 하지."

뉴욕에 다녀오고 며칠이 흐른 어느 날 밤 데이비드는 식당에서 나를 살짝 불러내더니 잠시만 자기들과 거리를 두어달라고, 조금만 공간을 달라고 말했다. 무슨 뜻으로 하는 말인지, 무엇 때문에 그러는지 확실히 알 수는 없었지만 데이비드가 진지하다는 사실만은 알아보았다. 우리는 저녁 영업이 시작되기 직전 식당 뒤쪽에 함께 서 있었고, 나는 데이비드가 얼마나 심적으로 지쳐 있는지 알 수 있었다. 그는 창가로 걸어가 밖을 내다보더니 돌아와서 내게 팔을 둘렀다. 나와는 아무 관련 없는 일이라고, 그는 장담했다. 다 자기들 둘만의 문제라고, 무언가를 해결하기 위해 둘만 있을 시간이 필요할 뿐이라고.

나는 당연히 이해한다고 말했고, 그날 밤 집으로 돌아가 어머니에게 전화를 걸어 크리스마스 휴가 동안 집에 가겠다고 말했다. 결국 나는 펜실베이니아에서 대략 한 달을 보냈다. 처음에는 어머니와, 그다음에는 여동생과, 그런 다음에는 최근에 이혼한 고등학교 친구와 함께 지냈다. 그렇게 몇 주를 보내고 마침내 라인벡으로 돌아간 뒤에도 나는 그들에게 며칠 더 여유를 주었고 그런 다음 전화를 걸었을 때, 이전과 달라진 건 아무것도 없는 듯했다. 그날 밤 우리는 다 함께 저녁을 먹으러 나갔고 두 사람은 내가 너무나 보고 싶었다고, 어쨌거나 나와는 관련이 없는 그들 사이의 문제를 가지고 내게 거리를 두어달라고 말한 건 정말로 옳지 않았다고, 내가 돌아오니 자신들의 삶이 얼마나 좋아졌는지 모른다고 말했다.

그날 밤늦게 데이비드와 나는 크리스마스라서 문을 닫은 폰테인으로 걸어가 특별한 날을 위해 아껴둔 와인 한 병을 꺼내 뒤쪽 테이블에 앉았다. 나는 그게 내 월세 금액을 훌쩍 넘을 수도 있는 고급 와인이라는 것을 알았지만 아무 말도 하지 않았다. 그저 와인을 즐기며 데이비드와 몇 시간 동안 대학 시절과 그의 결혼생활과 아이를 갖지 않은 일에 대한 회한을 비롯해 온갖 얘기를 나눴고, 대화가 끊길 때마다 새로운 병을 땄다. 술자리가 막바지에 이르렀을 무렵, 데이비드가 다시 오스틴 얘기를 꺼내더니 처음에는 빙빙 돌려 말하다가 점차 더 구체적으로 설명하며, 내가 없는 사이 실제로 오스틴에 가서 전부터 전화로 이야기를 나누던 몇몇 사람들을 만났다고, 적어도 은유적으로는, 이제 정말 바퀴가 구르기 시작했다고 말했다.

하지만 데이비드가 말하는 동안 뭔가 이상하다는 생각이 들어—그는 불안하고 확신이 없는 듯했다—설명이 끝나자 나는 물었다. 이게 정말로 그가 원하는 일이냐고, 오스틴에 가고 싶은 게 확실하냐고.

"리베카가 원한다는 것만은 확실하지." 그는 대답하고 어깨를 으쓱했다.

나는 데이비드를 바라보았다. "너희 둘 사이, 정말로 그렇게 심각했던 거야?"

데이비드는 잠시 가만히 있다가 다시 와인을 마셨다. "오늘밤 네 집에서 자고 가도 될까?"

"정말이라는 대답을 이렇게 하는 거야?"

"그 얘긴 하고 싶지 않다는 말을 이렇게 하는 거야."

여러 해가 지나는 동안 데이비드는 이따금 내 아파트에서 자고 갔다―때로 와인을 너무 많이 마셨을 때, 때로 일찍 출근해야 할 때, 하지만 대부분 리베카와 싸웠을 때. 이상하게도 나는 이런 밤을 고대한다. 두 사람이 싸우는 게 좋아서가 아니라 그게 데이비드와 내가 제대로 대화할 수 있는 얼마 안 되는 기회이기 때문이다. 하지만 그날 밤에 데이비드는 더이상 얘기를 나눌 수 없을 만큼 취했고, 그래서 나는 요를 깔고 담요를 덮어준 다음 내 방 침대로 올라가 리베카에게 전화를 걸었다.

새벽 세시가 다 된 시간이었지만, 리베카는 결국 전화를 받았고 내 목소리를 듣고도 전혀 놀라지 않은 듯했다.

"이렇게 늦게 전화해서 미안해." 나는 말했다. "그냥 네 남편이 여기에 있다는 걸 알려주고 싶었어."

"살아는 있니?"

"아주 간신히, 하지만 살아 있어. 지금 내 소파 위에서 기절했다."

"전화해줘서 고마워."

"너 괜찮아?"

"잠이 안 와." 리베카가 말했다. "뭔가 정말로 나쁜 일이 일어날 것만 같은 기분을 떨칠 수가 없어. 넌 그렇게 느낀 적 없어?"

"항상 느끼지."

"그러면 어떻게 해?"

"무시하려고 노력해."

"나도 그럴 수 있으면 좋겠다." 리베카는 그렇게 말하고 나서 한참 말이 없었다. 데이비드와 무슨 일이 있는지, 왜 둘만 있을 시간이 필요했는지 물어볼까 생각했지만, 대신 오스틴에 대해 데이비드가 한 말을 언급하며 이제 모든 게 구체화되어가는 것 같다고 말했다.

"그렇지." 리베카는 한숨을 쉬며 말했다. "데이비드는 그렇게 생각하는 것 같아. 나는 잘 모르겠어. 데이비드는 이게 내가 원하는 길이라고, 이러면 모든 일이 어떻게든 해결될 거라고 믿게 된 것 같아."

"모든 일?"

"우리 결혼생활과 관련된."

"그럼 네 생각은 어떤데?"

"모르겠어." 리베카는 말했다. "어떤 날은 그럴 것 같다가도, 또 어떤 날은 확신이 없어." 리베카는 한숨을 쉬었다. "하지만 데이비드에겐 이게 내게 주는 거창한 마음의 선물인 것 같아, 그치?"

나는 침대 협탁의 전등을 끄고 잠시 어둠 속에 누워 리베카의 숨소리를 들었다. 아직 눈이 내리고 있어서 창밖으로 커다란 눈송이가 바람에 훨훨 날리는 풍경이 보였다.

"우리가 아직 대학생이라면 좋겠다." 리베카가 말했다. "그러면 네게 데이트하자고 할 거야."

"대학 다닐 때 우리 데이트한 적 있는데, 기억나?"

"그건 데이트가 아니었지." 리베카는 말했다. "그건 한순간의 일탈이었어. 난 정식 데이트를 말하는 거야. 근사한 식당에 간다든가. 그런 다음 영화도 보고."

"난 틀림없이 널 실망시킬 거야." 나는 말했다.

"그건 불가능해." 리베카는 말했고 잠에 빠져드는지 목소리가 약간 어렴풋해졌다. "정말로 그건 가능하지 않다고 생각해, 리치."

잠시 더 그렇게 누워 리베카의 숨소리를 들으며 그녀가 잠든 건지 아닌지 확신하지 못하다가, 분명 잠들었구나 생각한 순간 리베카가 다시, 아주 부드럽게 말하기 시작했다.

"내가 그를 떠나리라는 걸 넌 알아, 그렇지?"

"무슨 소릴 하는 거야?"

"올해는 아니더라도, 내년이 아니더라도, 언젠가는."

"그런 얘긴 전에도 한 적 있잖아."

"그렇지." 리베카는 말했다. "하지만 이번엔 진심이야."

"너희 둘은 지금 힘든 시기를 지나고 있어. 전에도 힘든 시기는 있었잖아."

"그렇지." 리베카가 말했다. "하지만 지금 같지는 않았어." 그러고는 잠시 말을 멈췄고, 이내 다시 천천히 숨을 쉬는 소리가 들렸다. "그런데 가장 무서운 건 뭔지 아니? 이젠 문제가 뭔지도 모르겠다는 거야. 내 말은, 데이비드가 날 배신했다거나 그런 것도 아니잖아. 그런 거라면 쉽겠지. 어쨌든 문제가 이거라고 짚을 수라도 있을 테니까."

"너희가 오스틴으로 가면 어떻게 될 것 같아?"

"아마 우린 헤어질 거야." 리베카는 잠시 말이 없었다. "그래도 시도는 해봐야겠지, 그렇지?"

"왜?"

"어떻게 되는지라도 보게." 리베카는 말했다. "내가 틀렸을 수도 있으니까."

"네가 이런 식으로 말하는 건 처음 봐. 너 술에 취했다거나 뭐 그런 거야?"

"그런지도 모르지."

"데이비드는 너의 가장 친한 친구야."

"알아." 리베카는 말하고 나서 한숨을 쉬었다. "그는 내 삶의 전부지."

다음날 아침에 잠에서 깼을 때 데이비드는 가고 없었지만, 그날 밤 저녁 영업을 마친 뒤 다시 내 집에 들렀고 이번에는 술기운이 전혀 없이 뉘우치는 기색이 가득했다. 그는 오스틴과 관련해서 내게 말한 것보다 훨씬 더 많은 이야기가 있다고 했다. 그러고는 들어가도 되겠냐고 물었다.

자정 가까운 시간이었고 밖에서는 눈이 펑펑 내리기 시작했다. 눈발이 너무 거세져서 오늘밤에도 데이비드를 내 집에서 재워야 하나 걱정이 될 정도였다. 하지만 데이비드를 안으로 데리고 들어왔을 때 그는 시간이 없어서 잠깐만 있다가, 길어야 삼십 분 정도만 있다가 가야 한다고 말했다. 그는 아파트 안을 불안하게 둘러보았다. 그러고는 외투를 벗어 소파 위에 내려놓았다.

얼마 후 부엌에서 술을 한 잔씩 놓고 앉아서, 데이비드는 내게 그간의 일을 간단히 설명하기 시작했다. 오스틴의 어느 공간—시내의 식당 자리—을 계약하려고 제안을 넣었는데 처음에는 거절당했다가 나중에 다시 수락받았다고 했다. 그런데 비슷한 시기에 맨해튼의 투자자들이 여럿 접근해왔고 그중 두 명이 실제로 폰테인에 투자하겠다고 나섰다는 것이었다. 모든 일이 너무 빨리, 그의 예상보다 더 빨리 진행되고 있지만 어쨌든 이젠 정말로 실행될 것 같다고 그는 말했다. 나는 그게 무슨 뜻이냐고 물었고, 그는 상황이 원래 상상했던 것보다 약간 더 신속하게 전개되고 있어서 이젠 이주 시기를 여름쯤으로, 여름 아니면 가을쯤으로 본다는 뜻이라고 했다.

"여름?"

"그래."

"이사한다고?"

"응." 데이비드가 고개를 끄덕였다.

"앞으로 이 년 정도 후라는 말은 어떻게 된 거야?"

그는 눈길을 돌렸다.

이런 상황을 언제부터 알았느냐고 묻자 데이비드는 대답을 피했다. 그는 고개를 돌려 창밖에 내리는 눈을 바라보았다.

"우린 네게 어떻게 말해야 하나 걱정했어." 데이비드가 말했다.

"왜?"

그는 나를 빤히 쳐다보았다.

"난 애가 아니야." 나는 말했다.

"이런 말 도움이 될진 몰라도, 리베카는 몇 달 전부터 네게 말하고 싶어했어. 그러니 네가 누구에게든 화를 내려면—"

"내가 누구에게든 화를 내려면?"

"그래." 데이비드가 말했다. "네가 누구에게든 화를 내려면—"

하지만 나는 더이상 듣지 않았다. 그에게 무슨 말을 했는지도 기억나지 않는다. 그저 내 방으로 걸어들어가 문을 닫았다는 것, 그러다 나중에 나와보니 데이비드는 갔고 싱크대 위에 쪽지가 놓여 있었다는 것만 기억날 뿐이다. 나는 그 쪽지를 읽지 않았다.

휴대전화가 밤새 울렸지만 받지 않았다. 리베카라는 걸 알았고 리베카가 뭘 원하는지도 알았다. 무슨 얘기를 할지도 알았지만 듣고 싶지 않았다. 솔직히 말하면 그 순간 내 감정이 어떤 것인지도 확실히 알지 못했다. 화가 난 건 기만당해서였고, 짜증이 난 건 그들이 이 소식으로부터 나를 보호해야 한다고 느꼈기 때문이었으며, 슬픈 건 그런 일이, 어쩐지 없을 거라고 애써 믿었던 그 일이 이제 정말로 일어날 것 같아서였다. 모든 것이 받아들이기에 너무 벅찼다.

나는 와인을 한 잔 더 따른 뒤 소파에 누워 눈을 감았다. 전화기는 오 분에 한 번꼴로 울려댔고 나는 계속 무시하다가 한시 무렵에 결국 결심이 무너져 전화를 받았다. 전화기로 들리는 리베카의 목소리는 낮잠을 자다 막 깨어난 사람처럼 공허하고 멍했다.

"미안해." 리베카가 말했다. "나는 크리스마스에 네게 말해야 한다고 했었어."

"넌 크리스마스 때부터 알고 있었어?"

전화기 저편의 리베카는 말이 없었다.

"어젯밤에 네가 한 말은 다 뭐야?"

"무슨 말?"

"데이비드를 떠난다는."

리베카는 다시 오래 말이 없었다. "내가 취했었나보다." 리베카가 말했다. "내가 정말로 그런 말을 했어?"

"베키."

"이봐, 리처드." 리베카가 말했다. "날 미워하지 않는다고만 약속해줘."

"널 미워하지 않아."

"그리고 우리랑 같이 갈 거라고 약속해줘."

"난 함께 갈 수 없어."

"왜?"

"왜인지 알잖아. 그럴 순 없어."

"우린 너 없이 우리끼리만 살았던 적이 없잖아." 리베카는 말했다.

"알아." 내가 말했다. "어쩌면 그게 문제일지도 몰라." 그러고는 잠시 말을 멈췄다. "게다가 내가 함께 갔는데 너희 둘이 헤어지면 어떡해?"

"데이비드는 네가 함께 가면 그런 일이 일어날 가능성이 줄어들 거래."

"글쎄, 난 너희 결혼생활을 구제하려고 거기로 이주하는 짓은 하지 않을 거야." 나는 말했다. 그런데 그 말을 하자마자 그게 얼마나 이상하게 들리는지, 내 인생이 얼마나 이상하게 되어버렸는지 깨달았다.

"이봐." 나는 말했다. "우린 둘 다 알아. 애초에 그건 너희 계획에 포함되어 있지도 않았다는 걸."

"뭐가?"

"내가 너희랑 함께 가는 거. 내 말은, 내가 이 계획의 일부였던 적이 있기는 한지 솔직히 말해보라는 거야."

리베카는 오래 말이 없었고 그 침묵 속에 질문에 대한 답이 있었다.

내 침대 밑에 있는 앨범에는 대학 시절부터 뉴욕 생활 초기 몇 해 동안 우리 셋을 찍은 오래된 사진들이 가득하다. 젊은 우리가 담긴 그 오래된 사진들, 그런 걸 보면 기분이 좋아지던 시절에 나는 걸핏하면 앨범을 들여다보았다. 하지만 이제는 그걸 봐도 기분이 좋아지지 않는다. 오히려 그게 거기에 있다는 생각만 해도 두렵다. 이삼 년 전이었나, 마지막으로 앨범을 봤을 때 우리가 너무 달라 보여서, 그때는 너무 행복해 보여서 나는 충격을 받았다. 사진을 넘겨볼수록 점점 슬퍼지다가 어느 순간에는 나도 모르게 울고 있었고, 그래서 앨범을 치워야 했다. 그뒤로는 한 번도 들춰보지 않았다.

하지만 그 앨범에는 언제나 내 마음속에 자리하고 있는 사진이 한 장 있다. 맥두걸 스트리트에 있던 내 아파트에서 셋이 함께 앉아 와인을 마시는 사진이다. 모두가 두꺼운 겨울

외투를 입었고 데이비드는 모자를 썼으며 리베카는 귀마개를 하고 나는 장갑을 끼고 있으니 틀림없이 겨울이었을 것이다. 모두가 카메라 쪽으로 고개를 돌린 채 얼마나 추운지 보여주려고 입김을 불고 있고, 우리의 숨결은 안개처럼 공기 중에 서린 채 멈춰 있다. 그 사진의 재미있는 점은 맥두걸 스트리트의 그 오래된 아파트가 겨울에 얼마나 추웠는지는 기억이 나지만—난방장치가 늘 고장났다—그날이 언제였는지, 그 사진을 누가 찍어주었는지는 기억나지 않는다는 것이다. 그래서 나는 궁금해진다. 그런 사소한 것들이 얼마나 많이 내 머릿속에서 사라져버렸을지, 그런 사소한 기억들이 얼마나 많이 지워져버렸을지.

이 모든 일이 일어난 지—오스틴 이주에 대해 처음으로 알게 된 지—두 주가 지났고, 때로는 이 시간의 기억 역시 지워질지 궁금해진다. 라인벡에서 보내는 우리의 마지막 날들의 기억도 언젠가는 사라질지.

아까는 폰테인과 도로 하나를 사이에 둔 타파스 식당에 들렀다. 나는 창가 자리에 앉아 폰테인의 접객 직원들이 저녁 영업을 준비하는 모습을 바라보았다. 콜레트와 리베카가 바에서 대화하는 모습이 보이더니, 어느 순간 리베카가 창밖으로 나를 바라보았다. 밖에 눈이 꽤 많이 내리고 있어서 나도 그녀를 마주 바라보고 있다는 사실을 아는지는 알 수 없었지만, 잠시 후 고개를 돌린 리베카는 다시 이쪽을 쳐다보지 않았다. 이제 집에 돌아와 이렇게 앉아 있으니, 그때 폰테인으로 가서 리베카와 얘기를 나누며 내게 사과할 기회를 주어야 했는지 궁금해진다. 내가 그녀에게 그 정도는 빚지고 있는 게 아닌지.

잠자리에 들기 전에 휴대전화를 확인하니 새로운 음성메시지 두 통이 와 있다―하나는 리베카에게서, 다른 하나는 데이비드에게서. 지금 확인할 수도 있고 아침까지 기다릴 수도 있다. 아니면 그냥 지워버리고 다시는 돌아보지 않을 수도 있다. 참 이상한 일이다. 마흔세 살이 되었는데 미래가 어떻게 될지 전혀 모르다니, 삶의 어느 시점에 잘못된 기차에 올라타 정신을 차려보니 젊을 때는 예상하지도 원하지도 심지어 알지도 못했던 곳에 와버렸다는 걸 깨닫다니. 꿈에서 깨어났는데 그 꿈을 꾼 사람이 자신이 아니었음을 알게 되는 것과 비슷하리라는 생각이 든다. 하지만 그래도 어떤 일들은 아직 확실히 기억할 수 있다. 예전에 뉴욕에서 우리 모두 사회에 첫발을 내디딘 청춘이던 그때, 나는 늦은 저녁에 대개는 다른 친구들과 저녁 내내 술을 마신 뒤 둘의 아파트에 들르곤 했다. 86번가의 모퉁이를 도는 순간 그들의 아파트 건물 가장자리가 보이면, 두 사람이 아직 깨어 있는지 모르겠지만 깨어 있으면 좋겠다고 생각하며 늘 어떤 긴장된 설렘을 느꼈다가, 아파트 이층의 불 켜진 창문이 마침내 보이면서 그들이 집에 있다는 걸 알게 되는 순간 찾아오던 그 편안함. 그때는 그저 소박한 일상 같았지만 아직도 나는 기억한다. 건물 아래쪽 입구로 걸어올라가 초인종을 울리면 몇 초 뒤 둘 중 하나의 얼굴이 창문에 나타나 나를 내려다보고 웃으며 올라오라고 손짓할 때의 그 기대감을, 그런 다음에는 인터컴으로 방금 와인을 땄다고, 빨리 들어오라고, 바깥은 너무 춥지 않냐고 말하던 둘 중 하나의, 대개는 리베카의, 그 목소리를.

고추

샌안토니오에 충분히 오래 살면 열기에 내성이 생기기 시작한다. 난 지금 야외에서 접하는 열기만을 말하는 게 아니다. 내가 말하는 건 할라페뇨와 세라노와 하바네로 고추, 칠레데아르볼, 레드사비나 고추다. 내가 삼십대 초반이었을 때 몇 년간 내 옆집에 살았던 화가 테리사는 뒷마당 텃밭 가득히 고추를 키웠다. 고추의 품종도 굉장히 다양해서 일부는 잘 알려지지 않은 종류였고 뉴멕시코와 텍사스에서 자생하는 다양한 품종을 이상하게 교배한 것들도 있었다. 테리사는 집에 사람들을 초대하면 종종 작은 대접에 이 고추들을 따다가 집안 식탁 위에 일렬로 가지런히 늘어놓았다. 각기 다른 종류를 가리키며 "아, 그 녀석은 착해"라고 말하거나 "그 녀석에겐 가까이 가지 않는 게 좋아. 꽉 물어버릴 거야" 하기도 했다. 테리사는 당시 나이가 여든에 가까웠을 것이다. 리오 그란데밸리에서 자랐지만 평생 대부분을 샌안토니오에서 살았고, 다양한 예술 단체의 지원금과 보조금, 이따금 소소한 작품 주문이나 판매, 이곳저곳의 강의 기회 등등을 얼기설기 엮어 화가로 살아남았다. 나는 저녁에 집 뒤편에 있는 작은 스튜디오에서 일하는 테리사를 자주 보았다. 흰 벽토를 바르고 빨간 기와지붕을 얹은 그 자그마한 건물은 두번째 남편이 테리사와 함께 살던 시절에, 그들이 아직 부부였던 시절에 그녀를 위해 지어주었다는 것 같았다.

테리사는 늦은 저녁에 이 스튜디오에서 나올 때 내가 아직 우리집 뒤편 포치에 앉아 있으면 내게 손을 흔들며 건너오라고 할 때가 많았다. 가끔 이웃의 다른 사람들도 초대했고 그러면 우리는 각자의 냉장고에서 찾아낸 맥주를 가지고 테리사의 집 부엌 식탁에 모였다. 테리사 쪽에서 준비하는 것은 음악—대개 1960년대 포크 음악(조니 미첼과 존 바에즈의 곡을 자주 틀었던 기억이 난다)—그리고 당연하게도 고추였는데, 모인 사람이 많으면 여러 접시에 담아 내왔다. 8월 초의 어느 저녁이 아직도 기억나는데—내가 거기에 살았던 마지막 여름이었을 것이다─테리사는 아주 작고 평범한 붉은 고추를 가리키며 가까이하지 말라고 모두에게 경고했다. 평소에 테리사는 자기가 키운 고추들을 두고 농담을 자주 했지만 이번에는 아니었다. 엄청나게 진지했다. 테리사는 누군가가 우연히 먹어버릴지도 모르는 상황에서 이 고추를 집안으로 가져오는 건 어쩌면 무책임하기까지 한 행동일지 모른다면서도 모두에게 그걸 보여주고 싶었다고 말했다. 아름답지 않은가? 테리사는 물었다. 정말로 완벽하지 않은가? 그런데 정말이었다. 그것은 초소형 피망처럼 작고 윤기가 흐르고 빨갰다. 테리사는 그것이 자기가 키운 가장 매운 고추라고, 트리니다드 모루가 스콜피온과 다른 어떤 것을 교배한 독특한 품종이라고 말했다. 그녀는 그 고추에 아직 이름을 붙이진 않았다면서, 그냥 '엘디아블로'*라고 불렀다.

테리사는 모두가 잘 볼 수 있도록 집게를 사용해 고추를 식탁 한가운데로 옮겼고 우리는 가만히 바라보기만 했다. "만지지도 마." 테리사는 말했다. "그리고 절대로 눈 가까이에 대면 안 돼."

한동안 테리사의 옆집에 살았던 나는 고추의 열기에 어느

---

* el diablo. '악마'라는 뜻의 스페인어.

정도 내성을 키웠다. 예를 들어, 하바네로는 별생각 없이 먹을 수 있고, 심지어 고스트페퍼도 마찬가지여서 실제로 두 번이나 먹어봤다. 하지만 '엘디아블로'는 뭔가 다른 고추임을 알 것 같았다. 함부로 건드리면 안 되는 고추였다.

밤이 깊어지고 맥주를 더 많이 마시면, 우리는 식탁 위의 다른 고추로 서서히 이동하며 '엘디아블로'만 빼고 다 먹었다. 사람들이 하나둘 떠나가고 테리사가 식탁을 치울 때도 그것은 외따로, 아무도 만지는 이 없이, 방 한가운데에 남아 있었다. 테리사는 아직 작별인사를 하고 싶지 않다는 듯이 그것을 거기에 두었다.

그로부터 일 년 뒤에 테리사는 유방암 진단을 받은 뒤 두 해를 넘기지 못하고 세상을 떠난다. 하지만 무슨 이유인지 테리사를 생각하면 늘 그날 밤이 떠오른다. 테리사가 식탁에 홀로 앉아 차가운 맥주를 마시고 담배를 피우면서(담배는 평생 끊은 적이 없다) 그 아름답고 빨간 고추를 한 번도 낳은 적 없는 아이인 양, 혹은 항상 그리고 싶었던 그림인 양 응시하는 모습이. 열기로 가득차서 사람을 죽일 수도 있는 그 조그맣고 아름다운 것을.

숨을 쉬어

우리 아들 인생의 첫 몇 달 동안, 아내와 나 둘 다 완전히 녹초가 되어서도 더없이 행복했고, 끝없는 기쁨과 경이로움을, 우리 사이를 파도처럼 오가는 들뜬 희열을 느끼면서, 젠장 너무 신기하지 않냐, 그렇지 않냐, 하고 자꾸만 서로에게 말하던 때, 그 몇 달 동안 나는 이따금 그걸 느꼈다—가쁜 숨, 공황, 내 몸에 찰나의 전류처럼 들어왔다가 그만큼 순식간에 빠져나가는 불안. 언젠가 아내에게 당신도 그런 적 있는지, 간간이 찾아오는 약한 공황 발작 같은 걸 느낀 적 있는지 물었더니 아내는 없다고 대답했다. 한 번도 없었다고? 응. 그러다 나중에 아들이 두 살이었을 때 그 증상은 더 빈번해져, 한번은 옆자리에 아내를 태우고 쇼핑몰에 가는 도중에 차 안에서 일어났다. 나는 차를 길가에 세우고 얼굴을 손에 묻었다.

"왜 그래?" 아내가 말했다. "괜찮아?"

나는 오랫동안 눈을 감고 손으로 이마를 누르다 호흡이 진정되자 아내를 쳐다보며 고개를 저었다. "모르겠어." 나는 말했다. "정말 왜 이러는지 모르겠어."

가장 최근에 이런 감각—이런 발작 직전에 나타나는 감각—을 느낀 건 지난여름 아들 친구의 집에서 열린 생일 파티에서 돌아오는 길이었다. 수영장에서 열린 파티였고 여섯 살 아이들 여남은 명 정도가 모두 부모나 보호자와 동반해서 왔으며 대부분이 어떤 형태로든 물에 뜰 수 있는 기구를 착용하고 있었다. 꽤 전형적인 파티였다. 부모들은 수영장 한쪽 편에, 아이들은 반대편에 있었는데 어느 순간—파티가 시작되고 한 시간가량 뒤였을까, 잘 모르겠다—수영장 반대편 끝에서 실랑이가 벌어졌다. 아이들이 아우성치며 물을 튀기는 와중에, 태어나서 한 번도 수영을 배운 적 없는 우리의 다섯 살 아들 이언이 누워 있던 에어매트가 뒤집히며 아이가 물속에 빠졌다. 단 몇 초, 아마 삼 초도 채 안 되는 시간이었

134

지만 아내 케이틀린이 내게 공포와 비난이 섞인 고함을 지르기엔 충분한 시간이었다—그런데 아이를 지켜보기로 한 사람은 아내가 아니었나? 그건 중요하지 않았다. 하여간 그 순간에 나는 다시 그 감각, 내 몸을 훑고 지나가는 전류 같은 돌연한 감각을 느끼며 온몸이 마비된 채 서 있었다. 음식과 음료가 놓인 탁자 앞에 그대로 서서 미니 샌드위치 접시를 손에 든 채 우두커니 바라보기만 했다. 그동안 다른 아이의 누나인 열여섯 살 여자애가 수영장 사다리 위에 앉아 있다가 재빨리 물에 들어가 내 아들을 구조했다.

콜록거리며 위로 올라온 이언은 조금 겁먹은 듯했지만 그것 말고는 괜찮았다. 케이틀린이 재빨리 아이를 수건으로 감싸 집 쪽으로 데리고 갔고, 나는 여전히 음식 탁자 앞에서 샌드위치를 반쯤 물고 선 채로 바라만 보았다. 다른 모든 부모들처럼, 방금 익사할 뻔한 아이가 내 아들이 아닌 것처럼.

나중에 집으로 가는 차 안에서 나도, 케이틀린도 서로에게 거의 말을 하지 않았다. 이언은 뒷좌석에 앉아 케이틀린의 휴대전화로 만화를 보고 있었다. 아름다운 날씨였다. 창문을 내리고 라디오를 튼 채로 댐을 따라 달리다 얼마 후 우리 동네의 가로수가 늘어선 조용한 거리로 들어섰다. 도중에 언제쯤인가 케이틀린은 조수석 창문에 머리를 기대고 눈을 감은 채 음악을 듣고, 이언은 엄마 뒷자리에 꼼짝하지 않고 앉아서 휴대전화에서 재생되는 만화를 뚫어지게 쳐다보던 기억이 난다. 강 유역을 따라 달리다 고등학교 부속 경기장 앞을 지난 뒤 얼마 안 되어 정지 신호 앞에서 멈춰 있을 때 이언이 콜록거리기 시작했다—처음에는 아주 가볍게, 그러다 좀더 세게. 나는 이차성 익사—물을 흡입한 아이가 물에 빠졌다가 나온 뒤 몇 시간 뒤에 죽을 수도 있다는 것—에 대해 알고 있었고 어떤 이유에선지 제일 먼저 그 생각이 머리에 떠올랐다. 내가 그런 얘기를 하자 아내가 매우 심각한 표정으로 이언을 바라보았다. 그때는 기침을 멈춘 상태였다.

"괜찮니, 아가?"

이언이 고개를 끄덕였다.

"확실해?"

"응."

"기침할 때 물이 나왔어?"

"아니."

"그냥 보통 기침이었어?"

"응."

케이틀린이 다시 나를 보았다. "괜찮은 것 같은데." 아내가 말했다.

그때 신호가 바뀌었는지 뒤에 선 차들이 경적을 울리는 소리가 들렸지만, 그 순간 나는 아무것도 할 수 없었다. 머릿속에 오만 가지 생각이 지나갔다. 응급실이 있는 가장 가까운 병원으로 가는 지름길을 생각해내려 했고, 다시 이언이 물에 빠지는데 이번엔 주변에 아무도 없는 장면을 떠올리기도 했다.

"개빈." 케이틀린이 말했다. "가야 해."

경적이 더 요란해졌지만 신호등을 올려다보니 다시 빨간불로 바뀌어 있었다. 뒤에서 사람들의 목소리가 들려 고개를 돌렸는데, 어느새 케이틀린이 운전석 창문 앞에 와서 유리를 두드리고 있었다. 나는 창문을 내렸다.

"나와." 케이틀린이 말했다.

"뭐?"

"나오라고!" 케이틀린이 말하며 운전석 문을 열자 뒤쪽에서 사람들이 고함치는 소리가 다시 들려왔다. "정말 돌겠네, 개빈, 나오라니까!"

그날 밤에 집에 돌아와서, 아까 그 일은 이언이 더 어렸을 때 내가 가끔 겪던 공황 발작 같은 것이었다고 설명하려 했지만 케이틀린은 듣지 않으려 했다. 그저 열을 내릴 시간이 좀 필요하다고 말했다. 케이틀린은 와인을 한 병 따서 담배 한 개비와 함께 뒷마당 덱으로 가지고 나갔는데, 그건 스트레스가 특히 심한 날 자신에게 가끔 허락하는 사치였다. 이언은 가족실에서 텔레비전을 보고 있었다. 평소에 우리는 아이에게 하루에 한 프로그램만 허락했지만 그날은 좀전의 일도 있고 해서 텔레비전을 마음껏 보게 해주었다. 이언은 케이틀린이 만들어준 마카로니앤드치즈와 치킨핑거가 담긴 작은 플라스틱 접시를 가족실 소파 팔걸이 위에 올려놓고 먹는 중이었다.

나는 방안으로 들어가 아이 옆에 앉았다.

"뭘 보고 있어?" 나는 물었다.

이언은 시선을 화면에 고정한 채 중얼중얼하며 내가 들어본 적 없는 프로그램 이름을 댔다. 요즘에는 새로운 프로그램도, 처음 보는 만화 주인공들도 너무 많이 생겨났다. 아이가 더 어렸을 때는—아마도 두세 살 때—〈세서미 스트리트〉를 집착적으로 좋아해서 나도 친숙한 영역에 있는 느낌이 들었다. 아이가 보는 것을 나도 알고 이해했다. 하지만 최근 들어 만화에 대한 이언의 관심은 하루가 다르게 바뀌는 듯했다. 어느 날 좋아했던 것을 다른 날에는 좋아하지 않았다.

이때는 자막이 있는 일본 만화를 보고 있었는데, 오토바이를 탄 여자애가 어두컴컴한 미래 도시의 밤거리를 누비는 애니메이션이었다. 악당들이 차창 밖으로 여자애를 향해 총을 쏘면서 격렬한 폭발음이 들렸다.

"이건 몇 살이 볼 수 있는 거야?" 나는 물었다.

이언은 어깨를 으쓱했다.

"엄마가 이거 봐도 된다고 했어?"

아이는 내가 시야를 가리지 않도록 소파 위에서 뒤척이며 목을 쭉 뺐다. 최근에 이언은 나와 말하지 않는 단계에 들어서 있었다. 텔레비전을 볼 때만이 아니라 학교에 갈 때, 아침 식탁에서, 그리고 저녁 식탁에서도. 케이틀린은 정상적인 현상이라고, 모든 아이가 각기 다른 시기에 거치는 단계라고 말했다. 이언은 엄마 단계를 지나고 있어. 내가 이 갑작스러운 냉랭함에 대해 처음 말을 꺼냈을 때 케이틀린은 그렇게 대답했다. 완전히 정상적이야.

나는 밤에 엄마와 아들이 함께 책을 읽고 퍼즐을 맞추며 계속 웃는 소리를 자주 엿들었다. 이언이 막 태어났을 때부터 둘의 유대는 특별했고 나는 항상 약간 밀려난 느낌이 들었지만, 이언의 삶에서 첫 몇 해 동안은 나도 아이와 가깝다고 느꼈다. 사실 첫 두 해 동안 내가 실직 상태였기 때문에 둘이 함께 있을 시간이 많아서, 놀이 모임에 가거나 공원에서 놀기도 하고 샌안토니오 밖의 여러 소도시로 당일 여행을 다녀오기도 했다. 그때 나는 우리가 아이의 청소년기와 그 이후까지 이어질 어떤 것, 대부분의 일하는 아빠들이 아들과 공유하지 못하는 특별한 유대를 쌓아가고 있다고 느꼈다. 하지만 근래에—내가 전보다 훨씬 규모가 큰 시내의 회계법인에서 다시 일하기 시작한 이래 적어도 대략 한 해 동안—이언은 내게서 멀어지고 있었다. 나 대신 제 엄마를 찾으며 밤에 엄마와 둘이서만 보내는 특별한 시간을 요구했다. 이언이 나랑 둘이서만 나가서 저녁을 먹고 싶대. 내가 회사에서 저녁식사 계획을 묻는 전화를 하면 케이틀린은 미안한 기색으로 그렇게 말하곤 했다. 그래도 괜찮을까? 그러면 나는 괜찮다고, 물론이라고 말했다.

"언젠간 지나갈 거야." 아내는 나중에 침대에 함께 누워 있을 때 다독이는 목소리로 말했다. "우리에게 딸이 있었다면 지금과는 정반대였을지도 몰라."

나는 고개를 끄덕이며, 그렇지, 물론이지, 하고 말했지만 그다지 확신이 없는 때도 있었다.

이제, 이언이 소파 끝에 걸터앉아 입에 케첩을 잔뜩 묻힌 채 텔레비전 화면을 멍하니 응시하는 모습을 보니 아이를 안고 싶다는 갑작스럽고 알 수 없는 충동이 일었다. 하지만 내가 어깨 쪽으로 팔을 뻗자 아이는 흠칫하며 몸을 빼더니 치킨핑거를 한 조각 더 집으려고 손을 뻗었다. 가족실의 유리 미닫이문 너머에서 케이틀린이 나를 바라보고 있었다. 아내는 안쓰럽다는 듯 어깨를 으쓱하며 구슬픈 미소를 지었다. 그러더니 와인 잔을 들어 입가로 가져가며 눈길을 돌렸다.

그뒤로 시간이 얼마나 지났는지 잘 모르겠다. 한 시간 정도, 어쩌면 그보다 더 짧은 시간이었을 것이다. 나는 부엌으로 나와 커피를 끓였고 케이틀린은 집안 반대편에서 샤워를 하고 있었다. 이언은 아직 가족실에서 텔레비전을 보는 중이었다. 텔레비전에서 웃음소리가 들리더니 곧이어 이언이 다시 기침하는 소리가 났다.

차 안에서와 비슷한 느낌의 기침이었지만 소리가 더 크고 격렬했다. 곧바로 가족실로 달려갔더니 아이가 허리를 숙인 채 배를 움켜쥐고 있었다.

"어이, 아들." 나는 말하며 달려갔고, 머릿속에 다시 그 수영장과 아이를 끌어내던 여자애의 모습이 떠올랐다. 이언의 머리가 물밑으로 내려갔다가 다시 올라오는 순간 나는 물개 같네, 라고 생각했었다. 아이는 물개 같아 보였다. "아들." 나는 이언의 어깨를 잡으며 말했다. "괜찮아?"

이언은 두 번 더 콜록거리고 나서 고개를 끄덕였다.

케이틀린을 불렀지만 아직 샤워실에 있었다.

"확실해?"

"나 괜찮다고, 아빠." 대답하는 이언의 목소리에 짜증이 묻어났다. "벌벌 떨지 좀 마."

그 말과 표정이 너무 어른 같아서, 십대 청소년 같아서, 무서울 지경이었다.

다시 소파에 앉는 이언의 얼굴에 아직 케첩이 묻어 있었다. 냅킨을 집어들고 닦아주려고 다가섰더니—그즈음 거의 본능이 되어버린 행동이었다—아이는 뒤로 홱 물러났다.

"난 아기가 아니야." 이언이 내 손을 밀어내며 말했다.

"얼굴에 케첩이 묻었어."

"그냥 내버려둬."

"닦아줄게." 내가 말하며 손을 뻗자 아이는 내 팔뚝을 세게 쳤다.

이제 샤워기 소리가 멈췄고 나는 다시 케이틀린을 불렀다. 아이의 눈을 똑바로 바라보았다. 화가 났지만 걱정스럽기도 했다. 아무런 이상이 없는지 눈을 보고 확인하고 싶었다.

"미안하다고 말해." 잠시 뒤 내가 말했다.

"미안하지 않아."

그때 케이틀린이 가족실로 들어왔다. 몸에 수건을 둘렀고 뒤로 빗어 넘긴 머리에는 빗 자국이 길게 나 있었다.

"무슨 일이야?" 케이틀린이 물었다.

"이언이 다시 기침을 했어." 나는 아내를 돌아보며 말했다. "그리고 날 때렸어."

"아빠를 때렸다고?" 케이틀린이 이번엔 엄한 목소리로 말했고 이언은 눈을 내리깔며 다시 소파로 파고들었다. 아내는 텔레비전 앞으로 걸어가 전원을 껐다.

"이제 너 자러 갈 시간이야." 아내가 이언에게 말했지만 아이는 엄마를 보고 있지 않았다. 아이는 나를 보고 있었다. 어찌나 이글이글한 미움을 담아 쳐다보는지 몇 달이 지난 지금도 그 눈빛이 떠오른다. 마치 그런 식으로 노려보면 나를 사라지게 할 수 있다고 믿는 것 같았다.

"잘 준비할 때 아빠가 좀 도와줄까?" 나는 갑자기 죄책감이 들어 그렇게 말했지만 이언은 벌써 일어나 복도로 걸어가고 있었다.

"아니." 아이의 목소리가 어두운 복도를 따라 흘렀다. "싫어."

지금 돌아보아도 정확히 언제 우리 사이가 변하기 시작했는지 말하긴 어렵다. 이언이 네 살 때 우리는 케이틀린의 부모님이 사는 동부에 다녀왔는데 그 여행에서 돌아와보니 아이가 달라져 있었다. 갑자기 밤에 책을 읽어달라고 케이틀린을 찾았고 옷을 입혀달라고 케이틀린을 찾았다. 그래도 어떤 심각한 변화가 일어났다는 생각은 들지 않았지만, 그로부터 한 달 정도 뒤에 아이는 갑자기 나와 전혀 말을 하지 않았고, 아침 식탁에서 내 물음에 대답하지 않았으며, 신발끈을 매거나 미술 숙제를 도와달라고 부탁하지도 않았다. 마치 끊임없이 나를 피하려는 듯 집안을 돌아다니다가 나를 보면 자기 방으로 숨어들었고, 복도에서 나를 지나칠 때는 눈을 내리깔았다. 내가 뒷마당에 나가 축구공을 차자고 제안하면 미심쩍은 눈으로 곁눈질하거나, 피곤한 척하다가 집안의 다른 쪽으로 사라지거나, 소파에 털썩 주저앉아 두 눈을 가리고 내가 다른 데로 가기를 기다렸다. 나중에 아이와 그 문제에 대해, 나를 피하는 문제에 대해 얘기하려 해봤지만 이언은 내가 무슨 말을 하는지 모르겠다는 듯 행동했다. 소파에 앉아 멍한 얼굴로 나를 빤히 쳐다보면서 마냥 기다리는 방법으로 피해가려 했다. 오래 기다리면 결국 내가 지쳐서 포기할 것을 알고서.

도대체 무슨 일인 것 같으냐고 케이틀린에게 물어도 잘 모르겠다는 답만 돌아왔다. 아내는 이상하다는 건 인정했지만 곧 지나갈 거라고 생각했다. 이언의 행동에 뭔가 변화가 있는지 학교 선생들에게 물어도 그들은 딱히 눈에 띄는 점은 없다고 대답했다. 이언이 학교에서 아주 잘 지내며 행복한 아이라고, 수업 시간에 발표도 자주 하고 친구도 많다고, 반에서 가장 총명하고 태도가 좋은 아이에 속한다고 말했다.

그날 밤에 나는 그런 생각을 하며 침대에 누운 채 인터넷을 뒤져 이차성 익사에 대해 닥치는 대로 읽었다. 그때까지 이언은 짧은 기침을 두 차례 더 했는데 기침하는 시간은 짧았지만 강도는 더 격했고, 케이틀린도 밤새 아이를 잘 지켜봐야 할 것 같다는 데 동의했다.

이제 아이는 제 방에서 잠자리에 들었다. 나는 벽장 문가에 서 있는 케이틀린을 바라보았다. 그녀에게 검색으로 알게 된 것들을 전하면서, 백일해는(예방접종을 마쳤으니) 제외했고 기침이 오늘 처음 시작되었으니 천식도 제외했다고 말했다. 가래 섞인 기침이 아니고 다른 증상은 전혀 없으니 독감이나 다른 바이러스 종류는 아닐 것 같다고도 말했다.

케이틀린이 침대로 다가와 가장자리에 앉았다. "이차성 익사가 걱정된다면 애를 응급실에 데려가."

나는 아내를 빤히 쳐다보았다. "하지만 당신은 날 믿지 않는구나."

"믿고 말고의 문제가 아니야." 케이틀린이 말했다. "당신이 그렇게 생각한다면, 그렇게 해야 한다는 거지." 케이틀린은 나를 위협하듯 지긋이 바라보았다. 우리가 가장 최근에 이언을 응급실에 데려갔을 때는 허위 경보였고—갑자기 치솟는 열에 내가 과잉 반응한 것이었다—병원비를 천 달러 가까이 내야 했다. 우리가 새로 가입한 보험의 설계 방식 때문이었다. 아내가 빙긋 웃었을 때 나는 그녀가 이때의 일을 암시하고 있다는 것을 알았다.

"그럴 가능성이 낮다는 건 알아." 나는 말했다.

"아주 낮지." 아내가 말했다.

"그래, 아주 낮아. 하지만 그런 일이 일어나기도 해." 나는 아내를 쳐다봤다. "난 그저 타이밍에 대해 말하는 거야. 그러니까, 아침엔 기침을 전혀 하지 않았잖아, 그렇지?"

케이틀린은 일어서서 다시 벽장 쪽으로 걸어갔다. "그래서 우리가 잘 지켜보고 있잖아, 안 그래?"

"그렇지. 맞아."

케이틀린이 벽장 속으로 사라진 뒤 위쪽 선반에서 상자들을 내리는 소리가 들렸다.

"그건 그렇고," 나는 말했다. "아까 이언은 왜 튜브를 끼고 있지 않았지?"

"언제?"

"물에 빠졌을 때?"

케이틀린은 계속 상자를 내렸지만 대답은 없었다. "당신 정말로 그 얘길 꺼내고 싶은 거야?" 그녀가 마침내 말했다.

"뭘?"

"누구의 잘못인가."

나는 아무 말도 하지 않았다.

잠시 뒤 벽장에서 나온 아내는 나를 보지 않고 방을 가로질러가더니 문가에서 잠시 멈췄다가 밖으로 나가 문을 꽉 닫았다.

그뒤로 두 시간 동안 이언의 방에서는 아무 소리도 들리지 않았다. 이제 자정이 지났고 케이틀린은 소파에서 잠든 지 오래였으며(아직 마음이 풀리지 않았음을 내게 알리는 그다지 우회적이지 않은 방법) 나는 여전히 침대에 누워 인터넷—잡다한 의학 정보 사이트와 육아 사이트 및 블로그—에서 찾아낸 글들을 읽고 있었다.

찾은 정보 중에서 어떤 것들은 상호모순적이고 어떤 것들은 다소 무서웠다. 앞서 대략 한 시간 동안 네댓 번쯤 이언에게 가서 살펴봤지만 잘 자고 있었고 괜찮아 보였다. 아까 저녁에 아이가 나를 때리던 모습, 나를 노려보던 모습이 여전히 뇌리에 남았다. 아이가 케이틀린에게 더 애착을 느끼는 건 이해했지만—어쨌든 그건 자연스러우니까—나를 그토록 강렬히 멸시하는 건 이해할 수 없었다. 몇 달 전에 찾아간 상담사는 투사와 관련이 있을 거라고 생각했다. 이언이 내게 무언가를 투사하거나 내가 이언에게 무언가를 투사하는 거라고. 아버지와 아들이란, 상담사는 막연하게 말했다. 마치 그 말에 방대한 의미라도 담긴 듯이. 그러더니 시계를 내려다보고는 시간이 다 됐다고 했다.

그날 오후에 나는 이언을 학교에서 일찍 데리고 나와 우리 동네에 있는 식당으로 데려갔다. 이언이 좋아하는 타코 음식점이었다. 먹고 싶은 건 뭐든 주문해도 된다고 말했지만 아이는 배고프지 않다고 했다. 나중에 집에 오는 길에, 아이에게 대학교 근처에 있는 서점에 들르자고 제안했다. 이언이 더 어렸을 때 우리끼리의 의식처럼 자주 가던 서점이었다. 그런데 아이는 책은 이미 많다고 말했다.

"공원은 어때?" 나는 말했지만 이언은 그저 눈을 감았다.

"이런 거 좀 그만해, 아빠."

"이런 거라니?" 나는 물었다.

그런데 이언은 그 기묘하게 어른스러운 분위기로 한 손을 머리 위로 휘휘 저으며 말했다. "이런 거. 이런 거 좀 그만하라고."

다시 기침소리를 들은 것은 아마 새벽 세시나 네시 즈음이었을 것이다—지금껏 들은 가장 큰 기침이 확실했지만 소파에서 깊이 잠든 케이틀린은 깨지 않았다.

이언의 방 문가에 갔을 때 아이는 이미 일어나 앉아 침대위에서 배를 움켜쥐고 있었다.

"아빠." 이언이 말했다. 겁을 먹은 모습이었다.

"병원에 가야 할 것 같다." 내가 말했다.

이언은 고개를 끄덕였다.

하지만 나는 아이를 안아올려 옷을 입히는 대신 침대로 다가가 옆에 앉았다. 내가 팔을 둘러 안아도 이언은 가만히 있었다. 나는 케이틀린을 떠올렸고 이번 응급실행도 허위 경보라면, 또 한번의 천 달러짜리 허위 경보라면 아내가 뭐라고 말할까 생각하니 다시 스스로에 대한 의심이 들기 시작했다. 상담사에게 했던 말이 생각났다—내가 없는 걸 만들어내는 경향이 있다고, 실제로 있지 않은 갑작스러운 병을 상상하고, 머릿속에서 이언이 어떤 식으로든 다치거나 감염되는 비현실적인 시나리오를 지어낸다고, 아이가 태어난 뒤로 최악을 상상하는 성향이 생겼다고 말했었다.

"지금은 좀 어떠니?" 나는 이언에게 물었다.

이언은 제 손을 내려다보았다.

"잠깐 좀 누울래?"

"병원에 가는 줄 알았는데."

"그럴 수도 있어." 나는 말했다. "하지만 일단 잠깐 좀 쉬어보자."

아이는 나를 미심쩍게 바라보다가 눈을 감고 천천히 침대에 누웠다.

침대 협탁 위의 전등을 껐더니 이언은 딸깍 소리를 듣자마자 눈을 뜨고는 다시 불을 켜라고 했다.

"왜 그랬어?" 아이가 물었다.

"그냥 긴장을 풀어."

아이의 이마가 젖어 있어서 손을 뻗어 앞머리를 넘겼다. 이번에도 아이는 가만히 있었다.

"불 끄지 마." 이언이 말했다.

"알았어."

"나 왜 이러는 거야?" 아이가 물었다. "왜 계속 기침을 하는 거야?"

"모르겠어." 나는 말했다. 그러다 온라인에서 읽은 기사 하나가 생각났다. "아프니?" 내가 물었다. "기침할 때?"

"약간."

"그냥 긴장을 풀려고 애써봐." 나는 말했다. "눈을 감고."

이번에 아이는 눈을 감고 나서 계속 그대로 있었고, 나는 한동안, 아마 이십 분 정도, 옆에 앉아 바라보면서 뭘 어떻게 해야 할지 고민했다. 무슨 일이 일어날 때마다 이렇게 벌벌 떨면 안 된다는 건 알고 있었다. 우리에겐 내 불안을 시시때 때로 마음껏 해소할 만한 경제적 여유가 없다는 점도 알았다. 하지만 그러면서도 나는 여러 사실을, 이 모든 우연을, 그 공교로운 타이밍을 그러려니 하고 받아들일 수가 없었다. 여기서 일 마일 안 되는 거리에 있는 긴급치료센터를 생각해 봤지만 우리는 그곳에서 좋지 않은 경험을 한 적이 있고 나 는 거기 있는 의사들을 전적으로 신뢰할 수 없었다. 물론 그 곳에 가면 돈은 덜 들겠지만 미덥지가 않았다. 아이가 다니 는 소아과 병원이 앞으로 다섯 시간 안에 문을 열 테니 그때 전화를 하거나 아예 때맞춰 데리고 가도 되겠다는 생각도 들 었지만 앞으로 다섯 시간은 너무 긴 시간 같았다. 나는 이언 의 얼굴을 쳐다보면서 더 창백해졌는지, 더 퍼렇게 변했는지 판단하려 했다. 입술이나 피부가 퍼렇게 변하는지 살펴보세요, 라고 온라인 기사에 쓰여 있었다. 입에 거품이 생긴다면 특히 주의하세요. 나는 손을 뻗어 아이의 팔을 만져본 다음 잠옷 소매를 살짝 당겼고, 그러자 이번엔 아이가 뒤척이며 돌아누웠다. 다시 소매를 당겼더니 아이는 깜짝 놀라 쳐다보면서 내가 제대로 보일 때까지 눈을 깜빡거렸다.

"지금은 좀 어때?" 나는 말한 뒤 아이가 진정할 때까지 팔을 어루만졌다.

"괜찮아." 이언은 대답하고 눈을 감았다.

나는 아이의 가슴께에 손을 대고 살짝 눌렀다.

"이러면 아프니?" 나는 물었다.

"그만해." 하면서 이언은 몸을 움츠려 피했다.

"가만히 누워봐." 하며 나는 다른 팔로 아이를 붙잡은 채 다시 가슴을 눌렀다.

"그만해, 아빠." 이언은 내게 말하고 나서 반대편으로 돌아누웠다. 벽을 향해 누운 채 이불로 몸을 감았다. 잠시 후, 태아처럼 웅크린 자세로 누워 있던 이언이 다시 기침을 하기 시작했다. 소리가 아주 크고 긴장된 기침, 쌕쌕거리는 기침이었고, 마침내 기침이 멈췄을 때 아이는 충격받은 표정이었다.

"나 왜 이러는 거야?" 이언이 다시 물었다.

"모르겠어." 나는 침착하게 말했다. 그런 다음 아이 옆에 앉아 어깨에 손을 올렸는데 이번에도 이언은 가만히 있었다.

"이렇게 하기로 하자." 나는 말했다. "다시 기침을 하면 병원에 가는 거야. 알았지? 한 번만 더 하면 가기로."

이언은 고개를 끄덕였다.

"알았지?"

"응."

나는 거기에 앉아 아이를 지켜보았고 한동안 우리 둘 다 아무 말도 하지 않았다. 이언은 조금만 움직여도 다시 기침 발작이 일어날까봐 두려운 듯, 눈을 뜬 채 천장을 똑바로 바라보고 있었다. 나는 아이의 가슴을 쳐다보며 호흡을 살폈다. 숨이 불규칙한지 주의깊게 봐야 한다, 라고 의료 정보 사이트에는 쓰여 있었다. 빠르고 얕은 숨이 일반적인 증상이다. 하지만 이언의 호흡은 이제 규칙적이었다. 여느 밤의 호흡만큼 정상적이었다. 방안이 고요해서 잠시 마음이 편안해졌다. 흐릿한 조명으로 밝힌 방안에는 스파이더맨 포스터, 이언이 어린이집에서 그린 아름다운 그림, 게시판에 압정으로 꽂힌 삼촌과 이모, 고모, 조부모가 보낸 엽서 등이 가득했다. 이 아이는 좋은 삶을, 내 유년기보다 훨씬 수월한 삶을 살아왔다. 부족한 것이 없었다. 자기를 사랑하는 두 부모가 있었다. 친구도 많았다. 너른 뒷마당도 있고 상상할 수 있는 온갖 종류의 교육도 받았다. 그런데도 아이에겐 어쩐지 슬픔이, 불행이, 불만족이 있었다. 그건 어디에서 온 걸까?

어쩌면 이언은 이런 불행을 내게만 내보였는지도 모른다. 내 잘못이라고, 나 때문에 자기가 이렇다고 알려주기 위해. 아니면 그보다 훨씬 단순한 문제였을 수도 있다. 그저 자기가 뽑은 패에, 자신에게 주어진 아버지에게 실망한 건지도. 아이가 가장 원한 건 그저 다른 삶이었는지도.

그 주 초반에 이런 얘기를 했을 때 케이틀린은 한숨을 쉬더니, 아들과의 관계에 대해 그렇게 오래 생각만 하고 있지 말고 실제로 관계를 형성하기 위해 더 노력하라고 말했다. 내 오래된 앨범 몇 권을 꺼내 어릴 때 내가 살았던 곳들을 보여주면 어떻겠느냐는 제안도 했다. 포트카슨, 포트배닝, 포트브래그. 이언이 흥미로워할 것 같아, 케이틀린은 말했다. 하지만 내가 유년기를 보낸 군 기지들, 물려받은 헌옷을 입은 누이들과 나의 사진들을 보여주자, 이언은 어리둥절한 기색이 역력했다. 왜 그렇게 여러 곳에 돌아다니며 산 거야? 포트실의 기지 내 관사 사진을 보며 이언이 물었다. 그건 사실 우리의 선택이 아니었다고, 군대가 그렇게 작동하는 거라고 설명하자 이언은 그저 고개를 끄덕이고 제 방 창문 밖을 바라보더니, 아이패드 보면서 놀아도 되느냐고 물었다. 나중에 애가 뭘 하고 있는지 보려고 가족실로 들어갔을 때 이언은 케이틀린의 무릎을 베고 누워 눈을 감은 채 묘하게 얼빠진 미소를 짓고 있었다.

하지만 이제 제 방에서 흐릿한 조명 속에 누워 있는 아이의 얼굴에 평온하거나 얼빠진 구석은 전혀 없었다. 피부는 창백하고 축축해 보였고 이마는 땀에 젖어 앞머리가 눈썹에 들러붙어 있었다. 손을 뻗어 눈 위의 피부를 만졌더니 서늘하다못해 차가울 정도였다. 나는 불을 끄고 아이의 호흡을 지켜보았다.

주위가 어두웠지만 선반을 따라 줄줄이 놓인 봉제 인형들의 형체가 보였고, 방안에서 풍기는 뭔가 퀴퀴하고 알싸한 냄새는 침대 아래에 던져놓은 운동복 바지에서 나는 것이었다. 이언의 폐에 물이 찬 것일까 생각했다. 낮잠을 자다가 이차성 익사로 허무하게 숨진 아이들의 이야기를 인터넷에서 여러 건 읽었다. 애가 자는 줄로만 알았어요. 기사에 인용된 사람의 말이었다. 낮잠을 자고 있다고 생각했어요. 이언의 몸속에 물이 있다고, 있어선 안 되는 곳에 물이 차 있다고 생각하자 가슴이 조여들었다.

잠시 후 팔을 뻗어 다시 협탁 전등을 켰다. 팔을 만져 깨우려던 참에 이언이 눈을 떴고, 눈꺼풀 주위의 피부가 쓸린 듯이 붉게 부풀어오른 것을 보고 아이가 울고 있었다는 사실을 깨달았다.

"이봐." 내가 불렀지만 아이는 돌아누웠다.

"이봐, 아들. 왜 그래?"

이언은 한동안 말없이 가만히 누워 천장만 바라보았다. 다시 손을 뻗을까 생각하다 그만두었다. 그냥 옆에 앉아서 조용히 누워 있는 아들을 바라보았다. 이언은 한 손을 옆구리에서부터 갈비뼈를 따라 움직이다가 가슴 위에 올려놓았다. 눈을 감더니 곧 다시 떴다.

마침내 이언이 말했다. "왜 거기 없었어?"

"무슨 소리야?"

이언은 계속 천장만 바라보았다.

"이언?"

"왜 와서 도와주지 않았어?"

"언제?"

"나중에."

"나중에 언제?"

"수영장에서. 왜 나랑 같이 있지 않았어? 아빠 나랑 같이 있었어야지."

아이를 쳐다보았다. 화가 난 것 같진 않았지만 그때 일을 아직도 무서워한다는 것을, 아직도 동요하고 있다는 것을 알 수 있었다.

"사실 그건 엄마가—" 나는 말을 시작했다가 멈췄다. "네 말이 맞아." 나는 말했다. "아빠가 거기에 있었어야 해."

이언은 계속 천장만 바라보았다.

"부모라고 언제나 완벽하진 않아." 나는 말했다. "우리도 자주 일을 망쳐. 결함이 많은 사람들이지. 적어도 부모들 대부분은." 내가 하는 말이 잘 이해되지 않으리란 걸 알면서도 계속 이어갔다. "솔직하게 얘기하면, 아빠는 다른 부모들 대다수보다 더 결함이 많은지도 몰라. 하지만 네 말이 맞아. 아빠가 거기 있었어야 해. 네 말이 전적으로 맞아."

이언은 잠옷 소매로 눈을 비비고 나서 눈길을 돌렸다. "그런데 아빤 뭘 하고 있었는데?" 아이가 물었다.

"무슨 뜻이야?"

"아빠는 뭘 하고 있었어?" 아이가 물었다. "뭘 하-고 있었냐고."

나는 아이를 보다가 시선을 떨구고 내 손을 내려다봤지만 말이 나오지 않았다. 해줄 대답이 없었다. 언젠가 대답해줄 수 있을지도 확신이 없었다.

잠시 후 이언은 몸을 잔뜩 웅크려 다리를 가슴까지 당긴 자세로 벽을 바라보았다.

아이는 오랫동안 그런 자세로 누워 있었고, 나는 한참이 지나서야, 몇 분이 지난 뒤에야, 내가 나가기를 바란다는 의미임을 깨달았다.

그뒤 몇 시간에 걸쳐 이언의 기침은 서서히 잦아들었고 다음날 아침에 소아과 병원에 데려갈 무렵에는 증상이 사실상 완전히 사라졌다. 그게 무엇이었는지 우리는 알아내지 못했다. 흔한 몇 가지 중 하나였을 거라고 소아과의사는 말했다. 가벼운 감기 혹은 독감이었거나 일종의 알레르기 반응이었을 거라고. 실제로 알 방법은 없었다.

앞으로 일어날 일은 그럴지언정 그 순간, 이언의 침대에 앉아 있던 그 순간, 나는 여전히 걱정에 빠져 있었고, 여전히 최악을 생각했다. 아이 방의 어둠 속에서 기다리는 동안, 그 작은 얼굴과 가슴을 바라보며 아이가 한 말을 떠올리던 기억이 난다.

"아빠는 뭘 하고 있었어?" 이언은 말했고 나는 그 말이 무슨 뜻인지 알았다. 자기가 물에 빠진 순간, 혹은 그전 오 분이나 십 분 동안, 자신이 튜브나 다른 구명 장비 하나 없이 에어매트 위에 혼자 누워 있을 때 나는 무엇을 하고 있었냐는 뜻이라는 것을 알았다. 육아 블로그를 드나들며 헛소리나 지껄이는 나. 육아 지침과 육아 조언 칼럼을 집착적으로 읽는 나. 그 순간 나는 미니 샌드위치를 만들어 먹는 일 말고 무엇을 하고 있었나? 나는 식음료 테이블 앞에 있었지만 내 정신은 어디에 있었나? 대체 무엇에 집착하고 있었기에 바로 그 특정한 순간에 부모로서 단 하나의 주요한 책임, 내 아이를 살린다는 책임을 잊어버렸나? 그때를 돌아보려 했지만—바로 그 순간에 내 정신이 어디에 있었는지 떠올리려 해봤지만—솔직히 기억할 수가 없었다. 눈앞에 떠오르는 것은 물 위의 햇빛, 순간적인 번뜩임, 밝은 섬광뿐, 그 외엔 아무것도 없었다.

실루엣

지난여름 초입에, 예전에 텍사스주립대학교에서 함께 일했던 친구 폴 벨랑제와 만나 저녁을 먹고 있는데 아내 에이미가 전화를 걸어 우리 개가 도망쳤다고 말했다. 그러나 이 사실을 전하는 아내의 목소리가 너무 태연하고 차분해서 나는 우리 개가 도망친 것이 아니라 아내가 다른 이유로 나를 집으로 부르고 있음을 즉시 알아차렸다. 어쨌든 나는 폴에게 이 응급 상황을 처리하러 집에 가야 한다고 말했고, 폴은 매우 친절하고 너그러운 태도로 양해해주었다. 그는 내게 아직 테니스를 칠 마음이 있다면(예전에 우리는 매주 만나 테니스를 쳤다) 주말에 다시 만나도 좋고, 아니면 지금 그가 사는 곳인 웨스트레이크힐스에서 이른 브런치를 먹자고 제안했다.

폴은 프랑스계 캐나다인이고 그의 아내 일레인은 이곳에서 가까운 북쪽 어느 지역—윈드미어인 것 같다—출신이다. 일레인은 부유한 집안에서 태어났다. 얼마나 부유한지는 잘 몰라도 어쨌든 상당하다—최근 웨스트레이크힐스에 그 널찍한 집을 살 수 있을 만큼은 된다. 그 집은 침실이 다섯 개 딸린, 수공예운동 양식의 주택으로 한쪽으로는 우기에만 물이 흐르는 하천이, 다른 한쪽으로는 협곡이 내려다보인다. 의심의 여지 없이 아름다운 집이며 실내장식 역시 매우 고상하다. 그들이 에이미와 나를 처음으로 집에 초대했을 때 이런 규모의 집을 살 재력이 있는 사람이 내 지인이라는 사실이 신기했던 기억이 난다. 오스틴에 있는 우리의 다른 친구들은 대부분 아직도 셋집에 산다.

어쨌거나, 에이미는 폴과 일레인을 진심으로 좋아하진 않았는데 그건 그들의 재력과는 무관했다. 에이미의 심기가 불편한 이유는 몇 년 전에 내가 텍사스주립대학교에서 정년직 교수 후보에 올랐을 때 폴이 어떤 식으로든 내 뒤통수를 쳤다고 느껴서였다. 이때 그와 나는 아직 심리학과의 동료 교원이었고 친분이 꽤 두터운 사이였다. 학과의 투표에서는 일곱 명이 찬성표를, 여덟 명이 반대표를 던져 의견이 반반으로 갈린 듯했다. 내게 찬성했을 사람과 반대했을 사람을 우리는 대충 추론할 수 있었지만 두 표 정도는 설명이 되지 않아 부동표였으리라 짐작되는데, 에이미는 그중 하나가 폴의 표였을 거라고 확신했다.

물론 폴은 자신이 나를 위해 완강히 싸웠다고 주장했고 나는 그의 말을, 적어도 처음에는 믿었다. 믿지 않을 이유가 없었다. 오히려 폴의 표는 온전히 내 편이라고 확신한 표였다. 그런데 폴이 걸핏하면 그 이야기를 꺼내 자기가 얼마나 나를 위해 열심히 싸웠는지 거듭 강조하자 나는 의심하기 시작했다. 아니 실은 에이미가 의심하기 시작한 것이다. 어느 날밤, 나의 두번째이자 마지막이었던 진정 신청이 거부당한 직후에 폴과 일레인이 우리집에서 저녁을 함께 먹었는데, 폴이 무슨 가슴의 짐을 덜어내려는 사람처럼 보일 정도로 계속해서 그 얘기를 했다. 우리 모두 약간 취했고 어쩌면 그래서 그토록 투명해 보였을 수도 있는데—잘 모르겠다—내가 부엌에서 디저트와 커피를 준비하고 있을 때 에이미가 뒤에서 다가와 이렇게 말한 기억은 난다. "망할, 저 인간 완전 구라 치고 있네."

"알아." 나는 내가 무슨 말을 하는지 생각해볼 새도 없이 대뜸 그렇게 말했다.

"믿을 수가 없다." 에이미가 말했다.

나는 우리가 와인을 보관하는 스토브 위 찬장 쪽으로 걸어갔다. "와인을 더 마셔야겠어."

에이미가 부엌 안에서 서성이기 시작했다. "이제 어떻게 하지? 저것들을 쫓아낼까? 대놓고 따질까?"

"아니." 나는 말했다. "디저트를 함께 먹고 잘 가라고 인사한 다음, 다시는 연락하지 말자."

"좋아." 에이미가 말했다.

하지만 물론 실제로 그런 일은 일어나지 않았다. 그다음주에 폴이 전화를 걸어 파티에 초대하자 나는 수락했다. 또 그 다음주에는 에이미와 일레인이 함께 외출해 웨스트레이크힐스에 있는 어느 술집에 갔으며, 이후로도 계속 그런 식으로 흘러갔다. 우리의 생활은 전과 별반 다를 바 없이 계속되었는데, 단지 사소한 차이 하나만 있을 뿐이었다. 이제 나는 폴이 배신했다는 사실을 안다는 것.

솔직히 말하면, 밖에서 함께 어울릴 때는 그다지 불편하지 않았다. 나는 그 생각을 머릿속에서 몰아내는 방법을 찾았고, 폴 역시 그 일—다시 말해, 나의 정년직 임용 사건—을 좀처럼 입에 올리지 않았다. 우리 아파트에서 만난 그날 밤 이후 그 일은 거론하지 않기로 결심한 모양이었다. 아마 자기 속이 얼마나 투명하게 들여다보였는지 깨달았을 것이다. 아니면 일레인이 남편에게 무슨 말인가 했는지도 모른다. 누가 알겠는가? 언젠가 에이미는 일레인이 자주 수수께끼 같은 말로 내게 일어난 일을 암시한다고 했다. 폴의 죄책감이나 그가 견디는 마음의 짐을 은근히 내비칠 때가 많지만 그 밖의 말은 하지 않는다는 것이었다. 마치 고백이라도 하려는 듯했다고, 다 털어놓으려는 듯했다고, 에이미는 생각했다.

상관없다. 정년직 임용에 탈락했을 때 내 인생이 끝나진 않았다. 하지만 그렇다고 수월하지도 않았다. 학계에서 다른 자리를 찾기까지 꼬박 일 년이 걸렸고, 그 자리도 실은 내 분야, 혹은 내 전공이 아니었다. 지역의 소규모 인문대학 내 마케팅학과의 말단 직위였다. 월급도 텍사스주립대학교의 조교수로 받던 것과 비교하면 대단찮았지만, 그전 한 해 동안 겪은 일을 생각하면 그 정도도 감사할 따름이었다. 에이미는 상황이 더 나쁠 수도 있었음을 자주 일깨웠고—에이미 역시 원래 근무했던 공영 라디오 방송국에서 그해 초에 해고되었고, 그래서 한동안 우리 둘 다 실업 급여에 의존해서 살았다—나도 예전 강의실과 내 널찍한 연구실과 진행하던 연구 등이 그리울 때가 많았지만 아내의 말이 옳다는 걸 알았다.

"폴이 당신에게 오히려 좋은 일을 해준 건지도 몰라." 에이미는 내가 그 일로 특히 우울해할 때 그렇게 말하곤 했다. "어쨌거나 당신은 그 사람들 전부 안 좋아했잖아."

그러면 나는 아내의 말에 동의하며 고개를 끄덕였지만, 나중에 욕실에서 혼자 거울을 쳐다보며 서 있거나 집 근처에서 우리 개 헨리를 산책시키고 있노라면 어떤 이미지가 떠올랐고—폴과 웨스트레이크힐스에 있는 그의 아름다운 집이 눈앞에 보이기도 하고, 이제 내겐 필요도 없는 학위를 따기 위해 받았다가 아직 다 갚지도 못한 대학원 학자금 융자가 생각나기도 했다—그러면 귀 바로 뒤쪽 뒤통수가 욱신거리거나 뱃속이 조여드는 느낌이 들었다. 그리고 내가 폴에게 어떤 끔찍한 짓을 할 수 있다는 것을—나의 마음 한구석에서 그걸 원한다는 것을—깨달았다.

하지만 그날 저녁에 우리의 아파트로 돌아올 때는 그런 기분이 아니었다. 집에 와보니 에이미는 소파 위에서 반쯤 잠든 채 한쪽 팔은 우리의 보더콜리종 개 헨리의 머리에 느슨하게 드리우고 다른 손으로는 와인 잔을 들고 있었다. 그러다 나를 멍하게 보더니 미소를 지었다.

"당신이 도망칠 핑계를 원할 거라고 생각했어." 에이미가 말했다. "그때까지 뭐, 두 시간쯤 있었던가?"

나는 고개를 끄덕였다. "사실 그렇게 나쁘진 않았어." 나는 말했다. "지난번과는 다르더라고."

지난번에 만났을 때 폴은 학과에 대해, 학과 사람들이 저지르는 실수에 대해, 새로운 교육과정을 적극 포용하지 않아서 전공 학생이 전체적으로 줄어가는 형편 등등에 대해 쉴새 없이 떠들어댔다. 나는 폴이 그저 울화를 터트리고 있을 뿐 나를 염두에 두고 하는 말은 아니라는 사실을 알면서도 거기 앉아 그런 얘기를 듣고 사실상 나를 엿 먹인 인간들에게 여전히 관심 있는 척하자니 좀 힘들었다.

"폴이 우리더러 이번 주말에 자기 동네로 오지 않겠느냐고 하던데." 나는 말했다. "폴과 일레인이. 브런치를 먹거나 상황 봐서 저녁식사라도 하자더라고."

"저녁식사로 하자." 에이미가 말했다. "가야 한다면. 브런치는 언제나 너무 어색해."

"아니면 그냥 취소해도 돼." 나는 말했다.

"아니." 에이미가 한숨을 쉬었다. "가야 해. 최근에 그 사람들에게 너무 자주 퇴짜를 놓았어."

나는 고개를 끄덕이며 에이미 건너편 의자에 앉아 오토만 스툴 위에 발을 올렸다. "게다가," 나는 말했다. "우리의 컬렉션을 확장할 기회이기도 하지."

에이미가 고개를 저으며 웃었다. "당신의 컬렉션이지."

이것은 우리가 자주 들먹이는 농담이었다. 아홉 달 전 그들의 집에서 열린 파티에 갔을 때, 수영장 옆에 서서 야외 화로 주위에 둘러앉은 사람들에게 맥주를 따주다가 골동품 병따개를 무심코 주머니에 넣은 채 집에 왔다는 걸 깨달은 뒤로 시작된 농담이었다. 당연히 악의 없이 저지른 실수였으나 가만히 서서 그 물건을 오래 쳐다볼수록, 그 골동품 병따개를 오래 들고 있을수록, 돌려주고 싶은 마음이 줄어들었다. 그것은 집안의 가보 같은 생김새에, 어쩌면 일레인의 부모님이 물려주었을 물건처럼 보였고, 문득 나는 내가 그것을 원한다는 사실을, 아니 적어도 그들이 더이상 갖지 못하기를 바란다는 사실을 깨달았다. 다음번에 그곳에 가서 이른 저녁식사를 했을 때, 어느새 나는 폴에게 꽤 중요하리라 생각되는, 어린 시절의 폴과 그의 형 사진이 든 액자를 훔치고 있었고, 그다음에는 그의 개인 장서에서 오래된 초판본 책 두 권을 슬쩍했다. 그뒤로도 몇 달에 걸쳐 다른 사소한 물건들을 여러 개 훔쳤다—술 장식이 달린 열쇠고리, 커프스단추 한 벌, 일레인의 터키석 목걸이 하나. 욕실에서 나오다가, 혹은 그들의 침실을 지나다가 사소한 물건이 눈에 띄면 그것을 슬쩍 주머니에 넣었다가 나중에 집에 와서 에이미에게 꺼내 보여주면 에이미는 웃음을 터트리며 고개를 저었고, 그러면 나는 그것을 침실로 가져가 침대 아래에 감춰둔 작은 판지 상자 속에 넣었다.

그때 누군가가 내가 하고 있는 일이 옳지 않다고 생각하는지 물었다면 나는 아니라고 대답했을 것이다. 마음속으로 언젠가는 그 물건들을 전부 돌려줄 거라고, 잠시 내가 보관하는 것뿐이라고 믿었던 것 같다. 또 어떤 때는 폴이 내게 한 짓에 대한 응징이라고 되뇌기도 했다. 내겐 그 행동을 스스로에게 정당화할 방법들이 있었고 에이미도 문제삼은 적이 없었다. 우리는 스스로를 선한 사람이라고 믿었지만—지금도 그렇게 믿는다—내 침대 아래에 있는 판지 상자를 진정으로 변명할, 혹은 설명할 방법은 없었다. 가끔 밤에 어둠 속에 누워 삶의 이런저런 불안 때문에 뒤척일 때면 내 바로 밑에 있는 그 상자를 생각했다. 폴과 일레인의 삶을 이루던, 그러나 내가 그들에게서 빼앗은 그 작은 조각들, 그 하찮은 상징물들, 그 기묘하게 개인적인 장신구와 증표들, 시기나 분노 때문에, 혹은 두 가지가 뒤섞인 감정으로 말미암아 무단으로 취해 내 것으로 만든 그 사소한 기념품과 정표를 생각했다. 그 상자를 떠올리면 그게 무슨 의미인지 의문이 들었다. 혹시 내가 정신이 이상해지고 있는 건 아닌지 의문이 들었다. 그러다 얼마 후 눈을 감고 잊어버리곤 했다. 다른 생각에 빠졌다가 며칠이 지나서야—때로는 일주일 가까이 지나서야—다시 그 상자를 생각하기도 했다.

이제 소파에 길게 몸을 뻗고 누운 에이미는 눈을 감은 채자유로운 손 하나를 헨리의 머리에 얹고 있었다. 나는 에이미에게 다가가 그 옆에 앉았다. 어깨 위에 손을 올리고 한참가만히 있었더니 에이미는 나를 올려다보고 한숨을 쉬었다.

"알겠어." 나는 그렇게 말하고는 웃으며 아내의 등을 문질렀다.

"뭐가?"

"알겠어," 나는 말했다. "저녁식사로 하자고 말할게."

웨스트레이크힐스에서 폴과 일레인이 사는 지역은 와일드베이슨 야생보호구역 바로 너머에 있다. 와일드베이슨 야생보호구역은 멋진 자전거길이 있고 힐 카운티부터 오스틴 시내까지 한눈에 굽어보이는 울창한 숲 지대다. 그곳에 갈 때마다 우리는 다른 나라로 들어선 듯한 기분을 느낀다. 그들의 집으로 향하는 길에 가끔 다른 차를 마주치기도 하고, 나무들 사이로 이웃집 중 한 곳에서 흘러나오는 희미한 불빛이보이기도 하지만, 그곳에 있는 동안 우리는 대체로 세상과 완전히 단절된 기분을 느낀다. 폴이 언젠가 표현한 대로 그 집과 주변 일 에이커 가량의 숲은 센트럴텍사스에서 퀘벡 북부와 가장 가까운 분위기를 느낄 수 있는 곳이었다. "물론 완전히 똑같진 않지." 어느 밤에 그는 저녁 모임에 온 우리에게 말했다. "하지만 때로 깊은 밤에 와인을 넉넉히 마셨을 때는 뒷마당 덱에 앉아 여기가 퀘벡인 척할 정도는 돼." 폴의 말투에는 프랑스어 억양―그가 어디에서 자랐는지 모른다면 대부분 어느 지역인지 잘 모르는 억양―이 약간 섞여 있는데 그런 말을 할 때는 항상 억양이 더 강해지는 느낌이 들었다.

그날 밤에―폴이 그런 말을 했던 밤에―우리는 뒷마당의 수영장 옆에 다 같이 앉아 담배를 피우며(우리 모두의 오랜 습관이다) 원경에 자리한 협곡을 바라보고 있었다. 맑은 밤이었고 매우 고요했으며 유일하게 들리는 소리는 길가의 집 한 곳에서 흘러나오는 희미한 파티 음악뿐이었다. 어느 순간 에이미가 그 파티가 열리는 곳을 찾아내 쳐들어가면 재미있을 거라고 생각했고―우리가 저녁식사와 함께 와인을 얼마나 많이 마셨는지 짐작하게 하는 행동―폴도 에이미와 함께 가겠다고 나섰다. 두 사람이 함께 숲을 가로질러간 뒤 일레인과 나는 수영장 옆에 남아 담배를 더 피우고 와인을 더 마시다가 이윽고 옷을 벗고 속옷만 입은 채 물속에 들어갔다.

나는 폴과 일레인의 집에서 여러 번 속옷 차림으로 수영을 했고—그즈음엔 사실상 의례가 되었다—그래서 정말로 아무 생각이 없었는데, 삼십 분쯤 뒤에 폴과 에이미가 돌아왔을 때—아마 길을 잃었거나 포기한 듯했다—폴의 얼굴에 전에 한 번도 본 적 없는 표정이 떠올랐다. 그것은 내가 엄청난 실수를 저질렀다고 말하는 표정이었다. 일레인과 나는 물에서 나왔고 폴과 일레인은 얘기를 나누러 갔다. 그날 밤은 어색하게 마무리되었다. 폴은 혼자서 침실로 들어가버렸고 일레인은 목욕 가운 차림으로 나와서 우리에게 잘 가라고 인사했다. "미안해." 앞쪽 현관에 함께 서 있을 때 일레인이 말했다. "요즘 폴에게 힘든 일이 좀 많아서 그래. 자기들은 분명 이해하겠지." 우리는 물론 이해한다고 말했고 일레인에게 잘 자라고 인사한 뒤 힘껏 포옹해주고 차를 몰아 집에 돌아왔다. 다음번에 두 주 가까이 지나서 다시 만났을 때는 아무도 그 일을 입에 올리지 않았다.

그날 밤—돌아온 토요일—에 폴과 일레인의 집으로 가면서 나무가 울창한 긴 진입로를 달리던 중에 왜 그때의 기억이 떠올랐는지는 모르겠지만, 무슨 이유인지 나는 그 생각을 하고 있었다. 무슨 이유인지 그 기억이 내 머릿속에 박혀 있었다. 어쩌면 저녁 빛—그들의 집 마당 끝에 선 높은 나무들

뒤로 넘어가는 햇빛—의 질감이 내가 기억하는 그 밤과 너무 비슷해서였거나, 아니면 기온이라든가 숲의 고요함 같은 그 밖의 다른 것들 때문이었을 것이다. 차창이 열려 있어서 집 앞에 차를 세울 때 본채 측면, 협곡과 수영장 방향에 자리한 야외 화로에서 피어나는 연기 냄새를 맡을 수 있었다. 하지만 본채 건물 자체는 조명을 전부 꺼놓은 듯 어두워서 우리가 날짜를 잘못 알았나—폴이 토요일이 아니라 일요일이라고 했거나, 아니면 한 주 뒤의 토요일을 뜻했나—싶은 이상한 기분이 들었다. 하지만 에이미에게 그런 얘기를 하려는 순간, 폴이 불쏘시개를 한아름 안은 채 건물 측면에서 돌아나와 웃으며 내겐 들리지 않는 무슨 말을 외쳤다. 그는 평소처럼 운동복 반바지와 티셔츠를 입고 오래되고 낡은 테바 샌들을 신고 있었다. 기품 있는 은색 머리칼에 피부는 늘 가무잡잡하게 그을린 모습이 쉰을 향해 가는 남자치고는 젊고 탄탄해 보였다. 가공식품이나 튀긴 음식은 입에도 대지 않는 사람, 쿠스쿠스와 누에콩, 지방 없는 살코기만 먹고 사는 사람 같은 유연한 체격이었다.

차 밖으로 나가자 폴이 우리에게 다가왔는데 여전히 장작을 안은 채여서 포옹이나 악수는 어려웠다. 나는 어색하게 팔을 뻗어 등을 도닥였고 에이미도 그렇게 했다.

"교통 상황은 어땠어?"

"좋았어요." 나는 말했다. "그 정도면 괜찮은 편이었죠."

"좋군." 폴은 대답하며 웃었다. 그러고는 우리에게 잔디밭을 가로질러 따라오라고 몸짓했다. "어서 와." 그가 말했다. "놀라게 해줄게."

잔디밭을 가로질러 수영장과 석재 덱으로 이어지는 완만한 경사를 따라 내려갈 때 멀리서 해가 지는 협곡 풍경이 시야에 들어왔고, 경사로 바로 옆 왼쪽에는 향나무와 자주색 철쭉이 자라는 작은 땅이 있었다. 일레인은 수영장 옆 파티오 저편에 놓인 커다란 망사 의자에 앉아 있었고 맞은편의 다른 테이블에는 내가 모르는 남자와 여자가 있었는데 나와 에이미 또래의, 젊은 축에 속하는 커플이었다. 일레인이 유리 테이블 위에 작은 티라이트 양초들을 늘어놓고 수영장 옆 비파나무 가지에는 흰 지등紙燈을 여러 개 올려놓은 탓에 그 아래의 모든 것이 천상처럼 기이하게 보였다.

"누군지 알아보겠어?" 폴이 나를 돌아보고 웃으며 말했지만 나는 그들을 알아보지 못했다. 평생 본 적 없는 사람들이었다.

폴이 계속 걸어오라고 손짓했고, 더 가까이 다가가 경사로 아래의 작은 둔덕에 이르렀을 때 나는 그들이 누군지 깨달았다. 남자는 텍사스주립대학교에서 예전에 우리와 함께 일한 개릿 롱이었다. 나와 같은 해에 심리학과에 온 동료였으나 겨우 일 년 만에 캘리포니아대학교 버클리 캠퍼스의 더 좋은 자리를 찾아 떠났다. 개릿은 그때보다 더 나이들고 살짝 더 마르고 턱수염을 기른 모습이었다. 그의 아내 린지는 에이미와 절친하게 지냈고—둘이 함께 요가 수업을 들었다—개릿과 린지가 이곳에서 살던 일 년 동안 우리 넷은 부부 동반으로도 자주 만나 어울렸다. 린지가 우리에게 인사하려고 일어서며 의자를 뒤로 밀 때, 나는 그녀가 임신부라는 것을, 아마도 육칠 개월째에 접어들었다는 것을 알 수 있었다.

"이럴 수가." 내가 입을 떼기도 전에 에이미가 먼저 말했다. "믿을 수가 없네!" 에이미가 린지에게 달려갔고 둘은 자매처럼 껴안았다.

개릿이 내게 인사하러 다가왔다. "스티브." 그가 내 손을 잡고 힘차게 흔들며 말했다. "오랜만이에요."

나는 마치 다른 누군가가 나에 대해 꾸는 꿈 속에 흘러들어온 양 조금 어리둥절했다. 다시 고개를 들어 집을, 어두운 창문을, 텅 빈 간이 차고를 보았다. 어떤 속임수 같은 건 아닐까 궁금했다.

"개릿에게 말했어. 오늘밤엔 직장 얘긴 하지 말자고." 폴이 내 뒤로 다가와 어깨에 손을 얹으며 말했다. 그가 빙긋 웃었다. "깜짝 놀라게 해주는 게 낫겠다고 생각했는데, 맞지?"

"그럼요."

"괜찮으면 좋겠군."

"물론이죠." 나는 말했다.

"학회가 있어서 온 거예요." 개릿이 설명했다.

"아, 그래요?" 내가 말했다. "텍사스대에서?"

"그렇죠."

"자기들 오기 전에 우리끼리 먼저 시작했어." 일레인이 다가와 나를 안으며 말했다. 그러고는 옆쪽 벽에 놓인 빈 와인 병들을 턱짓으로 가리켰다.

"힘든 오후였거든요." 개릿이 미안하다는 듯 말했다.

"그리고 불쌍한 린지." 일레인이 말했다. "여기 앉아서 이 두 사람이 한없이 떠드는 소릴 들어야 했어."

"한없이 떠들어?" 폴이 찡그리며 말했다. "그 말은 좀 너무한데."

폴은 우리에게 앉으라고 손짓한 뒤 와인을 한 잔씩 따라주면서 좀전에 개릿이 한 이야기를 다시 풀어냈다. 그들의 공통 지인 두 사람을 둘러싸고 연달아 발생한 뜬금없는 우연을 중심으로 전개되는 이야기 같았다.

어떤 면에서, 그들이 한참 전부터 술을 마시고 있었다는 점이 다행스러웠다. 껄끄러운 분위기를 없애주고 덕분에 나도 긴장을 좀 풀 수 있었다. 그래도 어쩐지 허를 찔린 기분이 드는 건 사실이었다. 폴이 우리가 같이 있던 학과에 소속된 사람을 내게 알리지도 않고 초대할 리 없다는 걸 알았지만, 아마도 개릿은 다르다고 판단한 듯했다. 어쨌거나 개릿과 나는 친구이고, 그는 내 임용 탈락과 아무런 상관이 없었다. 그때 이미 개릿은 떠난 지 오래였다. 하지만 그런데도 그곳에서 그를 보는 기분은 좀 이상했다. 폴은 분명 내게 일어난 일을 그에게 말했을 터였다. 분명 개릿은 알았다. 우리는 일레인 앞에 있던 테이블에 모두 모여 앉았고 폴은 와인을 몇 병 더 따고 새 잔들을 내놓은 뒤 잔을 채우기 시작했다.

"그래 지금 몇 개월이나 됐어요?" 에이미가 린지에게 물으며 폴이 채운 잔 하나를 집어들었다.

"팔 개월이요." 린지가 말했다.

"우리 앞에 결승점이 다가온 거죠." 개릿이 덧붙였다.

"결승점?" 린지가 웃음을 터트렸다. "우리 앞에 결승점이 다가왔다고?"

"미안." 그는 말했다. "내 아내 앞에 결승점이 다가왔어요." 그러고 나서 개릿은 웃으며 린지의 손을 토닥였다.

"사실 앤 둘째예요." 린지가 말했다. "우리 딸 앨리스는 지금 피드먼트 집에서 할머니, 할아버지랑 같이 있어요."

"둘이 캘리포니아에서 참 바빴군요." 나는 웃으며 말했다. 그러다, 그래야 자연스러울 것 같아서, 덧붙여 물었다. "그래, 버클리는 어때요?"

"버클리는 좋죠." 개릿이 말했다. "버클리는, 그러니까―버클리예요."

나는 폴에게 들어 개릿이 거기에서 아주 잘해내고 있다는 것, 논문을 많이 발표했고 최근에 정년 교수직에 임용되었다는 것을 알았다. 그런데 그것을 별것 아닌 양 말하려 애쓰고 있다는 느낌이 들었다. 개릿은 멍하니 테이블 주위를 둘러보며 폴이나 일레인이 어떤 신호를 주기를 바라는 듯했지만 아무도 말이 없었다. 얼마 뒤 일레인이 내 쪽을 보며 웃었다. "그래, 스티브." 그녀가 말했다. "개는 어떻게 됐어?"

"개요?" 나는 물었다.

"다시 돌아왔어? 폴이 그러던데, 개가 도망갔다고."

"아, 맞아요." 나는 갑자기 기억해내며 말했다. "왔어요. 그날 밤에 돌아왔어요." 나는 에이미 쪽을 보았다. "우린 다시 하나가 됐죠, 그렇지?"

"맞아." 에이미가 대답하고 웃었다.

대화는 한참을 그런 식으로—어색하게 띄엄띄엄—뚜렷한 방향도 목표도 없이 계속되었다. 분명 폴과 개릿은 어떤 화제를 피하고 있었다. 예컨대 내가 심리학과에서 일하던 시절, 폴의 연구 주제, 개릿이 이룬 업적을 비롯해 내가 예민하게 반응할 거라고 판단되는 모든 것들을 건드리지 않는 방향으로 대화를 이끌고 있었다. 하지만 문제는 그런 공통의 관심사 없이는, 애초에 오래전 우리 사이에 유대감을 형성했던 그런 주제들 없이는, 할 얘기가 별로 없다는 점이었다.

얼마 뒤에 일레인이 식사를 가지러 간다고 집에 들어가자 폴이 최근에 본 영화 얘기를 시작했다. "아주 훌륭하지만, 또 아주 충격적"이라고 그가 묘사한 네덜란드 영화였다. 그는 영화의 줄거리를 요약하기 시작했지만, 그즈음 하루 동안 축적된 알코올이 마침내 기세를 떨치기 시작했음을 알 수 있었다.

어느 순간 폴은 린지를 돌아보며 말했다. "그러다 어떻게 됐지?"

그 말에 린지는 웃음을 터트리며 폴의 손을 잡았다. "폴," 린지는 말했다. "여기에서 그 영화를 본 사람은 당신뿐이에요. 어떻게 되었는지 난 모르죠."

폴이 테이블 주위를 둘러보며 고개를 저었다. "이런, 망할." 그가 말했다. "나 완전히 맛이 가버렸네."

이 말에 분위기가 좀 가벼워졌고 모두가 웃음을 터트렸다. 잠시 후 일레인이 알루미늄 용기를 첩첩이 쌓아 안은 채 본채에서 나와, 조명을 밝힌 오솔길을 따라 걸어왔다. 일레인은 오솔길을 조심스럽게, 천천히 걸어내려왔고, 잠시 후 개릿이 도우러 가서 팔을 뻗어 용기 몇 개를 받은 뒤 경삿길을 내려오는 일레인을 목소리로 안내했다. 곧이어 두 사람 다 테이블로 돌아와 김이 오르는 뜨거운 용기의 뚜껑을 벗기고 냅킨을 나눠주었다.

"이건 저 아래 페루 음식점에서 산 거야." 일레인이 뚜껑 하나를 열면서 말했다. "내가 저번에 자기한테 얘기한 그 식당." 일레인은 에이미를 쳐다보았다.

"아, 맞다." 에이미가 말하며 고개를 끄덕였다.

"채식 식단은 저쪽이고," 일레인은 테이블 끝 쪽을 가리키며 말했다. "나머지는 바로 여기. 그리고 집안에 나중에 먹을 디저트도 있으니까 내가 잊어버리면 말해줘요."

일레인은 폴을 보며 미소를 지었고 폴은 나머지 우리를 돌아보며 잔을 들었다. "좋아." 그가 말했다. "먹자고."

저녁식사는 아주 훌륭했다. 에이미는 늘 폴과 일레인은 요리를 하지 않는다고, 사람들을 초대할 때마다 으레 식당 음식을 사온다고 비웃지만 나는 전혀 개의치 않았다. 나는 정말로 요리를 해선 안 되는 사람들의 집에서 밥을 먹은 적이 많은데, 폴과 일레인의 집에서는 늘 만찬을 대접받았다. 그날 밤도 예외는 아니었다. 사실 음식이 너무 맛있어서 우리는 먹는 동안 거의 말을 하지 않은 채 이따금 닭고기가 얼마나 맛있는지, 플라타노 튀김이 얼마나 환상적인지 한마디씩 할 뿐이었다. 파파 레예나, 아로스 콘 포요, 맛이 깊은 페루 소시지들. 우리 대부분이 음식을 두 번씩 덜어다 먹었고 폴과 일레인은 세 번쯤 덜어 간 것 같다. 아울러 그러는 내내 샌타바버라 근교의 롬폭밸리에서 생산한 환상적인 시라 와인을 곁들여 마셨다. 폴의 형 필이 보내주었다는 와인이었다.

음식과 알코올 사이에서 어쩐지 분위기가 바뀌기 시작했다. 모두가 조금은 긴장을 풀고 마음을 열기 시작했고, 그러다 어느 시점에 폴이 개릿과 린지에게 딸 앨리스에 대해 물으며 전반적인 육아 문제나 육아 경험에 관한 질문을 이어갔다. 자신과 일레인은 일찌감치 아이를 갖지 않기로 결정했지만 이제 나이가 드니 그 결정에 대해 의구심이 들 때가 많다고도 했다. 폴은 그 말을 하며 주변을 둘러보았다.

폴에게서 한 번도 그런 말—아이 관련한 말—을 들은 적이 없던 나는 좀 놀랐다. 아마 술을 마셔서, 혹은 밤이 깊어서 그랬겠지만, 린지와 개릿은 솔직하게 대답하기 시작했다. 굉장히 힘들긴 해도 보람이 크다고, 구체적으로 어떤 보람인지는 설명하기가 힘들다고. 새로 부모가 된 많은 사람들이 저지르는 큰 실수 중 하나는 지나친 기대라고 그들은 말했다. 린지는 그들 부부도 같은 실수를 저질렀지만 지금은 기대를 낮추는 법을 배웠다고 했다. 그러고는 개릿을 돌아보며 그의 손을 꼭 쥐었다.

"부모가 되면 사람이 바뀐다 어쩐다, 다들 얘기하잖아요." 린지가 말했다. "뭐, 물론 그렇긴 해요. 하지만 그런 말을 듣고 흔히 떠올리는 변화와는 다를 뿐이죠. 뻥 뚫린 마음이 채워진다거나 하진 않아요. 무언가를 해결해주진 않죠. 그저 달라질 뿐이랄까요? 때로는 더 좋게, 때로는 더 나쁘게. 하지만 대부분은 그냥 전과 다르게."

린지가 개릿을 돌아보며 그가 읽었다는 행복과 육아의 관련성에 관한 연구 논문 얘기를 해보라고 채근했다. 그러자 개릿은, 전문적인 내용까지 깊이 들어갈 생각은 없지만, 맞는다, 대학원생과 교수로 이루어진 한 연구팀이 행복과 육아의 관계에 대해 꽤 광범위한 연구를 수행했는데 실제로 부모가 된다고 더 행복해지는 것은 아니라는 결론을 내렸다, 사실은 부모가 되면, 적어도 일반적인 의미에서는, 더 불행해진다는 상당히 강력한 증거도 있다, 라고 말했다.

"그런 얘긴 나도 해줄 수 있었을 텐데." 린지가 빙긋 웃으며 자기 배를 토닥거렸다.

"계속 그렇다는 거예요?" 에이미가 물었다. "아니면 아이들이 어릴 때만 그런 건가?"

"아니요." 개릿이 말했다. "아이들이 둥지를 떠난 뒤에도요. 나이가 들어 향수에 젖은 채 인생을 돌아볼 때조차도. 그때조차 자식을 갖지 않은 사람들이 더 행복하더라는 거죠."

"더 건강하기도 하고." 린지가 덧붙였다.

"맞아." 폴이 말했다. "더 건강하기도 하지."

"난 그런 말을 믿을 수 있을지 잘 모르겠네." 일레인이 말했다. 동요한 표정이었다. "내 말은, 행복을 측정할 수 있긴 해?"

"좋은 지적이에요." 개릿이 말했다. 그러더니 폴을 쳐다보았다. "미안해요. 오늘 직장 얘긴 안 하기로 했는데."

"아니." 폴이 말했다. "괜찮아. 재미있잖아." 그러더니 에이미와 나를 보았다. "자네들은 어때?"

"아이를 갖고 싶으냐고요?" 나는 물었다. "굳이 안 갖겠다는 생각은 아니에요."

에이미가 나를 팔로 쿡 찔렀다. "맞아요." 에이미가 덧붙였다. "아이 갖고 싶어요."

"다만 당장 내일은 아니고." 나는 말했다.

진실을 말하자면 우리는 몇 년 동안, 내가 정년직 임용에
탈락한 뒤로 아이를 갖는 문제를 의논한 적이 없었다. 오랫
동안 경제적으로 불안정했기 때문에 그런 얘기를 꺼내는 게
무책임하게 느껴졌다. 하지만 이때 에이미의 눈빛을 보니 그
녀에겐 이게 사소한 문제가 아니라는 것을 알 수 있었다. 나
는 테이블 너머로 팔을 뻗어 에이미의 손을 꽉 잡았다.

"어쨌거나," 린지가 물잔을 들며 마침내 말했다. "아까 하
신 질문에 답을 하자면, 이 연구 결과가 진실이라 해도—진
실이라는 말이 아니에요—만약 그렇다 해도 중요하진 않아
요. 일단 아이를 갖게 되면 그 아이가 없는 상황은 상상할 수
가 없거든요. 그러니까 어떤 의미에서 행복이라는 논제는 뭐
랄까, 좀 무관하죠."

개릿은 테이블 위로 팔을 뻗어 와인 병을 집을 뿐 말은 없
었다.

"난 행복이라는 논제가 전혀 무관하지 않다고 생각해." 폴
이 혼잣말처럼 모호하게 말하고 나서 일레인을 돌아봤으나,
이미 자리에서 일어선 그녀는 본채 쪽으로 걸어가기 시작했
다. 우리를 돌아보며 디저트를 가져오겠다는 둥 뭐라고 외치

긴 했지만, 틀림없이 뭔가 언짢아 보였다. 우리가 나눈 대화 중 무엇인가에 속이 상한 듯했다. 잠시 후 폴이 일어서서 다들 와인을 너무 많이 마셨다면서 무슨 말인가를 하더니 일레인을 위로하려고 조명을 밝힌 오솔길로 재빨리 뒤따라 뛰어갔다.

"어휴." 폴과 일레인이 집안으로 사라진 뒤 린지가 말했다. "방금 뭐였지?"

"아픈 데를 건드렸나봐." 개릿이 자기 의견을 말했다.

"걱정하지 말아요." 에이미가 말했다. "몰라서 그런 거잖아요."

"뭘 몰라?" 내가 물었다.

"일레인은 아이를 못 낳아." 에이미가 대답하며 비파나무들을 바라보았다. "그래서 아이가 없는 거야. 사실 그건 결정이 아니었지."

"정말이에요?" 린지가 실눈을 뜨고 에이미를 쳐다보았고, 나 역시 그녀가 내게 그런 얘길 한 번도 안 했다는 사실이 놀라워 빤히 쳐다보았다.

에이미가 고개를 끄덕였다.

본채 쪽을 다시 올려다보았으나 온통 캄캄했다. 두 사람이 어디에 있는지, 무슨 얘기를 나누고 있는지 궁금했다.

"와인 더 마실 사람?" 개릿이 주변을 돌아보며 물었다.

나는 잔을 내밀었다.

개릿이 와인을 따른 뒤에도 길고 어색한 침묵이 흘렀다. 그러다 린지가 나를 돌아보며 말했다. "그래, 스티브. 개릿이 그러는데 지금 마케팅학과 조교수라면서요? 그게 정확히 뭐예요?"

"그게 뭐냐고요?" 나는 어깨를 으쓱하며 멀리 협곡을 바라보았다. "모르겠어요, 린지. 정말 솔직히 말해서, 나도 모르겠어요."

"그 일 계속하게 될 것 같아요?" 린지가 물었다.

"누가 알겠어요?" 나는 말했다. "성인이 된 뒤로 나는 평생 학생이었거나 대학에서 일했으니까, 그래서 달리 어디로 가야 할지 모르겠어요."

"캘리포니아로 와야 해요." 개릿이 웃으며 말했다.

"왜요?"

"몰라요." 그는 어깨를 으쓱했다. "캘리포니아는 정말 좋아요."

얼마 후, 아마도 새벽 한두 시쯤, 폴과 일레인이 돌아와 우리와 어울리는 일은 없을 것임이 분명해진 뒤로도 한참이 지난 후, 수영장으로 갔더니 개릿이 콘크리트 가장자리에 앉아서 청바지를 말아올린 채 맨다리를 물속에 느슨하게 담그고 있었다. 아까 폴에게서 얻은 듯한 담배를 피우는 중이었다.

"폴은 아직도 이런 걸 옆에 두고 있네. 믿어져요?" 개릿이 담배를 들어 보이며 말했다. "한 대만 달라고 했어요. 아니면 한 갑을 다 피워버릴 거라고."

개릿이 담배를 내 쪽으로 내밀었고 나는 한 모금을 빤 다음 수영장 가장자리로 가서 그의 옆에 앉았다. 신발을 벗고 바지를 말아올린 다음 발을 물에 담갔더니 차갑지만 기분이 좋았다. 파티오 저편에서는 린지와 에이미가 테이블 주변에 앉아 오랜 친구들처럼 웃으며 얘기를 나누고 있었다.

"다시 돌아올 기미는 없어요?" 개릿이 물었다. "폴과 일레인."

"모르겠어요." 나는 말했다. "안 올 것 같아요. 오늘밤은 이렇게 끝내려나봅니다."

개릿이 고개를 끄덕였다. "괜히 그 연구 얘길 꺼내서 참 후회스럽네요." 그가 말했다.

"걱정 안 해도 될 거예요." 나는 말했다. "아마 폴과 일레인 둘 다 와인을 너무 마셔서 그렇겠죠."

개릿은 다시 고개를 끄덕였고, 내가 담배를 건넬 때 그는 물속에서 다리를 휘젓고 있었다. "있잖아요." 그가 말했다. "아까 애들 얘기할 때 말이에요, 내가 하지 않은 말이 있는데, 아이들이 있으면 가장 좋은 점 중 하나는 잡다한 데 신경을 쓰지 않게 된다는 거예요, 무슨 말인지 아시겠나요?" 개릿이 나를 보았다. "애들이 생기기 전에 나는 경력에 온 신경을 쏟았는데—정말로 그 생각밖에 안 했는데—그러면 너무 비참해졌죠. 그런데 지금은 전혀 신경 안 써요. 그 사소한 문제들, 알잖아요, 그 자잘한 문제들—학과 내 정치라든가 그런 것—그건 그냥 잊게 돼요." 개릿은 협곡의 불빛을 바라보다가 자기가 무슨 말을 했는지 막 깨달은 양 나를 돌아보았다. "미안해요." 그가 말했다. "내 말뜻은—"

"걱정 말아요." 나는 말했다. 그러고는 들고 있던 잔에서 와인을 한 모금 마셨다. "내게 무슨 일이 있었는지 폴에게 들었겠죠?"

"전체는 아니지만," 개릿이 말했다. "그래도 충분히."

나는 고개를 끄덕였다. "자기가 무슨 짓을 했는지는 말하던가요?"

"무슨 소리예요?"

협곡을 바라보고 있자니, 나 역시 좀 취한 것 같다는 생각이 들었다. "자기가 어떻게 내 뒤통수를 쳤는지 말했느냐고요." 나는 말했다.

개릿은 나를 바라보았다. "무슨 얘길 하는 거예요?"

"관두죠." 나는 잔을 내려놓으며 말했다.

"저기," 개릿이 말했다. "선생님이 안다고 생각하는 게 뭔진 모르겠어요. 하지만 폴은 선생님 뒤통수를 치지 않았다고 장담할 수 있어요. 오히려 그 반대였어요."

"그게 무슨 말이죠?" 나는 말했다. 그러고는 표가 양분된 상황, 폴이 반대표를 던졌다는 사실이 얼마나 명백했는지, 그날 밤 내 아파트에서 얼마나 투명하게 보였는지 얘기했다.

개릿은 고개를 끄덕였다. 그러더니 담배를 길게 한 모금 빤 뒤 천천히 연기를 내뱉었다. "스티브." 그가 말했다. "내가 무슨 말을 해야 할지 모르겠는데, 폴은 그런 사람이 아니에요. 폴이 그랬을 리가 없어요." 개릿이 말을 멈췄다. "그래도 한 가지만 묻죠. 폴이 정말로 그랬다고 쳐요. 그 추측이 다 사실이라고 치자고요. 어쨌든 그게 상관이 있었을 거라고 생각해요?"

"무슨 뜻이죠?"

"그 투표 뒤에도 여전히 정년직 임용 위원회와 부총장과 총장 등 많은 단계를 거쳐야 했을 거라는 얘기예요. 그 과정엔 아주 여러 단계가 있잖아요, 그렇죠? 선생님은 폴의 표가 정말로 차이를 만들어냈을 거라고 생각해요?"

"요점은 그게 아니잖아요."

"그거 맞아요." 개릿이 말했다. "맞다고 볼 수 있어요, 안 그래요?"

나는 눈길을 돌렸다.

"그리고 도움이 될진 모르겠지만," 그가 말했다. "폴이 선생님 편에서 싸운 건 내가 확실히 알아요, 스티브. 폴은 정말로 그랬어요. 선생님은 단지 논문 수가 부족했을 뿐이에요. 폴이 어떻게 할 수 있는 문제가 아니었어요."

나는 그를 보았다. "그럼 그 숫자는 어떻고요? 찬성표가 딱 한 표 모자랐다는데."

"그게 왜요?" 개릿은 말했다. "그들이 충격을 줄이려고 으레 숫자를 조작한다는 거 알잖아요."

"충격을 줄이려고?"

"그래요, 그러니까……" 개릿이 나를 쳐다보았다.

그때 나는 협곡 쪽으로 고개를 돌렸고 갑자기 머릿속이 하얘졌다. 눈을 감자 무언가가, 컴컴한 어떤 것이 지나가는 느낌이 들었다. 에이미와 린지가 여전히 웃고 있는 소리가 들렸다.

"미안해요." 개릿이 말했다. "이런 얘긴 하지 말 걸 그랬네. 사실, 맞아요, 하지 말았어야 했어요." 개릿이 고개를 저었다. "하루종일 술을 마시면 이런 일이 일어나죠. 하지 말아야 할 얘기를 하게 돼."

"괜찮아요." 나는 말하고 와인 잔을 들어 길게 한 모금을 마셨다. "괜찮아."

바로 얼마 뒤에 폴이 일레인의 어깨를 팔로 감싼 채 경사로 꼭대기에 나타났다. 우리에게 디저트가 어쩌고 하는 소리를 외치면서 올라오라고 손짓했다. 개릿이 나를 돌아보며 어깨를 으쓱했다. "아직 깨어 있었나봐요." 그가 말했다. 그러더니 린지에게 손짓했고 잠시 후 둘은 팔짱을 낀 채 조명이 켜진 오솔길을 따라 집 쪽으로 올라갔다.

에이미도 따라 올라갈 줄 알았는데 아니었다. 에이미는 내 옆으로 와서 수영장 가장자리의 콘크리트에 앉았다. 우리 둘 다 뒤돌아 폴에게 곧 올라가겠다고 손짓했고, 그러자 폴은 양손 엄지를 들어 보인 후 린지와 개릿을 향해 오솔길을 내려가기 시작했다.

그들이 모두 집안으로 들어간 뒤 에이미는 다시 내게로 고개를 돌리고 빙긋 웃더니 내 어깨에 머리를 얹었다.

"나 많이 취했어." 에이미가 말했다.

"나도야."

"있지, 아까 저기에서, 당신을 곤란하게 하려던 건 아니었어." 에이미가 말했다. "아이 얘기로."

"괜찮아." 나는 말했다. "우리 한동안 그 얘길 안 했지. 당신이 그 문제를 마음에 두고 있었다는 걸 깨달았어."

"그랬어?"

"응."

에이미는 고개를 끄덕였다. "그럼 저 사람들이 한 육아 얘기나 불행해진다는 얘기 같은 건 다 믿어?"

"모르겠어." 나는 말했다. "어쨌든 그게 상관이 있는지 잘 모르겠다. 아이를 갖고 싶으면 갖는 거야, 그렇지?"

"가질 수 없다면 모를까."

"맞아." 나는 대답하며 폴과 일레인의 집을 흘깃 쳐다보았다. "가질 수 없다면 모를까."

에이미가 나를 쳐다봤다. "당신 괜찮아?"

"그래." 나는 말했다. "그런 것 같아."

나는 집 쪽을 올려다보았다. 폴과 일레인, 개릿과 린지가 모두 뒷마당 파티오에 모여, 한 쌍의 횃불 조명 옆에 서서 우리에게 손을 흔드는 모습이 보였다. 나는 폴과 일레인을, 그들에게서 훔친 물건들을 생각했다. 내가 그랬다는 걸 그들은 아마 모를 테고, 어쨌든 신경도 쓰지 않을 테지만 어쩐지 그들이 아는 게 내게는 중요한 일인 것만 같았다. 내가 절대 할 수 없는 일임을 알면서도, 훔친 사실을 실토하거나 훔친 물건을 돌려놓는 게 중요하다고 느꼈다. 조금 전에 개릿이 한 말이 사실인지 아닌지는 알 수 없었지만—폴이 자기 마음 편하려고 개릿에게 그렇게 말했을 가능성도 얼마든지 있으니까—그래도 그 순간에는 상관하지 않았다. 그 순간엔 그저 피곤할 뿐이었다.

나는 고개를 돌려 에이미를 보았다. "있잖아, 개릿은 폴이 정말로 나를 위해 싸웠다고 주장하던데." 나는 말했다. "그냥 가망 없는 상황이었을 뿐이라고."

"아 그래? 그래서 당신은 그 말을 믿어?"

"모르겠어." 나는 말했다. "그럴 수도 있겠지."

"음, 지금 와서 생각해봤자 소용없잖아, 그렇지?"

"아마도." 나는 말했다. "그래도 개릿의 말이 맞을 수도 있잖아? 내가 스스로를 방어하기 위해 더 노력해야 했는지도 몰라. 논문도 더 많이 쓰고."

에이미는 어깨를 으쓱했다. "계속 이렇게 자신을 괴롭히면 안 돼, 스티브."

"알아." 나는 말하며 잔을 집어들었고 에이미는 다리로 물을 휘저으며 협곡 쪽을 바라보았다.

"진심으로 하는 말이야." 에이미는 말했다. "남은 평생 계속 이럴 순 없어, 알겠어?"

나는 고개를 끄덕였다.

폴과 일레인, 개릿과 린지는 이제 경사로 위에서 우리에게 뭐라고 소리치고 있었는데 무슨 말인지는 알아들을 수 없었다. 불을 밝힌 파티오의 문 앞에서 그릇과 스푼을 든 채 오락가락하며 우리에게 어서 오라고 손짓하는 그들의 실루엣만 보일 뿐이었다. 에이미가 나를 돌아보며 어깨를 으쓱했다.

"이제 우리도 저기로 올라가야 할까?"

나는 고개를 젓고 다리를 물 밖으로 빼낸 뒤 샌들을 신기 시작했다.

"집에 가자." 내가 말하자 에이미는 고개를 끄덕였고, 잠시 후 우리는 어둠 속에서 차를 향해 걸어가기 시작했다. 나는 아마도 우리가 여기에 오는 일은, 이 놀라운 풍경을 보는 일은 앞으로 몇 번 없을 거라는 사실을 깨달았고―그때 그걸 어떻게 알았는지는 모르겠지만 정말로 알았다, 정말로 느꼈다―우리가 차를 향해 걸어가는 동안 폴과 일레인이 여전히 경사로 꼭대기에 서서 우리를 향해 외치는 소리가 들렸다. 어이, 돌아와! 그러더니 나중에는 무슨 구호나 기도문 같

은 그들의 흐릿한 목소리가 우리 뒤편 허공으로 떠올라 점점
높이 솟아올랐다. 디저트, 그들은 외치고 있었다, 디저트, 디저
트, 디저트.

알라모의 영웅들

스물세 살 무렵, 신혼 시절의 몇 달간 나는 알라모*에서 방문객 지원 센터의 보조 직원으로 일했다. 내 업무는 기본적으로 입구에 서서 들어오는 사람들에게 인사하고, 아무것도 (특히 벽을) 만지지 말라고 말하고, 알라모 전도소와 그 역사에 대한 질문에 답하고, 현장에서 참가할 수 있는 프로그램과 활동을 안내하는 정도였다. 가끔은 따로 불려가 다른 일

---

* 1718년에 지금의 텍사스주 샌안토니오에 건설된 스페인의 전도소(傳道所) 겸 예배당으로, 19세기 초반에는 스페인군 기병대가 주둔하여 요새로 사용되었다. 이후 1835년 멕시코에서 독립을 획책하던 앵글로색슨계 텍사스 주민들이 샌안토니오시를 점령하고 전투를 벌였으나 멕시코군에 진압되어 전멸했으며, 이 전투는 미국의 영웅 신화로 전해진다.

을 하기도 했지만―예를 들면 알라모에 관한 안내 영상을 틀거나 극장 밖의 대기 줄을 관리하는 역할―대개는 그냥 입구에 서서 친절한 모습을 보이고 도움을 주려고 노력했다. "자네는 알라모의 첫번째 홍보 대사야." 내가 채용되던 날 나의 관리자였던 글렌이 말했다. "그건 사소한 일이 아니지."

근무가 끝난 저녁이면 아내 케일라를 만나 시내에서 남쪽으로 살짝 벗어난 곳에 있는 아이스하우스*에서 술을 마셨다. 그곳은 해피아워에 테카테, 모델로 등의 맥주를 이 달러에 파는 야외 술집으로, 뒷마당에 영구 주차된 오래된 푸드트럭에서 믿을 수 없을 만큼 맛좋은 엠파나다를 만들어 팔았다. 케일라는 시내의 건축회사에서 초급 건축사로 성인기 최초의 직장생활을 막 시작한 터라, 항상 출근 복장으로 나타나 땀을 뻘뻘 흘리며 더위를 욕했다. 가끔 아이스하우스 화장실에서 티셔츠와 치마로 갈아입기도 했지만, 대개는 그냥 견디면서 더위가 가실 때까지 차가운 맥주를 마셨다.

술집 마당 주변에는 꽃 피는 넝쿨식물과 산야초 수풀, 야

---

* 냉장고가 발명되기 전에는 겨울에 호수나 강의 얼음을 지하에 저장해 사용할 목적으로 지은 건물을 의미했으나 현대에 와서는 주로 텍사스주에서 얼음에 담근 시원한 맥주를 파는 야외 술집을 일컫는 말로 쓰인다.

생 부겐빌레아와 라벤더 따위가 멋들어지게 자랐다. 내 기억에 그 아이스하우스의 공기에서는 늘 히비스커스 향기가 났고, 오디오에서는 1930년대와 1940년대의 옛 멕시코 인기가요가 자주 흘러나왔는데, 예를 들자면 어쿠스틱 버전의 〈La Martiniana〉〈La Llorona〉〈Naila〉 같은 노래들이었다. 우리는 가끔 친구들을 전화로 불러내기도 했지만 대개는 둘이서만 어울렸고, 각자의 하루와 불확실한 미래, 우리 앞에 놓인 끝없는 가능성을 이야기하며 라임을 곁들인 차가운 모델로를 마시고 끝없이 나오는 공짜 감자칩을 먹었다.

어쨌거나 그 여름의 언제쯤인가—정확히 언제였는지는 기억나지 않는다—우리는 '알라모의 영웅들'이라는 게임을 하기 시작했다. 이 게임이 어떻게 생겨났는지 정확히 기억나지는 않지만—분명 케일라의 아이디어였을 것이다—보통 각자 맥주 두어 병을 마신 뒤에 게임을 하곤 했다. 그즈음이면 술집 마당 끄트머리로 해가 지고 단골들이 하나둘 나타나면서 아이스하우스의 분위기가 전체적으로 활기를 띠었다. 시간이 너무 더디게 흐르는 직장에서 내가 얼마나 지루한지 케일라는 잘 알았고—내가 자주 불평했다—얼마 전에 나는 중앙 전시실 주위에 배열된 명판의 이름들을, 알라모에서 죽은 무수한 병사의 이름들을 외우기 시작했다고 말했다. 도

대체 그런 말을 왜 했는지 지금은 기억나지 않지만, 내 그런 행동이 묘하게 사랑스럽다고 생각한 케일라는 내가 그 이름 들을 읊어주는 걸 좋아했다. 명판을 외운다는 얘기를 처음 했을 때 케일라는 내가 이십 명 넘는 이름을 외우면 다음 순 번의 술은 자기가 산다고 말했다. 그 숫자는 사십 명이 되었 고 오십 명이 되었다가 결국 백 명에 가까워졌다. 모든 사망 자의 이름을 외우기는 불가능했지만—숫자가 너무 많았고 내 기억력이 그렇게까지 좋진 않았으니까—더 많은 이름을 외울수록 케일라는 더 크게 기뻐하는 듯했다.

"어서." 케일라는 이따금 친구들이 오면 재촉했다. "애들 한테 보여줘."

그러면 나는 처음엔 멋쩍어하며 눈을 내리깔았다가 마지 못해 시작하곤 했다.

"음, 당연히 데이비 크로킷이 있고," 나는 말했다. "윌리엄 배럿 트래비스. 제임스 보위."

"미케이야 오트리." 케일라가 옆에서 거들며 나를 부추기 기도 했다.

"맞아, 미케이야 오트리."

그렇게 우리는 이름을 계속 읊었다.

우리의 친구들 중에는 이걸 재미있다고 받아들여야 하는

지 아닌지 몰라서 어색하게 웃는 이들도 있었고 그저 요란스레 박수를 치거나 재미있는 척하는 이들도 있었지만, 대부분은 잘 이해가 되지 않는 우리만의 농담에 끌려든 양 다소 의아하고 난처한 기색이었다.

솔직히 말하자면 나 자신도 그것을 이해했는지 확신하지 못했다. 케일라가 그 게임을 왜 그렇게 좋아하는지, 그게 그녀에게 어떤 의미인지 확신할 수 없었다.

내가 아는 것은 여름이 깊어가고 또 가을로 접어들면서 날씨가 점점 서늘해졌을 때, 그 게임은 좀 다른 느낌, 더 슬픈 느낌을 띠었다는 사실뿐이다. 마치 진혼곡의 느리고 애절한 곡조처럼, 장송곡처럼, 그곳에서 죽은 병사들, 내가 몇 달간 읊으며 마음에 받아들인 그 모든 얼굴 없는 이름을 위한 비가처럼 느껴졌다. 그 모든 죽음. 얼마 후 나는 그 게임이 주는 중압감에 마음이 불편해지기 시작했고, 유난히 슬픔이 차올랐던 날로 기억되는 어느 저녁에 이름 읊기를 아예 멈춰버렸다.

"왜 멈추는 거야?" 케일라가 말했다.

"이젠 하고 싶지 않아." 나는 말했다.

"왜?"

"모르겠어."

추운 밤이었고 아이스하우스의 마당은 모직 외투와 목도

리로 무장한 채 간이 테이블에 앉아서 맥주를 홀짝이는 열혈 고객 몇을 빼면 거의 비어 있었다. 나무에서 낙엽이 떨어졌고 축제 분위기를 풍기던 여름의 조명은 핼러윈 장식과 망자의 날* 색칠 가면들로 바뀌었다.

케일라는 나를 쳐다보았다. 그로부터 한 달 뒤에 케일라는 시애틀의 건축회사로부터 거절하기엔 너무 훌륭한—케일라의 표현을 빌리자면 '경력의 전환점'이 될—영입 제안을 받게 되고, 그때의 떠남—우리에게 처음에는 육 개월간의 실험이었다가 곧 장거리의 불편함이 되고 결국에는 실험적 별거가 되어버린 사건—은 우리 결혼생활의 종말로 가는 시작이었다.

하지만 그날 밤, 그런 미래는 아직 내 생각과 먼 곳에 존재했다. 그날 밤 나는 우리가 대화의 공백을 게임으로 채울 필요가 없었던, 서로 얘기를 나누기 위해 밖에 나가 술을 마시지 않아도 되었던 초여름의 가벼운 분위기를 되살려보려고 애쓰고 있었다.

케일라는 테이블 위로 팔을 뻗어 내 손을 잡았다. "이젠 그 게임 하지 않아도 돼." 케일라가 말했다. "집에 갈까 우리?"

---

* Día de Muertos. 죽은 친지를 기억하고 기리는 멕시코의 민속 명절.

나는 고개를 끄덕였고, 우리는 일어서서 술값을 낸 뒤 킹 윌리엄에 있는 우리의 아파트까지 먼길을 걷기 시작했다. 갑자기 불어닥친 바람에 맞서 어깨를 뻣뻣이 움츠린 채 발걸음은 조용하고 꾸준한 박자를 유지하며, 마치 장례식이나 결혼식이나 전쟁에서 행진하듯 그렇게.

벌

그들은 4월 말에 찾아왔다.

우리가 집으로 부른 양봉가의 말에 따르면, 벌들은 세탁실 벽을 통해 들어와 한동안 그곳에 벌집을 지었다. 우리집 세탁실은 차고—본채에서 대략 이십 야드 정도 떨어진 옥외의 단독 건물이다—와 연결되어 있고 벌들은 그곳에 집을 짓기로 한 것이다.

작은 구름 모양을 이루고 빙빙 도는 벌떼를 세탁실 창문 바로 옆 뒷마당 울타리 근처에서 처음 발견한 건 내 아내 알렉시스였다. 며칠 후 아내가 손 닦는 수건과 행주를 담은 작은 바구니를 세탁실로 가져가다 벌에 쏘였을 때, 우리는 그

양봉가에게 전화를 걸어 집에 와서 한번 살펴봐달라고 했다. 벌을 무료로 치워주는 사람들, 벌 애호가라든가—혹은 벌 보호 활동가가 더 적절한 용어일지도—하여간 그런 사람들이 많은 것 같았지만, 알렉시스는 위험을 감수하기를 원하지 않았다. 그녀는 전문가, 혹은 필요하다면 전문 팀을 원했다.

알고 보니, 우리가 고용한 남자는 벌을 상당히 인도적인 방식으로 제거할 수 있었다. 석고판을 일부 뜯어내고 진공 기구를 사용해 벌들을 커다란 나무상자로 빨아들인 뒤 샌안토니오 밖의 힐 카운티 어딘가로 이송한다고 했다. 벌들은 그곳에서 아주 잘 살아갈 거라고 그는 장담했다.

양봉가는 떠나기 전에 우리에게 몇 달 안에 벽 안에서 벌집을 제거해야 한다고 다시 한번 강조했다—벌은 후각이 뛰어나기 때문에 벌집을 제거하지 않으면 다음 봄에 다른 벌떼가 다시 올 가능성이 매우 크다고 했다. 또한 벽 내부를 완전히 치우고 긁어낸 뒤 절연재를 채워 세심히 밀봉하라고 제안했다. 비용이 상당히 들겠지만 꼭 필요한 예방 조치라고 그는 말했다.

집 앞에 세워둔 트럭까지 양봉가를 따라가며 나는 다시 고맙다고 인사하며 추가 조치를 위해 두 달쯤 뒤에 다시 연락하겠다고 말했다.

"당장 하면 좋겠지만," 나는 수표를 건네주며 말했다. "지금은 적기가 아니라서요."

"알겠습니다." 양봉가는 마치 그게 무슨 말인지 눈치챘다는 듯 내 눈길을 피하며 대답했다. "연락 주세요."

이때가 적기가 아니었던 이유는 우리 부부가 알렉시스의 표현대로 '시험적 별거'를 막 시작한 참이라서였다. 알렉시스는 직장에서 더 가까운 시내의 아파트를 구해 주중에 이따금 그곳에서 잤다. 우리의 딸 리아는 당분간 나와 함께 살았다. 우리는 다섯 살 리아에게 엄마가 직장 때문에 가끔 시내에서 지내야 한다고―시간이 너무 늦어 집에 오기 힘들 때는 가끔 그곳에서 자야 한다고―말했고, 매우 총명하고 직관력이 뛰어난 아이인 리아는 지금까지 이 상황을 문제삼지 않았다.

저녁에 알렉시스가 집에 있을 때 우리는 대체로 전과 크게 다르지 않게 행동했다. 함께 저녁을 먹고 텔레비전을 본 뒤, 리아의 일정에 대해 이야기하고 놀이 모임을 계획하고 신용카드 대금을 처리하면서 늦은 저녁 시간을 보냈다. 유일한 실질적 차이라면 알렉시스가 밤늦게 리아가 잠든 뒤 집에서 나갈 때도 있고 어떤 때는 아침에 나갔다가 아예 돌아오지 않기도 한다는 점이었다. 나로서는 이 별거가 무슨 의미인지 잘 알지 못했다. 알렉시스는 나와 이혼할 의사가 없다고 확실히 말했다. 이렇게 하는 이유는 우리의 결혼생활을, 그리고 자기 자신을 강하게 단련하기 위해서라는 것이었다. 요즘 자신이 굉장히 어두운 곳에 빠져들었고 거기에서 빠져나오기 위해 무진 애를 쓰고 있다고 그녀는 말했다. 혼자 있는 이 시간이—저녁에 시내에서 무엇을 하고 있든—어떻게든 도움이 된다고.

나는 알렉시스의 어두운 곳에 대해 결혼 전부터 알고 있었다. 십이 년 전, 우리가 처음 만났던 대학 시절에도 알렉시스는 곧잘 우울증을 겪었고, 지금까지 수많은 항우울제를 복용했다. 그녀는 일반적인 사람들이 체육관에 가듯 심리 상담소를 드나들었지만, 리아가 태어난 뒤에는 어떤 형태의 산후우울증도 겪지 않았고 그 직후 몇 년간은 그럭저럭 괜찮은 편이었다. 내가 변화를 알아차린 것은 지난 한 해 정도에 불과했다. 사교 모임을 두려워하고 리아와 자신의 건강에 집착하는 등, 예전의 불안증이 도졌다고 느꼈다. 알렉시스가 크리스마스 연휴 동안 다시 담배를 피우기 시작했을 때 나는 무슨 일인가 일어났다는 사실을 알았다. 아내는 대학 때 이후로는 담배를 피우지 않았다.

나는 1월 말의 어느 밤에 담배에 관해 물었다. 저녁을 먹은 뒤 아내와 나는 집 뒷마당 덱으로 나오고 리아는 안에서 동영상을 보고 있을 때였다. 아내는 담배를 한 모금 빨고는 어깨를 으쓱했다. "미친 짓이지, 알아. 맨날 건강 때문에 스트레스를 받으면서 말이야. 하지만 죽음에 대한 두려움을 진정시킬 유일한 방법이 흡연이야."

"흡연 얘기가 아니야." 나는 말했다. "모든 걸 얘기하는 거야."

아내는 고개를 끄덕였다. 그리고 그때 처음으로 얘기를 꺼냈다—아파트에 대해. 아파트 얘기를 한 건 그때가 처음이었다.

내가 양봉가에게 하지 못한 말은, 우리에겐 세탁실 벽 내부의 벌집을 제거할 금전적 여력이 없으며, 그 이유는 알렉시스의 아파트를 얻기 위해 리아의 어린이집 비용도 근근이 감당할 만큼 경제적으로 무리해서라는 것이었다. 어떻게든 버티고 있지만 빠듯했다. 장기적으로는 유지될 수 없는 상황이었다. 아내와 이 문제를 깊이 의논한 적은 없었지만, 그날 저녁에 양봉가와 얘기하고 돌아와서는 말을 꺼내야겠다는 생각이 들었다.

"당장 제거할 필요는 없어." 나는 말했다. "하지만 너무 오래 놔둬도 안 돼. 그러면 벌들이 돌아온대. 아니면 다른 벌떼가 그리로 들어가고, 그러면 문제가 더 심각해질 수도 있어."

알렉시스는 고개를 끄덕였다.

"그곳이 전혀 밀봉되지 않았다, 그런 뜻이야." 내가 이어 말했다. 그런 다음 나는 식탁 앞에 앉아서 밤에 집을 나가려고 가방을 싸는 아내를 지켜보았다. 양봉가가 오기 전에는 리아가 옆집의 놀이 모임에서 돌아오면 저녁을 해 먹일까 하더니 이젠 마음이 바뀐 모양이었다.

"내일 돌아올 거야?" 나는 물었다.

"내일이 무슨 요일이지?"

"토요일. 리아 축구하는 날."

"벌써 금요일이야?"

"회사에서 아무도 금요일이라는 얘길 안 했어?"

"오늘 회사에 안 갔어."

"왜?"

"휴가 모아놓은 게 있어." 알렉시스는 나를 쳐다보았다. 말투에 방어적인 기색이 있어서 더 밀어붙이지 않았다.

창문 밖을 보니 구름 같던 벌떼는 사실상 사라졌는데 무리를 놓친 벌 몇 마리가 남아 있었다. 그것도 예상하라고 양봉가가 미리 말해준 터였다.

"어쨌거나." 나는 웃으며 아내의 손을 잡고 말했다. "미리 알려줘."

알렉시스가 나타났다가 사라진 밤은 리아에게 더 힘들었다. 나는 알 수 있었다. 아이가 무슨 일인가 벌어지고 있다는 걸 알아차렸음을, 그리고 엄마가 저녁식사 시간에 왔다가 자기가 자기 전까지 있어주지 않고 가버리거나, 어린이집이 끝난 뒤 집에서 같이 놀다가 저녁도 먹지 않고 가버리는 건 말이 안 된다고 느낀다는 것을.

그날 밤 리아가 옆집의 놀이 모임에서 돌아왔을 때 우리는 전형적인 금요일 밤을 보냈지만—영화 〈겨울왕국〉을 보고 아이스크림을 먹었다—리아는 엄마 얘기를 전혀 하지 않았다. 엄마가 어디 있는지, 왜 함께 저녁을 먹지 않고 가버렸는지, 혹은 언제 돌아오는지 묻지 않았다. 매우 심상치 않은 일이었다. 나중에 아이를 침대에 눕히고 이불을 덮어줄 때, 혹시 하고 싶은 얘기가 없는지 물었다.

"어떤 얘기?"

"엄마 얘기 같은 거?"

"엄마는 천국에 있어."

나는 리아를 빤히 쳐다보았다. "엄마는 시내에 있어. 천국에 있지 않아."

"내 말이 그런 뜻이야." 리아가 말했다. 그러더니 눈을 감았다.

아이가 날 자극하는 건가? 아이들은 온갖 이상한 말을 한다지만, 이건 어쩐지 계산된 말 같았다.

"있잖아, 엄마가 내일 너 축구하는 거 보러 올 거야." 나는 말했다. 사실 알렉시스는 그러겠다고 말한 적이 없지만 나는 이제 너무 걱정이 되어 아내에게 문자를 보내기로 했다.

리아는 아무 말도 하지 않았다.

"아빠가 방금 한 말 들었어?"

리아는 눈을 뜨지 않았다. "난 잘 거야, 아빠."

"아빠가 방금 엄마 얘기한 거 들었어?"

리아는 한동안 조용히 있더니 마침내 눈을 뜨고 나를 바라보았다. "응." 리아가 말했다. "들었어."

다음날 아침에 나는 알렉시스에게 리아의 축구 연습에 오라고 문자를 보냈다. 리아가 한 말은 전하지 않았지만 모든 글자를 대문자로 써서 아내의 참석이 매우 중요하다는 의미를 전했다.

알렉시스가 답장을 보냈다. 알겠어. 노력해볼게.

제발, 몇 분 뒤 내가 답장했다. 아주 중요해.

그 말에 아내는 대답하지 않았고, 나는 이를 나쁜 신호로 받아들였다.

리아의 방에 가서 아이를 깨운 뒤 아침을 만들어주고 집을 정돈하기 시작했다. 창밖을 보다가 우리집 나무 여러 그루가 죽어간다는 것을 알게 되었다.

도움이 필요했지만 누구에게 도움을 청해야 할지 알 수 없었다. 내 어머니에게 부탁할 순 없었다. 어머니는 이미 알렉시스와 문제를 겪고 있어서 내가 아내의 아파트 얘기를 한다면 보나마나 끝장이었다. 오스틴에 남동생 캘이 있지만 우리집에 자주 오기는 힘들었고 오더라도 보통 몇 시간만 있다가 가버렸다. 아이를 키우는 친구들도 여럿 있었지만 그들에게 우리 일을 알리는 건 어쩐지 알렉시스를 배반하는 행위 같았다. 그렇게 하면 다시는 그 친구들과 평소처럼 어울리지 못할 것 같았다. 그럼 어떻게 해야 하나? 애매한 가능성을 내비치는 방법은 많았지만 현실적인 선택지는 없어 보였다.

그날 오후에 리아가 주말마다 축구 연습을 하는 집 근처 중학교로 차를 몰고 가는 동안에도 나는 그런 생각을 하고 있었다. 우리가 축구장에 도착했을 때는 기온이 37도를 너끈히 넘기는 더운 날씨였다. 그날 아침에 리아는 말이 거의 없었다. 우리가 도착했을 때 주차장에 알렉시스의 차가 있기를 바랐지만 차는 보이지 않았다.

나는 그 점에 대해 아무 말도 하지 않았고 리아도 마찬가지였다.

리아의 축구 코치가 일렬로 놓인 주황색 고깔 앞에 아이들을 줄 세우고 있을 때, 나는 떡갈나무 그늘에 서서 알렉시스에게 다시 문자를 보냈다.

우리 얘기 좀 하자, 나는 썼다.

하지만 이번에도 아무런 대답이 없었다.

얘기 좀 하자, 나는 다시 썼다. 당장.

처음에는 아파트와 관련한 상황이 합리적으로 느껴졌다. 바깥의 사람들에게 어떻게 보일지는 알았지만 내게는 합리적인 것 같았고, 알렉시스가 그 상황을 악용하지 않으리란 걸 알았으며 실제로도 그러지 않았다. 절대적으로 필요할 때만, 일주일에 하루나 이틀 정도만 아파트를 이용했다.

하지만 요즘 들어 일주일에 한두 번이 서너 번으로, 때로는 다섯 번으로 바뀌었다. 나도 부분적으로는 책임이 있다는 것을, 내가 두려움 때문에 그런 일을 용인했다는 것을 알고 있었지만, 아울러 내게는 선택지가 별로 없다는 느낌도 들었다. 우리 가정은 매우 취약한 상태에 놓여 있었다. 내가 너무 세게 밀면 모든 게 무너져버릴지도 몰랐다.

그런데도 간밤에 리아가 한 말—알렉시스가 천국에 있다는 말—이 너무 마음에 걸려서, 나는 축구 연습이 끝나고 돌아오는 길에 알렉시스에게 최대한 빨리 전화해달라고 다시 문자를 보냈다. 집에 도착했을 때는 아내에게 전화해 음성 사서함에 리아가 너무나 걱정스럽다고, 엄마가 이렇게 집 밖에 나가 있는 시간이 아이에게 영향을 미치는 것 같다고 메시지를 남겼다.

나는 집 뒷마당 덱에 나가 선 채로 전화를 걸었고 리아는 안에서 동영상을 보고 있었다. 습도가 매우 높은, 늦은 오후였다. 저쪽 세탁실 창문 옆에 아직도 벌이 여러 마리 있었다. 아침에 본 숫자보다 늘어나, 이제는 낙오된 벌 몇 마리 정도가 아니었다.

알렉시스에게 메시지를 보내놓고 양봉가에게 전화를 걸어 상황을 말했지만, 그는 아주 정상적인 현상이라며 며칠만 더 두고 보라고 했다. 며칠 안에 벌들이 사라지지 않으면 자기가 와서 처리하겠다고 했다.

나는 집안으로 들어가 냉장고에서 맥주 한 병을 꺼내 다시 텍으로 나갔고, 그늘에 앉아 맥주를 마시며 벌들을 바라보았다.

저녁식사가 끝난 뒤 알렉시스에게서 전화가 왔다. 운동하고 책을 읽으며 하루를 보냈다고 했다. 마음의 중심을 잡을 수 있도록 도와주는 책이었는데, 약간 '뉴에이지풍'이긴 해도 상당히 좋았다고 했다. 리아의 축구 연습에 못 간 건 정말 안타깝지만 잘 끝났기를 바란다고도 말했다.

나는 내가 문자메시지로 암시한 모든 상황과 관련해 아내와 정면으로 맞서보려고 마음의 준비를 단단히 했었는데 어쩐지 엄두가 나지 않았다. 그래서 기분이 나아졌다니 다행이라고만 말했다.

"이런 상황이 당신한테 부당하다는 거 알아." 대화중에 알렉시스가 말했다.

"괜찮아." 나는 대답했다.

"리아에게 부당하다는 것도 알아."

나는 아무 말도 하지 않았다.

"그래도 진전이 전혀 없는 건 아니야. 꽤 좋아지는 날들도 있어."

"알아."

알렉시스는 읽고 있는 책에 대해 조금 더 이야기했지만 나는 반쯤 흘려들었다. 전화를 끊었을 때 마음이 몹시 안 좋았다.

다시 전화를 걸까 생각했다가 그러지 않고 리아를 찾으러 갔다. 리아는 제 방 바닥에 엎드려 그림을 그리고 있었다.

"누구랑 얘기했어?" 내가 문가에 있다는 걸 알아차린 리아가 물었다.

"아무도 아니야." 나는 말했다.

리아가 나를 보았다. "우리 오늘밤에 노래 듣기 할 수 있어?"

"노래? 물론이지."

"내가 고르고?"

"원한다면."

그건 몇 달 전에 시작된 우리 둘의 놀이였다. 책에서 관련한 내용을 읽은 적이 있었다. 그 책에 따르면 부모에게 중요한 것들을 아이도 경험하게 해주는 것이 좋다고, 그런 경험은 부모에게나 아이들에게나 모두 중요하다고 했다. 그래서 나는 리아에게 내가 좋아하는 음악을, 대부분 내가 더 어린 나이에 좋아했던 음악—조이 디비전, 더 스미스, 에코 앤드 더 버니맨 같은 종류의 밴드—을 소개해주었다.

리아는 내가 들려주는 음악을 좋아하는 것 같았다. 정말로 좋아하는지, 아니면 내 기분을 배려해 좋아한다고 말할 뿐인지 알기 힘들 때도 있었다. 하지만 리아가 좋아한다는 확신이 드는 노래가 하나 있었는데, 그것은 빅스타의 〈Thirteen〉이었다. 리아는 일주일 내내 매일 밤 잠들기 전에 그 노래를 틀어달라고 했다. 나는 원곡을 좋아하지만 리아는 엘리엇 스미스가 커버한 곡을 더 좋아했다. 매우 담백한 편곡으로 여백이 많고 뇌리에 오래 남는 노래였다. 리아에게는 엘리엇 스미스가 서른네 살에 스스로 목숨을 끊었다는 얘기는 하지 않았다. 제 엄마가 겪는 모든 문제처럼, 그 역시 리아가 알 필요는 없다고 느꼈다.

그날 밤, 벨벳 언더그라운드의 노래를 몇 곡 들은 뒤 리아가 다시 〈Thirteen〉을 틀어달라고 했다.

"이 노래 가사가 무슨 내용인지 알아?" 내가 물었다.

"우리에 관한 거야."

"우리?"

"아빠가 날 학교로 데리러 올 때, 우리가 함께 수영장에 갈 때, 그런 얘기."

나는 내 아버지가 내게 했을 법한 방식으로 리아의 오류를 바로잡을 마음은 들지 않았다. 그 노래가 리아에게 그런 의미라면 그 의미가 맞았다. 내가 뭐라고 그걸 망가뜨리나?

내게 다가와 무릎 위에 앉아 눈을 감는 리아를 나는 꼭 안아주었다.

나중에 리아가 잠들었을 때 나는 부엌으로 가서 맥주를 한 잔 따랐다. 알렉시스가 보낸 문자메시지가 와 있었다. 하지만 글은 없었다. 시내 아파트에서 찍은 풍경 사진 한 장뿐. 공원 가장자리에 나무가 몇 그루 있고 그 뒤로 건물 몇 채, 그리고 분수가 하나 있었다. 풍경에 대해 답장을 쓸까 생각했지만 할말이 없다는 걸 깨달았다. 결국, 나는 그냥 잘 자라고 보낸 다음 전화기를 뒤집어놓고 자러 갔다.

아침에 일어나보니 리아는 이미 부엌 식탁에 앉아 시리얼 바와 함께 유아용 컵에 든 음료를 마시는 중이었는데, 시선이 아이패드에 고정되어 있었다. 우리의 새로운 규칙―밥 먹는 동안에는 동영상을 보지 않는다―을 상기시켜주었더니 리아는 동영상을 보지 않았다고, 엄마와 얘기하고 있었다고 대답했다. 아이패드 앞으로 걸어가 살펴보았지만 화면은 비어 있었다. 가끔, 특히 알렉시스가 시내에 머물 때 둘이 영상통화를 한다는 건 알고 있었지만, 지금은 그런 걸 하기엔 너무 이른 시간 같았다.

"거짓말하는 거 아니지?" 나는 물었다.

리아는 고개를 끄덕였다.

"엄마랑 무슨 얘길 했어?"

"천국."

나는 리아를 쳐다보았다. "이제 그 얘긴 그만해."

"뭘?"

"진심이야." 나는 말했다. "아빤 네가 그런 말 하는 거 싫어."

리아는 시선을 떨궜다.

나는 아이패드를 집어들고 냉장고 옆 벽장으로 가서 아이의 손이 닿지 않는 높은 선반에 올려놓았다. 리아가 울기 시작했다.

"점심 먹고 나서 돌려줄게." 나는 말했다. "하지만 오늘 아침에는 안 돼."

리아는 식탁에서 일어나 방으로 달려갔다. 리아는 자기가 한 일을 이해하지 못한다는 것, 혹은 이해는 하지만 왜 벌을 받는지 이해하지 못한다는 것을 나는 알았다.

싱크대로 가서 커피 내릴 준비를 하고 휴대전화를 확인했지만 알렉시스의 새로운 연락은 없었다. 새로운 문자도 없었다. 금요일 밤과 토요일 밤을 연달아 집을 비운 건 이번이 처음이어서, 상황이 내 손아귀를 벗어나고 있다는 느낌이 들었다. 아내에게 간단한 문자를 보내, 어디에서든 셋이 함께 점심을 먹자고 했다. 아직 집에 올 마음 상태가 아니어도 괜찮다고, 하지만 만나면 좋겠다고 썼다.

나중에 개수대 앞에 서서 아침식사 설거지를 하고 있을 때, 최근에 아내가 했던 이상한 말들이 떠올랐다. 직장에 얼마나 더 다닐 수 있을지 모르겠다거나, 자기 부모님과 다시 진정한 대화를 나눌 수 있을지 모르겠다는 말. 나는 그런 말에 어떻게 반응해야 할지 알 수가 없었다. 지난 한 달간 아내가 했던 다른 말들처럼 아무런 맥락 없이 나온 얘기 같아서, 나는 그저 어깨를 으쓱하며 아내가 직장을 그만두면 우리에게 어떤 영향이 있을지 일깨웠다. 아내가 아파트를 포기해야 할 뿐만 아니라, 리아를 어린이집에 보낼 수도 없게 되고, 집 담보대출과 매달 생활비에도 큰 타격이 있을 거라고. 하지만 아파트를 구했을 때처럼 알렉시스가 내게 아무런 언급 없이 그냥 저질러버릴까봐 걱정스러웠다. 충분히 일어날 수 있는 일 같았다.

다른 방에서 리아가 음악을 트는 소리가 났다—내가 알려준 노래가 아니라 원래 듣던 디즈니 노래들. 그래서 나는 커피를 들고 뒷마당 덱으로 나가 애써 생각을 정리하며 그날 셋이서 무엇을 할까 궁리했다.

멀리서 이웃집 남자가 뒷마당 관목에 살충제를 뿌리며 일하는 모습이 보였다. 세탁실 쪽을 돌아보니 벌과 관련한 상황은 더 나빠져 있었다. 벌의 숫자가 두 배쯤 늘었을 뿐만 아니라 다른 문제도 있었다. 세탁실 벽 맨 아래쪽에 작은 구멍이 있었고 거기로 벌이 떼를 지어 드나드는 것 같았다.

나는 커피를 내려놓고 구멍을 살피러 그곳으로 갔다. 이런 종류의 벌들은 공격적이지 않다고 양봉가는 장담했지만 그래도 벌떼의 주변부 언저리에 멀찍이 선 채 안전한 거리를 유지했다.

보아하니, 라쿤이나 주머니쥐 같은 작은 동물이 목재를 완전히 갉아내―양봉가도 이런 일이 일어날 수 있다고 말했다―벽에 소프트볼 크기 정도의 작은 구멍을 뚫은 뒤 안으로 파고들어가 벌집을 끄집어낸 듯했고, 이제 꿀이 완전히 고갈된 벌집은 풀밭에 놓여 있었다.

일요일 아침이었지만 나는 양봉가에게 전화를 걸어 긴 음성메시지로 눈앞의 상황을 설명했다. 작은 구멍, 떼를 지어 드나드는 벌들, 그 옆 풀밭에 놓인 텅 빈 벌집.

그런 다음 알렉시스에게 전화를 걸어 똑같이 설명했다. 그러다 막 전화를 끊으려 했을 때, 막 돌아서서 다시 집안으로 들어가려 했을 때, 귀 바로 뒤쪽 뒤통수에 뭔가가 느껴지면서 머리카락 안쪽이 살짝 들썩이고 윙윙 소리가 났다. 손을 뻗어 찰싹 치려 하는 순간, 목 옆쪽에 날카로운 찌릿함이 느껴졌다. 예리하게 바늘로 찌르는 듯한 그 감각은 다른 무엇보다 엄청난 통증 때문에 충격적이었다. 잠시 후 더 많은 벌이 내 머리 주위로 몰려들었고—오십 마리는 족히 되어 보였다—나는 집으로 달려가다가 한 방을 더, 이번에도 목에 쏘이고 나서야 뒷문에 다다랐다.

안에 들어가니 리아가 잠옷 차림으로 소파에 엎드려 색칠 공부 책에 그림을 그리고 있었다.

나는 리아에게 옷을 입으라고 말했다.

"어디 갈 건데?"

"시내에." 나는 대답했다. "엄마 데리러."

나는 사실 알렉시스의 아파트 주소를 알지 못했다. 전에 가본 적도 없었고 아내가 주소를 알려주지도 않았다. 아내는 그것을 비밀로 하고 싶어했던 것 같다. 하지만 내게 보내준 사진을 근거로 그곳이 어딘지 대략 짐작할 수 있었다. 예를 들어 그 공원도 내가 아는 곳이고 사진 속 건물 중 하나는 우리가 예전에 어떤 공식 행사에 참석하기 위해 간 적 있는 호텔이었다.

시내로 가는 길에 다시 알렉시스의 음성 사서함에 전화를 걸어 우리가 가고 있다고, 당신을 데리러 간다고, 우리는 대화를 나눠야 한다고 말했다. 내게 생각할 시간이 더 있었다면 아마도 다른 접근법을 썼겠지만—예컨대 우리는 리아에게 아파트 얘기를 하지 않기로 했는데, 이제 나는 거기로 아이를 데려가고 있었으니까—뒤통수의 통증이 심해져 욱신거렸고 벌에 쏘인 목 측면 부위가 부어오르기 시작했다. 다른 생각은 하기가 힘들었다.

뒷좌석에서 리아는 아무 말 없이 조용히 앉아 있었다. 리아가 늘 데려가달라고 졸랐던 어린이 박물관 앞을 지날 때 나는 라디오를 켜고 아이가 좋아할 만한 채널을 찾으려고 최선을 다했다. 목이 계속 부어오르는 느낌이 들었고, 피부가 후끈거리는 감각이 이제 어깨 바로 위쪽까지 퍼져내려갔다.

얼마 후, 알렉시스가 전날 밤 보낸 사진에서 보았던 그 공원 옆으로 가서 주차를 한 다음 리아를 돌아보았다. 리아는 멍한 얼굴로 나를 빤히 보고 있었다. 배고프냐고 물었더니 아이는 고개를 저었다. 확실해? 리아는 고개를 끄덕였다. 잠시 후 알렉시스가 화가 나서 전화를 걸었다.

"뭐하는 거야?" 알렉시스가 물었다.

"우리 왔어." 나는 말했다.

"어디?"

"밖에. 공원 옆에."

"리아를 데려왔다고? 대체 무슨 생각이야?"

"우리, 얘기 좀 하자."

"리아에게 혼란을 줄 뿐이야."

"벌떼 문제 때문이야." 나는 말했다. "더 나빠졌어."

알렉시스는 한참 말이 없었다.

"내겐 정말 좋지 않은 시간이라 그래." 마침내 알렉시스가 말했다. "내일 하면 안 될까?"

"한 시간만."

알렉시스는 다시 말이 없었다. 그러더니 말했다. "징크에서 만나. 이십 분 뒤. 모퉁이 돌면 바로 있어."

예전에 알렉시스와 나는 이 카페—징크 카페—를 문턱이 닳도록 드나들었다. 그런데 이제 리아와 함께 그곳에 앉아 맥주를 홀짝이며 목 옆을 얼음 조각으로 누르고 있자니, 우리가 거의 칠 년 동안 이곳에 함께 온 적이 없다는 사실을 깨달았다.

리아는 메뉴가 적힌 종이에 색칠을 하고 있었고, 어두침침

한 식당 바깥의 작은 노천 공간에서는 사람들이 리버워크*
옆으로 늘어선 파라솔 아래에 앉아 찌는 듯한 무더위를 견디
며 와인과 모히토를 마시고 감자칩과 과카몰리를 먹었다.

식당 안은 사실상 텅 비었고 우리가 여기 온 뒤로 삼십 분
동안 리아는 두 번이나 집에 가자고 말했다. "이 안은 너무
추워." 리아가 말했다. "그리고 어두워. 그리고 이상해." 이
제 리아는 나를 걱정스럽게 쳐다보고 있었다.

"더 심해졌어, 아빠." 리아가 말했다.

"뭐가?"

"아빠 목. 더 부었어." 리아는 걱정하는 의사처럼 눈을 가
늘게 떴다.

"괜찮을 거야." 나는 그렇게 말했지만 이젠 내게 벌 알레
르기가 있는 건 아닐까 의심하고 있었다. 벌에 쏘인 건 어릴
때 이후로 처음이었다.

"아빠도 닥터 리트보에게 가야 해." 리아가 말했다.

"닥터 리트보는 어린이들을 위한 의사야."

"그래도 아빠를 도와줄 수 있을 거야."

웨이트리스가 지나갈 때 나는 맥주를 한 잔 더 달라고 했

---

* 샌안토니오 중심을 흐르는 샌안토니오강을 따라 조성된 산책로.

고, 리아는 다시 나를 쳐다보고 입술을 깨물더니 창밖을 바라보았다.

"집에 가고 싶어." 리아가 이제 세번째로 말했다.

"엄마한테 몇 분만 더 시간을 주자."

"엄만 안 와."

"그건 리아가 알 수 없는 일이지."

"아니야." 리아가 창밖을 보며 말했다. "알아."

그날 저녁 집에 돌아와 냉동 피자를 준비해 리아에게 주면서 만화를 보며 먹어도 좋다고 허락했다. 그날의 이런저런 일들에 아이가 동요했다는 걸 알 수 있었다. 좀전에 진입로로 들어올 때 벌들이 차를 둘러싸자 리아는 울기 시작했다. 차에서 내리기를 거부했다. 지금은 부엌 창문 가까이에 한 마리만 보여도 매번 벌떼가 들어온다고 비명을 질렀다.

나는 얼음 조각을 가득 채운 큰 봉지를 목에 대고 누른 채 소파에 앉아 있었다. 아까 베나드릴*을 좀 먹었지만 아직도 부기가 상당히 심했다. 창밖을 내다보니 벌떼가 아침보다 두 배는 늘어났고 계속 늘어나고 있는 듯했다. 리아가 피자를

---

* 항히스타민제의 일종인 디펜히드라민의 상표명.

다 먹은 후에 나는 부엌으로 들어가 아이패드를 높은 선반 위 감춰둔 곳에서 꺼내 주초에 내가 리아에게 만들어준 음악 플레이리스트를 찾기 시작했다. 지난 한 달여 동안 리아가 가장 좋아했던 곡 전부와 아이가 좋아하겠다 싶은 엘리엇 스미스의 노래 몇 곡이 들어간 플레이리스트였다.

플레이리스트를 찾은 뒤 리아에게 소파로 와서 내 옆에 앉으라고 말했지만, 리아는 오늘밤엔 음악을 듣고 싶지 않다고 말했다. 그냥 혼자 있고 싶다고 했다.

나는 휴대전화를 내려다보았다. 집에 온 지 두 시간이 지났는데 알렉시스는 한 번도 전화하지 않았고, 징크에서 우리를 바람맞힌 뒤로 우리와 연락하려는 어떤 시도도 하지 않았다. 나는 전화기를 뒤집어놓고 다시 리아를 쳐다보았다.

"이리 와봐." 나는 말했다. "아빠가 널 위해 뭘 만들었어."

"뭘?" 리아는 묻더니 의심이 가득 담긴 눈빛을 하고 천천히 다가왔다.

"아빠 생각에 네가 좋아할 것 같은 노래가 몇 곡 있어." 나는 말하고 아이가 내 옆에 앉을 수 있도록 소파 위 담요를 걷어냈다.

얼마 후 리아가 소파 위 내 옆에서 잠들어 있을 때, 결혼

초기에 알렉시스가 했던 어떤 말이 떠올랐다. 샌안토니오에서 우리의 첫 아파트를 구해 이사한 직후였고, 집을 산다거나 아이를 갖는 일에 대해서는 얘기를 나눠본 적도 없던 때였다. 알렉시스는 시내의 라디오 방송국에서 일하다 해고된 날 밤에 몹시 취하고 화가 난 채로 집에 돌아왔다. 나쁜 소식을 들은 후 몇몇 동료들과 함께 술집에 갔는데, 거기서 동료들이 알렉시스에게 잔술을 연거푸 사주었고 그후에 그녀를 택시에 태워 집으로 보냈다. 알렉시스는 내가 무슨 일이 있었느냐고 물을 새도 없이 욕실로 들어가더니 거울을 주먹으로 박살내고 밖으로 나와 카펫 위에 피를 뚝뚝 흘리면서 머리가 떨어져나가도록 소리를 질렀다. 나는 부엌으로 달려가 행주를 몇 장 가져다 지혈하고 아내를 진정시키려고 무진 애를 썼지만, 이제 그녀는 웃고 있었다. 비명이 아니라 웃음소리를 내지르며 나를 끌어당겨 키스하려고 했다.

"당신 취했어." 나는 아내를 밀어내며 말했다. "다치기도 했고."

"별로 많이 취하진 않았어." 알렉시스는 그렇게 말하더니 양손으로 내 얼굴을 감싼 채 이글이글한 눈빛으로, 마치 내 안을 빤히 들여다보는 듯한 눈빛으로 나를 쳐다보았다.

"난 알아, 당신은 이걸 좋아해." 알렉시스가 말했다.

"뭘?"

"이거." 알렉시스는 웃으며 말했다 "이게 당신이 나와 결혼한 이유라는 걸 알아. 당신은 이걸 좋아해."

나는 아내를 밀어내고 부엌으로 물을 가지러 갔지만, 그 순간의 기억은 내내 나를 떠나지 않았다. 마치 아내가 우리 둘 다 말하지 않았던 우리 사이의 수치스러운 비밀을 정통으로 찌른 것 같았다. 내가 가장 두려워하는 그녀의 어떤 측면에 나는 또한 이끌린다는 사실을.

저녁이 깊어가는 동안 이런 생각을 하면서 리아와 함께 가족실에 앉아, 유리문 너머로 뒷마당의 벌들을 바라보고 리아를 위해 만든 플레이리스트의 음악을 들었다.

바깥은 거의 어두워졌고 검푸른 하늘 위에서 벌떼를 구분하기는 점점 어려워졌지만 나는 저멀리 어딘가에 벌들이 있다는 것을 알았다. 단지 어디인지 알기가 어려울 뿐이었다. 팔을 아래로 뻗어 리아의 어깨를 잡고 아이를 더 가까이 끌어당겼다. 그러고는 전화기를 들어 다시 알렉시스에게 전화를 걸었다. 아마 받지 않으리라 생각하면서도 받기를 바라면서. 신호음이 몇 번 울렸지만 응답은 없었다. 다시 걸어봐도 결과는 똑같았다. 메시지를 남길까 생각했다가 마지막으로 한번 더 전화를 걸었는데, 이번에는 알렉시스가 전화를 받았다. 목소리가 부드럽고 아련하며 막 잠에서 깬 듯 몽롱했다. 내가 잠을 깨운 거냐고 물었지만 아내는 아니라고, 그냥 책을 읽고 있었다고 말했다.

"좀 어때?" 내가 물었다.

"괜찮아." 알렉시스는 말했다. "피곤해. 아까는 미안해."

"괜찮아."

"당신이랑 리아가 올 거라고 예상하지 못해서 그런 것뿐이야."

"알아." 나는 말했다.

알렉시스는 한참 조용히 있었다. 그러더니 말했다. "며칠더 혼자 있어야 할 것 같아."

"며칠? 직장은 어떡하고?"

"휴가 냈어."

나는 입술을 깨물었다. "당신이 집에 와야 할 것 같아."

아내는 말이 없었다.

"좋아." 나는 말했다. "며칠만 더. 하지만 반드시 며칠 후에는 와야 해, 알았지?"

"모르겠어."

나는 자제해야 했다. 내가 압박하면 아내를 잃는다는 걸 알고 있었다.

"난 지금 조금 더 확실한 답이 필요해."

"알아." 알렉시스는 말했다. "내가 당신한테 조금 더 확실한 답을 줄 수 있다면 당연히 주겠지."

"이건 정말 미친 짓이다."

"뭐라고?"

"집에 오긴 할 거야?"

"무슨 뜻으로 하는 말이야?"

"집에 오긴 하는 거야?"

알렉시스는 아무 말도 하지 않았다.

"그냥 한번 물어본 것뿐이야." 나는 말했지만 아내는 대답하지 않았다.

아내의 아파트 밖 거리에서 자동차들이 빵빵거리는 소리, 텔레비전에서 나오는 음악소리가 들렸고, 내 목 옆쪽에서는 다시 열기가, 욱신거림이 느껴졌다.

"우리 둘 다 당신이 보고 싶어서 그래." 나는 마침내 말했다. "특히 리아가."

"알아." 알렉시스는 말했다. "그렇다는 거 알아."

전화를 끊은 뒤 휴대전화를 내려놓고 리아를 팔로 감싸서 다시 가까이 끌어안았다. 배경에서 리아가 가장 좋아하는 노래의 가사가, 엘리엇 스미스의 속삭이는 목소리가 들렸고, 그때 나는 갑자기 깨달았다. 우리가 다른 단계로, 좀더 깊은 단계로, 끝을 전혀 예측할 수 없는 단계로 접어들고 있다는 것을. 나는 마음을 단단히 먹었다. 저멀리 마당 끝자락은 이제 완전히 어두워졌지만 그곳 어둠 속 어딘가로 그들이 돌아왔음을 나는 알 수 있었다. 세탁실 벽 주위를 느린 동작으로 선회하며 아마도 그 숫자를 점점 불려가고 있을 그들이.

포솔레

나는 그해 겨울에 날이면 날마다 그곳에 점심을 먹으러 가서 똑같은 음식을 주문했다. 포솔레* 수프. 나는 마흔세 살이었다. 둘째 아이가 막 태어났다. 그 밖에는 인생에서 내 것이라고 할 만한 게 별로 없었다. 이 소박한 점심은 나의 비밀이었다. 식당 자체도 그다지 세련되지 않은, 샌안토니오 남부의 작은 구멍가게에 불과했다. 점심시간에는 대체로 비어 있었지만 아는 사람은 다 알았다. 그들은 이곳의 포솔레에 대해 알았고, 나처럼 그 수프만을 보고 규칙적으로 찾아오는

---

*돼지고기와 고추, 옥수수, 각종 야채 등을 끓여 만든 멕시코 음식.

이들도 꽤 있었다.

우리는 바 좌석 끄트머리에 각각 혼자 앉아서 예배를 보러 온 이들처럼 엄숙한 분위기로 수프를 먹었고, 한 번도 서로를 쳐다보지 않았으며, 당연히 대화도 일절 하지 않았다. 식사를 마치면 돈을 내고 식당을 나갔다.

언젠가부터 나는 주문을 할 필요조차 없게 되었다. 바텐더들은 나를 알았고 내가 왜 거기에 있는지도 알았다. 그들은 내가 바 끄트머리에 나타나면 빙긋 웃고 고개를 끄덕인 뒤 주문을 넣었다. 몇 분 뒤에는 막 끓인 포솔레 그릇이 내 앞에 놓였다.

이 식당 밖의 세상에서 내 인생은 혼란 그 자체였다. 집에 어린아이가 둘 있어서 아내와 나는 잠을 거의 못 자고 심지어 대화도 거의 하지 못했다. 하지만 여기 이 식당에 있으면 그 모든 것이 사라졌다. 나는 사십오 분 동안 수프를 먹고 신문을 읽고 가끔은 와인을 마시며 혼자만의 시간을 보냈다. 식당은 어둡지만 편안했고, 배경음악은 주로 경쾌한 어쿠스틱 멕시코 음악으로 1930년대와 1940년대에 나온 오래된 곡들이었다. 손님들도 대체로 나이가 많거나 그렇게 보이는 이들, 모르긴 해도 이십 년, 삼십 년 동안 이곳에 드나들었을 사람들이었다. 그중에 나이가 지긋했던 여자 손님 한 명이 기억난다. 항상 바 끝자리에 혼자 앉아 개중에 나이가 많은 바텐더 한 명과 얘기를 나누기에 나는 그들이 친구 사이이거나, 어쩌면 심지어 사귀는 사이일 거라고, 그래서 여자가 날마다 여기에 오는지도 모른다고 생각했다. 그런데 그 바텐더가 잘렸거나 혹은 일을 그만둔 뒤로 나는 내가 착각했음을 깨달았다. 우애 때문이 아니었다. 그 여자도 나머지 우리처럼 수프 때문에 오는 것이었다.

하여간, 언제쯤인가—이유는 기억나지 않지만—내 일정이 바뀌면서 한동안 이 점심을 포기할 수밖에 없었다. 몇 달 뒤에 돌아왔을 때는 식당이 달라 보였다. 조명이 더 밝아졌고 벽도 베이지색 페인트로 새롭게 단장되어 있었다. 게다가 바 뒤쪽에 걸려 있던 오래된 사진들도 없어졌다. 바텐더에게 무슨 일이 있었는지 물었더니 그는 어깨를 으쓱하며 말했다. "주인이 바뀌었어요."

그때 나는 메뉴를 보고 이 또한 바뀌었음을 알았다. 광택이 나고 색채가 화려한 메뉴판의 수프 항목에는 토르티야밖에 없었다. "포솔레는 이제 안 해요?" 나는 물었고, 그때 내 목소리는 분명히 갈라졌을 것이다.

바텐더는 나를 애처롭게 바라보았다. "포솔레는 전 주인 아내의 요리법이었어요." 그는 말했다. "그 요리법은 전수받을 수 없었죠."

식당은 평소보다 훨씬 더 활기찼고 주인이 바뀐 뒤로 장사가 더 잘되고 있다는 걸 알 수 있었지만 그런데도 뭔가 빠졌다는 느낌이 들었다. 오랜 단골들은 더이상 보이지 않았다. 바 좌석 끄트머리에서 수프를 열심히 입에 떠 넣던 열혈 고객들. 그들은 어디로 갔을까?

"혹시 다른 식당이 있을까요?" 나는 묻기 시작했다. "그러니까, 혹시 그……"

그러다 나는 그만두었다. 우리 둘 다 그런 포솔레 수프 한 그릇을 먹을 수 있는 다른 식당은 이 도시 안에 없다는 걸 알았기 때문이다.

히메나

1

히메나의 이야기는 항상 바뀐다.

때로 히메나는 내 아내가 나를 버리고 찾아간 여자다. 어떤 때는 내가 아내를 버리고 찾아간 여자다. 또 어떤 때는 둘 다 아니다.

이제 나는 히메나 얘기를 잘 하지 않고 내 아내 칼리도 그렇다. 나는 아내를 떠난 적이 없고 아내도 날 떠난 적이 없지만, 어떤 의미에서 이 말 역시 정확한 사실은 아니다.

히메나가 우리의 삶에 들어왔을 때 우리는 둘 다 서른여덟

살의 갓 결혼한 부부였다. 그전에도 십 년 가까이 사귀며 함께 살았었다. 히메나는 우리 아파트 아래층에 살았지만 우리는 히메나가 거기에 입주하고 여섯 달 가까이 지나서야 그녀를 만났다. 물론 우리는 히메나를 알고는 있었지만—이상한 시간에, 그러니까, 밤늦게 혹은 아침 일찍 집에 드나드는 이십대 후반의 호리호리하고 매력적인 여자—말을 나눠본 적은 없었다.

히메나가 늦은 밤에 친구들 한 무리를 데리고, 때로는 남자친구와 둘이서 집에 들어오는 소리에 귀를 기울이던 기억이 난다. 항상 깔깔 웃어대며 가구에 쿵쿵 부딪히거나 탁상전등을 넘어뜨리곤 했다. 당시에 히메나는 술을 많이 마셨고 일주일에 나흘이나 닷새 정도 밤에 외출을 했다. 직업이 있는지는 알지 못했지만 분명히 있을 거라고 짐작했다.

"저 여자는 아직도 스물한 살처럼 사네." 어느 밤에 칼리가 나와 함께 침대에 누워 히메나가 아래층 자기 아파트 안을 취한 걸음으로 돌아다니는 소리를 들으면서 말했다.

"우리 생각보다 더 어린지도 모르지." 나는 말했다.

"아마도." 칼리는 말했다. "그래도 스물한 살은 아니야."

칼리는 히메나를 못마땅하게 생각했다. 거의 처음부터 그랬다. 나중에 히메나는 그 얘기를 하며 웃었다—복도에서 마주칠 때마다 칼리가 어떤 때는 험상궂게 쏘아보고, 또 어떤 때는 완전히 못 본 척하면서 자기를 '개무시'했다고. "내가 매춘부라고 생각했을 거예요." 히메나는 언젠가 웃음을 터트리며 말했다. "아니면 그냥 마약중독자거나." 히메나는 물론 둘 다 아니었다. 그녀는 사우스웨스트예술대학의 도예과 학사 과정에 있는 미대생이었다. 아침마다 샌안토니오 남부의 우리 동네 베이커리에서 일했고 오후에는 수업을 듣거나 스튜디오에서 오래 작업했다. 저녁이 되면 보통은 친구들과 함께, 가끔은 혼자서 놀러 나갔다. 어느 아침에 커피를 마시며 이 모든 얘기를 해준 날, 히메나는 또다시 열쇠를 집안에 두고 문을 잠가버리는 바람에 우리집에 불쑥 찾아왔었다.

그즈음에 히메나에게 무척 자주 일어나는 일이었다. 그 집 현관문은 닫을 때마다 안에서 잠기는 방식 같았는데, 히메나가 그 사실을 자주 잊어버리는 듯했다. 평소에는 아래층 복도를 돌아다니며 다른 집 문을 두드려 휴대전화를 빌릴 수 있는지 묻는 목소리가 들리곤 했다. 하지만 그날은 일층에서 운이 좋지 않았는지 계단을 올라 이층으로 왔다. 노크 소리에 내가 문을 열었을 때 히메나는 낙담한, 그리고 짜증스러운 표정이었다.

"제가 자물쇠를 바꿔달라고 요청했거든요." 히메나는 자기소개도 건너뛰고 그 말부터 했다. "매주 요청했다고요."

"들어올래요?" 내가 물었다.

히메나는 나를 빤히 쳐다보았다.

"내 휴대전화로 베니에게 전화해도 돼요." 베니는 우리 아파트 건물의 역외 거주 관리인으로, 전화를 안 받기로 악명이 높은 나이든 남자였다.

히메나가 팔짱을 끼고 나를 계속 쳐다보았다. 나를 이리저리 재보면서 믿을 수 있는 사람인지 판단하고 있다는 걸 알 수 있었다.

"아니면 바로 여기서 전화해도 되고요." 나는 말하면서 주머니에서 휴대전화를 꺼내 홈 화면 잠금을 풀어 넘겨주었다.

히메나는 전화기를 보더니 말없이 받아들고 복도 저편으로 가서—아마도 베니에게—전화를 걸며 복도 맨 끝의 쇠창살 창문 밖을 내다보았다. 나는 문가에 서서 히메나가 여전히 내게 등을 돌린 채 통화하는 모습을 지켜보았다. 무릎까지 내려오는 긴 검은색 티셔츠 하나만 걸친 차림이었고 막 샤워하고 나온 듯 머리카락이 젖어 있었다. 신발도 신지 않은 채였다.

통화를 마친 뒤 히메나는 내게 돌아와 전화기를 건넸다.

"이십 분 뒤에 온다고 하네요."

"그럼 사십 분 뒤에 오겠네."

"그렇죠." 히메나는 웃었다.

"정말로 안 들어올 거예요?" 나는 물었다. "막 커피를 끓이려던 참이었어요. 이메일을 확인해야 한다거나 하면 내 노트북을 써도 돼요."

히메나는 다시 미심쩍은 눈빛으로 나를 빤히 쳐다보며 몸의 무게중심을 한쪽 발에서 다른 쪽 발로 옮겼다. 하지만 그녀는 결국 나를 무해한 사람으로 판단했거나, 아니면 아무래도 상관없다는 쪽이었는지도 모른다.

"좋아요." 마침내 그렇게 말하며 히메나는 복도를 마지막으로 휙 둘러보았다. "몇 분만 있을까봐요."

그날 히메나가 떠날 때쯤 나는 그녀에 대해 많은 것을 알게 되었다. 벨리즈에서 자랐고, 유년기에 멕시코의 여러 지역을 돌아다니며 살았으며, 샌안토니오에는 고등학교 때 이주했다는 것을 알았다. 아버지가 누군지 모르며, 언니가 두 명 있고, 어머니는 아직도 몬테레이에서 산다는 것도 알았다. 고등학교 때는 외가의 오촌 이모와 함께 살다가, 이후 한동안 캘리포니아에서도 살았다는데 그때 얘기는 하고 싶지 않은 듯했다. "그땐 진짜 엉망진창이었거든요." 어느 순간 히메나는 손을 내저으며 그렇게 말하더니 뒤늦게 생각났다는 듯 덧붙였다. "결혼할 뻔하기도 했고." 하지만 그뒤로 샌안토니오에 돌아와서는 예술대학에서 열심히 공부하며 몇 년 전에 해야 했을 학부 졸업을 위해 애쓰고 있었다. 반면에 나는 내 인생에 대한 얘기를 별로 하지 않았다. 그저 당장은 무직 상태지만 몇 가지 프로젝트를 진행중인데 그중에는 샌안토니오 남부의 몇몇 지역 예술가에 대한 다큐멘터리도 있다고 말했을 뿐이다. 히메나가 들어본 적 있는 사람들일지도 모른다 생각해서 이름 몇 개를 읊었지만 그녀는 모른다고 했다.

"예술가들과 어울리는 거, 별로 좋아하지 않아요." 히메나가 말했다. "대부분 자기 자신한테 너무 빠져 있거든요."

나는 고개를 끄덕였다.

"난 나만의 일을 하는 걸 좋아해요. 그에 대해 말하는 게 아니라."

히메나에게 자기만의 일은 무엇인지 물었더니 조각이라는 답이 돌아왔다.

"특정한 유형이 있어요?"

"네." 히메나는 웃었다. "좋은 유형이요."

그날 저녁에 칼리가 집에 돌아왔을 때 나는 히메나와 나눈 대화에 관해 얘기했다. 당시 지역의 예술 단체에서 홍보 담당자로 일하던 칼리는 스트레스와 짜증에 짓눌려 귀가하는 날이 대부분이었다.

"그 여자가 자기 몸값이 얼마인지도 얘기했어?" 칼리가 말했다.

"매춘부가 아니야." 나는 말했다. "실은 예술대학 학생이래."

"모든 매춘부가 그렇게 말하지."

나는 칼리를 쳐다보았다. "무슨 일 있어?"

"내 자리, 다른 사람으로 교체될 것 같아."

"누구로?"

"인턴."

"대학생?"

"그래." 칼리는 고개를 끄덕였다. "근데 사실은 대학생이 아니야. 스물네 살이고." 칼리는 싱크대 찬장에서 메스칼 한 병을 꺼내 작은 잔에 따랐다.

"오늘밤은 센 걸로 직진이네, 응?"

"오늘밤은," 칼리가 말했다. "맞아, 직진이야."

당시에 칼리는 이 예술 단체에서 오 년 조금 넘게 일했었다. 그들은 전에 이미 한 번 불경기에 따른 인원 감축을 이유로 칼리를 해고했다가 여덟 달 뒤에 다시 채용했는데, 그후로 칼리는 자신의 고용 상태에 대해 과민하게 불안해했다. 평생 어디에서도 해고당해본 적이 없는 사람이라서 그때의 경험에 상당히 충격을 받았다는 것을 나는 알 수 있었다. 우리가 그 일을 입에 올리는 경우는 별로 없었지만, 칼리는 직장에서 안 좋은 일이 있을 때, 누구를 화나게 했거나 실수를 저질렀을 때, 혹은 다른 사람이 무슨 일인가를 잘해냈을 때마다 자신이 다른 사람으로 교체될 거라고 믿었다.

그날 밤 함께 침대에 누워 아래층에서 히메나가 친구 둘을 데려와 틀어놓은 음악을 듣던 중에―베이스가 묵직하고 기타 소리가 강한, 레트로 펑크 계열의 밴드 음악―칼리는 내 곁으로 다가와 나를 꽉 껴안았다.

"넌 저 여자 때문에 늙은이가 된 것 같은 기분이 들지 않아?" 칼리가 말했다.

"누구? 히메나?"

"응." 칼리가 말했다.

"아니." 나는 말했다. "그렇지 않아. 그리고 네가 왜 저 여자 생각을 그렇게 많이 하는지도 잘 모르겠어. 우리가 잘 알지도 못하는 사람이잖아."

"그렇지." 칼리가 내 팔을 꽉 쥐며 말했다. "나도 내가 왜 저 여자 생각을 이렇게 많이 하는지 모르겠어."

우리가 처음 만났을 때, 칼리는 텍사스주립대학교 샌안토니오 캠퍼스의 예술사 학부 과정을 아직 마치지 못한 상태였다. 그전 몇 년간은 휴학을 하고 사우스타운에 살면서 작가와 예술가의 공립학교 강연을 주선하는 비영리 단체에서 일했었다. 그 단체 설립을 태동기부터 도왔던 칼리는 그곳을 떠나고 싶지 않았던 것 같고, 다시 학교로 돌아가고 싶은지조차 확신하지 못했다. 그때 우리는 도시 남부에 살고 있었기 때문에 칼리는 수업을 들으러 일주일에 두 번씩 학교까지 삼십 분 거리를 통학했으며, 나는 우리 동네에서 잡다한 시간제 일자리를 구했다. 대개는 조경과 목수 일이었는데, 일거리를 구하기가 쉬운데다 보수도 괜찮아서 궁핍한 월말을 버텨낼 수 있었다.

하지만 칼리는 가끔 잊었다. 칼리가 나를 부양하는 게 아니라 내가 그녀를 부양하던 시절이 있었다는 사실을. 나는 몇 년 뒤에 할아버지에게서 유산을 받은 후—큰 재산은 아니었지만 검소하게 산다면 둘이 한동안 살 수 있는 금액이었다—일을 완전히 그만두었다. 그전까지는 도시 북부의 텔레비전 뉴스 방송국에서 음향 편집자로 일하고 있었는데, 할아버지의 돈을 받자마자 사직 의사를 밝히고 떠났다. 칼리에게는 그 기회를 활용해 당시에 만들던 다큐멘터리를 비롯해 다른 프로젝트에 몰두하고 싶다고 말했다. 하지만 그게 거의 오 년 전이었고, 칼리는 지금도 그 일—유산을 받은 일—이 내게 일어난 최악의 사건이라고 말했다. 우리에게 일어난 최악의 사건.

그때 내가 만들던 다큐멘터리 영화로 말할 것 같으면, 그건 진짜 프로젝트라기보다는 내가 뭘 하고 싶은지, 혹은 뭘 하면서 인생을 살아야 할지 모른다는 사실을 외면하기 위한 소일거리에 가까웠다. 게다가 파티에 갔을 때 현재 내가 왜 무직 상태인지를 설명할 편리한 방법이기도 했다. 이미 몇 년 전부터 해오던 영화 작업이었지만 거의 진전이 없었다. 작업을 시작한 이래 십여 명의 지역 예술가들을 인터뷰했으나 프로젝트의 초점이 되어줄 공통된 맥락, 통합적인 주제를 찾지 못했다. 가장 마지막에 인터뷰한 예술가는 아마야 소텔이라는 벽화가로, 칼리와 내가 이 아파트로 이사하기 전에 살던 집에서 몇 블록 떨어진 곳에 살았다. 그 인터뷰는 내가 평생 해본 가장 기이하고 어색한 대화 중 하나였다. 어느 순간에는 아마야 소텔이 혹시 술에 취했나, 아니면 메스칼린 같은 환각제를 먹었나 싶기까지 했다. 내가 자기와 한 방에 함께 있다는 사실도 의식하지 못하는 것 같았다.

그 이후로 한동안 프로젝트를 사실상 포기했지만 칼리에게는 말하지 않았고, 히메나를 만나고 나서야 영화를 위해 인터뷰를 한번 더 해볼 생각이 들었다.

돌이켜보면, 내가 단지 히메나와 다시 대화하고 싶어서 인터뷰를 핑계로 삼았는지, 아니면 히메나가 내 프로젝트를 되살리도록 도와줄 거라고 진심으로 믿었는지 의문이 든다. 어쨌거나 며칠 후 아파트에서 나가려다가 막 들어오고 있는 히메나와 마주쳤을 때 나는 잠깐 얘기할 시간이 있느냐고 물었다. 히메나는 전주에 그랬던 것처럼 나를 미심쩍은 눈초리로 바라보았다. 전투화 같은 장화와 얇은 검은색 후드티 차림이었는데, 소매를 걷어올리고 있어서 양팔에 새겨진 문신이 보였다. 잠시 후 히메나는 고개를 끄덕이더니 밖에서 담배나 피우자고 했다. 내 영화에 그녀를 활용하겠다는 구상을 설명하자 히메나는 한동안 조용히 앞마당을 응시하며 숙고했다.

"나도 촬영할 건가요?"

"원하지 않으면 안 할게요."

"원하지 않아요."

"좋아요. 그건 괜찮아요. 음성 해설을 넣거나 해도 되니까요. 작품을 보여주면서."

"내 작품 촬영도 원하지 않아요."

"좋아요." 나는 말했다. "그럼 답은 '좋다'인가요?"

"답은 '아마도'예요." 히메나는 그렇게 말한 뒤 일어나 돌아서서 건물 안으로 들어갔다.

그날 저녁에 칼리와 나는 동네에 새로 생긴 타코 음식점에 가서 친구들과 함께 밥을 먹었다. 돌아오는 길에 우리 블록 맨 끝의 폐쇄된 빈 건물들 앞을 지날 때쯤, 칼리에게 히메나를 인터뷰하겠다는 생각을 말했다. 칼리는 어깨를 으쓱하며 대답했다. "그 여자가 지역 예술가라 불릴 자격이 정말 있어? 내 말은, 그냥 학생에 가깝지 않냐고."

"지역 사람이잖아." 나는 말했다. "예술을 창작하고 있고."

"근데 보긴 했어? 그 여자가 창작한 예술작품을?"

본 적은 없었다. 그런데도 왜 본 척하기로 마음먹었는지 모르겠다. 왜 칼리에게 그날 아침에 작품 몇 점을 보았는데 아주 좋더라고 말하기로 했는지. 칼리는 계속 말없이 걸었고 얼굴은 무표정했다.

"모르겠다." 나는 말했다. "아무래도 좋지 않은 생각이겠지, 응?"

하지만 이 말에도 칼리는 대답이 없었다. 더운 밤이어서

빨리 냉방이 되는 우리 아파트로 돌아가고 싶은 듯했다. 우리 건물 앞 계단에 도착했을 때 나는 칼리의 손을 잡았고 칼리도 내 손을 꽉 마주 잡았다.

2

히메나는 아침 시간에 샌안토니오 남부에 있는 어떤 스튜디오에 일하러 가는 것을 좋아했다. 그곳은 부유한 예술 애호가가 소유한 공동 공간으로, 스튜디오 내부의 작은 방들을 사정이 어려운 예술가들에게 합리적인 임대료를 받고 빌려주었다. 히메나는 그곳을 임대한 친구가 비용 부담 없이 와서 작업을 하라고 불러줄 때만 그곳에 갔다. 학교에도 스튜디오 공간이 있었지만 히메나는 도시 남부에 있는 이 공간을 더 좋아했다. 더 조용하고 외딴곳이기 때문이라고 했다. 그녀는 이 말을 몇 주 뒤 우리가 아파트 건물 앞 계단에 나와 앉아서 담배를 나눠 피울 때 내게 했다. 그때는 이미 몇 번 함께 시간을 보낸 뒤였는데, 우리는 대개 칼리가 퇴근해 돌아오기 전 늦은 오후에 만났다. 대화를 시작할 때는 다큐멘터리를 위한 일종의 예비 인터뷰로 히메나의 예술에 관해 물었지만 이내 화제는 다른 데로 흘러갔다. 그날 나는 작업 습관이나 과정, 집에 조각 작품을 하나도 보관하지 않는 이유 등을 물었다. 내가 그 말을 하자 히메나는 오래 뜸을 들이더니 담배를 꺼내며 자기도 잘 모르겠다고, 어쩌면 그중 어떤 것도 완성하지 못해서일 거라고 말했다.

"무슨 뜻이에요?"

"아직 끝나지 않았다고요."

"단 한 점도 완성하지 않았다는 거예요?"

히메나는 어깨를 으쓱할 뿐 아무 말도 하지 않았고, 나는 진짜 이유는 다른 게 아닐까 생각했다—어쩌면 자신을 노출하고 싶지 않아서가 아닐까, 그렇게 공개된 장소에서, 그렇게 많은 낯선 사람을 데려오는 곳에서 자신의 그 부분만은 노출하고 싶지 않아서가 아닐까. 히메나는 두어 번쯤 휴대전화에 있는 사진을 보여주었다. 수업을 위해 만든 도자기 조각품을 멀리서 찍은 것으로, 그녀는 그것들을 실험작이라고, 혹은 과제물이라고 불렀다(다시 말해 진지한 작품은 아니라는 뜻이었다). 사진들을 너무 빠르게 넘기는 바람에—내 얼굴 앞에 들고 아주 잠깐 보여줬다가 바로 다음 장으로 넘어갔다—제대로 보고 판단할 기회는 없었다. 기억나는 작품 중 하나는 도기로 제작한 큰까마귀 비슷한 새, 혹은 검은새였고, 또하나는 나무로 조각한 멕시코 민예품 가면으로 긴코너구리를 묘사한 것이었다. 다른 것들은 좀더 추상적이었는데, 형편없어요, 라든가 창피하네요, 같은 말을 하며 재빨리 넘기는 행동으로 보아 더 사적인 작품이라는 느낌이 들었다.

다른 모든 면에서 히메나는 무척 확신이 강하고 침착한 사람 같았지만, 예술에 관해 얘기할 때는 갑자기 모호해지고 작아지고 수줍어졌다.

그날 내가 조각에 대해 더 질문하자 히메나는 점점 말을 잃고 가만히 앉아 아련해진 눈빛으로 마당 끝자락에 피어난 부겐빌레아와 선인장을 바라보았다.

"캘리포니아에 잠시 다녀와야 할지도 모르겠어요." 얼마후 히메나는 팔을 문지르며 조용히 말했다.

나는 그녀를 쳐다보았다. "그곳에 나쁜 기억이 있다고 했던 것 같은데요."

히메나는 담배를 빨며 나를 빤히 쳐다보았다. 내게 그 얘기를 한 기억이 없다는 듯이, 혹은 내가 그런 걸 안다는 사실에 깜짝 놀란 듯이.

"일주일 정도 다녀올 것 같아요. 더 길어질지도 모르고."

"언제요?"

"다음달에."

"수업은 어떡하고요?"

히메나는 담뱃재를 떨어내고 어깨를 으쓱했다. "뭐, 모르
겠어요. 돌아왔을 때도 학교는 그대로 있을 거라고 생각하는
데, 안 그래요?"

그러고는 일어서서 담배를 계단에 버린 다음 발로 짓이겨
껐다.

"그나저나." 히메나가 물었다. "드디어 고쳐줬어요."

"네?"

"우리집 문이요." 히메나가 말했다. "그 망할 놈의 문을 드
디어 고쳐줬네요."

그날 밤에 집에 돌아온 칼리를 보니 직장에서 무슨 일이
있었다는 사실을 알 수 있었다. 내게 인사도 하지 않고 복도
에 가방을 걸지도 않은 채 곧바로 침실로 들어가 문을 닫는
행동으로 보아 알 수 있었다.

지난번에 해고되었을 때도 이런 모습을 보였기에, 또 그런
것일지 모른다는 생각을 하니 몸에서 힘이 쭉 빠지는 느낌이
었다. 우리는 한 사람의 수입과 내 예금으로 근근이 연명하
고 있었다. 칼리의 일자리가 없어지면 우리는 정말로 큰일이
었다. 하지만 얼마 뒤에 방에서 나왔을 때 칼리는 그 정도로

나쁜 일은 아니라고 말했다. 해고된 건 아니었다. 단지 인턴이 승진을 했을 뿐.

"네 위로?"

"아니." 칼리가 말했다. "같은 직급. 하지만 나쁘긴 매한가지야."

"왜?"

"왜냐면," 칼리가 말했다. "그앤 스물네 살이니까. 내 나이는 그 두 배야. 걔가 나와 정확히 같은 돈을 벌게 돼. 더 벌수도 있어, 석사학위가 있으니까."

나는 칼리가 메스칼을 가지러 가는 걸 보고, 오늘밤엔 그러지 않는 게 좋겠다고, 지난번에 진탕 마셨을 때 얼마나 힘들었는지, 다음날 숙취로 얼마나 고생했는지 기억하라고 말했다.

"그러면 회사에서도 좋을 게 없잖아." 나는 말했다.

하지만 칼리는 내 말을 무시한 채 술병을 꺼내러 갔다. "네가 일을 하게 되면," 칼리가 말했다. "돈을 버는 일 말이야, 그때가 되면 넌 그렇게 말해도 돼. 그전까지는……" 칼리는 끝까지 말하지 않았다. 그저 잔에 메스칼을 따른 뒤 부엌에서 나갔다.

아래층에서 히메나가 친구와 함께 웃는 소리가 들렸고 배경에서는 테크노 음악의 꾸준한 리듬이 들려왔다. 무작정 아래층에 내려가 히메나의 집 문을 두드린다면 어떤 일이 벌어질까 생각했다. 히메나는 내게 무슨 말을 할까, 무슨 행동을 할까.

얼마 후 나는 일어서서 부엌 문가로 걸어갔다. 거실 너머로 침실 안을 보았더니 칼리가 브래지어와 슬립만 입은 채 어둠 속에서 침대 가장자리에 앉아 있는 모습이 보였다. 칼리는 나를 보더니 잔을 입가로 가져가며 살짝 웃은 뒤 고개를 돌렸다.

3

돌이켜보면, 히메나의 어떤 점이 그렇게 좋았는지 잘 모르겠다. 그저 히메나와 함께 있으면 다른 생각을 할 필요가 없다는 점 때문이었을 것이다. 히메나는 내게 자기가 집착적으로 빠져 있는 넷플릭스의 기묘한 일본 애니메이션을 보여주거나 요즘 듣고 있는 아이슬란드 무명 밴드의 음악을 들려주었고, 때로는 스케치북에 작업한 이런저런 그림들을 보여주기도 했다. 우리의 감정은 우정 이상은 전혀 아니었다. 히메나가 아름답긴 했지만, 그리고 내가 그녀를 사랑했을지도 모르지만, 그건 육체적인 끌림이 아니었다. 히메나가 내 옆에 바짝 붙어앉아 맨다리를 내 다리에 거의 밀착한 채, 제가 그린 스케치 작품이나 갖고 있던 이상한 문학 저널에 실린 시구절을 보여줄 때도 마찬가지였다. 히메나의 아파트는 마치 십대 예술가의 환상 같았다. 1980년대 중반의 펑크록 공연 포스터, 공산주의 선전물, 투명한 상자 안에 담긴 2차대전 방독면, H. G. 웰스 작품의 초판들과 페이퍼백 통속소설이 가득 꽂힌 책장 선반에 전략적으로 배치된 마네킹의 팔들. 부엌에는 갤럭시500 자동차의 거대한 포스터, 〈알라딘 세인〉 앨범 표지의 데이비드 보위와 매우 흡사하게 분장하고 찍은 히메나의 사진, 옛 멕시코의 잡다한 사진과 공예품, 스페인어 표지판, 벽에 줄줄이 붙인 손글씨 메모 등이 있었다. 그리고 완전히 차단된 빛. 히메나의 아파트에 자연광은 사실상 전혀 들어오지 않았는데, 그것이 내가 그곳을 그토록 좋아했던 또하나의 이유였다. 거기 있으면 바깥세상은 존재하지 않는 미래형 동굴로 내려간 듯한 기분이 들었다.

그래서 나는 날마다—칼리가 직장에 있는 오후마다—그곳에 갔고 머지않아 우리는 서로를 잘 알게 되었다. 각자의 인생 이야기, 전쟁 같던 고등학교 시절 이야기, 우리가 둘 다 좋아하는 예술가와 영화 이야기 등을 나누며 서로를 이해하게 되었다. 히메나는 늘 내게서 1980년대 초반 샌안토니오의 펑크록 음악계와 이곳에 정기적으로 찾아오던 다양한 밴드 이야기를 끌어내려 했다. 내가 벨리즈에서 태어나 과달라하라와 몬테레이에서 살던 히메나의 어린 시절 이야기를 좋아하듯이 히메나는 나의 그런 이야기를 좋아한다는 것을 알 수 있었다. 히메나는 그것이 자신과는 전혀 관련이 없는 이야기라서, 자신이 모르는 세계와 시간에 관한 이야기라서 좋아했다.

보통 다섯시나 여섯시 정도가 되면 나는 위층에 올라갈 핑계를 찾았다. 빨래할 게 있다거나 저녁식사를 준비해야 한다고 말하곤 했다. 칼리가 곧 집에 올 거라서, 우리 둘이 함께 있는 모습을 칼리가 좋아하지 않을 거라서 그렇다고 말하진 않았다. 사실 나는 히메나에게 칼리 얘기나 위층의 우리 생활에 대한 얘기는 거의 하지 않았다.

당시에 히메나는 마르고트 베나세라프라는 베네수엘라 영화감독에게 푹 빠져 있었고, 그래서 그즈음 우리는 베나세라프의 〈레베론〉이나 〈아라야〉 같은 다큐멘터리 영화에 대해 자주 이야기했고, 히메나의 말에 따르면 아직 생존해 있을 그 감독이 두 영화를 찍은 뒤로는—그러니까 1950년대 이후로는—영화 작업을 거의 하지 않았다는 점을 아쉬워했다.

"그분은 지금 여든다섯, 어쩌면 아흔 살쯤 되었을 거예요." 히메나가 어느 날 말했다. 우리는 그녀의 부엌에 앉아 와인을 마시며 〈아라야〉의 스틸 사진들이 실린 책을 훑어보고 있었다. "지금은 뭘 하고 있을지 궁금하네요."

히메나는 〈아라야〉가 칸에서 처음 상영되었고, 알랭 레네의 〈히로시마 내 사랑〉과 공동으로 권위 있는 국제비평가상을 수상했는데, 슬프게도 지금은 〈아라야〉를 아는 사람이 거의 아무도 없다고 말했다. "모두가 알랭 레네는 알잖아요. 마르고트 베나세라프를 아는 사람은 얼마나 될까요?"

나는 베나세라프라는 감독을 전혀 알지 못했었다고 인정해야 했고 히메나는 한숨을 쉬었다. 그러면서 웃통을 벗은 소년 둘이 사구처럼 보이는 거대한 흰 언덕을 올라가는 흑백 스틸 사진을 뚫어지게 바라보았다.

"아저씨는 저게 모래라고 생각하겠죠." 히메나가 사진을 보며 말했다. "하지만 모래가 아니에요."

"아니야?"

"아니야." 히메나가 말했다. "소금이에요."

나는 다시 사진으로 눈길을 돌려 드넓은 흰 언덕과 그 언덕을 배경으로 포착된 소년들의 마른 몸, 그 위로 구름 한 점

없이 광활하게 펼쳐진 하늘을 바라보았다.

잠시 후 히메나가 일어서서 싱크대로 가더니 와인 한 잔을 더 따랐다. "그건 그렇고," 히메나는 식탁으로 돌아오며 말했다. "요즘 아저씨 부인과 얘기하고 있어요."

"무슨 말이야?"

"함께 커피를 마신다고요."

"내 아내랑 함께 커피를 마신다고?"

"네."

"왜?"

"몰라요." 히메나가 말했다. "아저씨 부인이 맘에 들어요. 게다가 무슨 보조금인가를 신청할 수 있게 도와주고 계세요."

나는 어리둥절해서 히메나를 쳐다보았다. 칼리는 내게 그런 얘기를 전혀 하지 않았다.

"사실 좀 웃기긴 해요. 아저씨 '여자친구' 말이에요, 예전에는 저를 그렇게 개무시하더니. 이제는 저를 도와주네요."

나는 앉은 자세를 똑바로 하고 잔을 단단히 쥐었다.

"내가 여기 내려와 영화 본다는 얘기도 했어?"

"아뇨." 히메나가 나를 멍청이 보듯 쳐다보았다. "그런 얘기는 안 나왔어요."

그러더니 다시 사진을 보고 흰 사구의 곡선을 손가락으로 쓸어내리며 뭔가를 혼자만 들리게 중얼거렸다.

"아라야," 마침내 히메나는 텅 빈 눈빛으로 말했다. "베네수엘라에 실제로 있는 반도의 이름. 거기에선 꼭 달에 와 있는 느낌이 든다고 마르고트 베나세라프는 말했어요."

4

예전에 칼리와 나는 매주 한 번씩 밤 외출을 했었다. 보통은 우리가 예전에 살던 샌안토니오의 사우스타운 주변에서 여러 술집을 돌아다녔고, 아니면 강을 따라 북쪽으로 올라가 음악과 값싼 맥주가 있는 해외참전용사회 부속 술집까지 가기도 했다. 거기서 더 북쪽으로 올라가면 우리가 가장 좋아하는 타코랜드가 나왔는데, 그곳에는 늘 특별 메뉴—한 잔 가격에 두 잔을 주는 하우스 칵테일, 반값 마가리타 등—가 있었고, 우리가 그곳의 다른 손님들 대다수보다 살짝 나이가 많아도 개의치 않는 듯한 활발한 사람들이 있었다. 칼리와 나는 함께 술 마시는 걸 좋아했다. 당시 음주는 우리의 주요한 공통점이자 우리를 가깝게 이어주는 주요한 유흥거리였기 때문이다. 술을 마시면 싸우는 커플이 많지만 우리는 한 번도 그런 적이 없었다. 우리는 항상 웃었고 늘 밤을 더 오랫동안 즐길 방법을 찾았다. 더운 여름날 우리가 즐겨 가던 그 허름한 아이스하우스들, 앞쪽에 차가운 테카테 맥주를 채운 아이스박스를 늘어놓았을 뿐 다 무너져가는 오두막보다 나을 게 없던 그 실외 술집들. 둘 다 자신을 예술가라고 여기며 위대해질 운명이라 믿었던 그때의 우리는 밖에서 보내던 그런 밤에 각자의 계획, 미래의 프로젝트, 희망 같은 것을 이야기했다.

하지만 이즈음에는 정기적인 밤 외출이 거의 없어졌다. 칼리는 밖에 돌아다니지 않고 집에서 술을 마시는 걸 더 좋아했고, 나는 이제 술을 그렇게 많이―그때처럼 많이―마시지 않게 되어 대개 칼리보다 먼저 잠들었다. 아니면 그녀가 술잔을 옆에 두고 휴대전화 화면을 연신 넘기거나 업무 이메일에 답하는 동안 그냥 식탁에 앉아서 잡지를 읽기도 했다. 보통 칼리는 인턴을 화제로 삼아 최근에 그 인턴이 뭘 했는지 말하고 싶어했는데, 그날 밤에는 딴생각에 골몰해 있는 듯해서 나는 그 기회에 히메나 얘기를 꺼내 둘이 함께 커피를 마신다는 이야기에 대해 묻기로 했다. 나는 아까 히메나를 우연히 만났다는 말과 함께 질문을 시작했다.

칼리가 나를 의심스럽게 바라보았다. "우연히 만나?"

"응." 나는 대답했다. "복도에서."

칼리는 눈을 가늘게 떴다가 휴대전화로 시선을 돌리더니 문자에 답하는지 뭔가 글자를 쳤다. 마침내 칼리가 한숨을 내쉬며 다시 술을 마셨다. "사실 별거 아니야. 재단 이사들이 지역 예술가들, 특히 청년 예술가들이 보조금 같은 걸 신청할 수 있도록 돕는 일종의 지원 프로그램을 시행하라고 해서." 칼리는 술을 홀짝이고는 어깨를 으쓱했다. "요전에 그 애랑 마주쳐서 내가 얘기를 꺼냈지."

나는 고개를 끄덕이며 의자 등받이에 몸을 기댔다. "그럼 이젠 그애를 마약중독자라고 생각하지 않겠네."

"누가 알겠어?" 칼리가 어깨를 으쓱했다. "걔는 참 물건인 것 같아."

"무슨 의미야?"

하지만 칼리는 대답하지 않았다. 그저 다시 술잔을 들어 찔끔 마시고는 손가락으로 얼음을 휘저을 뿐이었다.

"캘리포니아에서 무슨 일을 겪은 것 같아." 칼리가 마침내 말했다. "안 좋은 일."

"왜 그렇게 생각해?"

"몰라." 칼리는 말했다. "그냥 그런 생각이 들어."

그러고는 일어서서 술잔을 식탁 위에 내려놓고 부엌에서 나갔다.

히메나가 캘리포니아 얘기를 할 때 자주 쓰는 말은 악몽 같은이라든가 내겐 지워진 같은 표현이었다. 자신이 예술가라는 사실을 그곳에서 깨달았지만, 실제로 창작 활동을 많이 하지는 않았다고, 아니 전혀 안 했다고 봐야 한다고 말했다. 거기서 한 일이라고는 술을 거의 매일 마시고, 약에 취하고, 오라는 데마다 가는 것이었는데, 그녀에게 오라고 한 사람 중에는 결혼 직전까지 갔던 남자도 있었다. 그는 히메나에게 웨스트할리우드에 있는 자기 아파트에서 함께 살자고 했는데, 침실이 네 개에다 라시에네가 대로가 내려다보이는 대형 실외 덱까지 딸린 그곳은 그녀가 평생 본 아파트 중 가장 넓었다. 하지만 그 남자에 대해 히메나가 한 말은 그게 다였다. 나머지는 꿰뚫어볼 수 없는 짙은 어둠에 싸여 있는 듯했다. 그때 난 완전히 망가졌어요, 내가 자꾸 캐물을 때마다 히메나는 그렇게 말했다. 마약 얘기가 아니에요. 정신이 그랬다는 거지. 진짜로, 진짜로 망가졌다고요.

다음날 아침에 그 말을 생각하며 개수대 앞에 서 있는데, 아래층 아파트에서 히메나가 우는 소리가 들렸다. 칼리가 출근한 직후였다.

　처음에는 다른 이웃 중 한 명일 수도 있다고 생각했다. 어쩌면 히메나의 옆집에 사는 아래층의 나이든 여자일지도 모른다고. 그런데 그때 아주 시끄럽고 인더스트리얼록 느낌이 나는 히메나의 음악이 시작되었고, 나는 우는 사람이 그녀라는 것을 깨달았다. 나는 씻던 컵을 내려놓고 그대로 서서 음악을 들었다. 그 요란한 인더스트리얼록 음악, 천둥처럼 폭발적이고 분노에 찬, 이런 아침 시간에 듣기엔 너무 시끄러운 음악. 곧 다른 이웃들이 불평하기 시작할 거라는 생각이 들었다. 머지않아 이웃들이 문을 쾅쾅 두드리며 멈추라고, 어서 끄라고 요구하겠지만, 나는 그전에 잠시 서서 음악을 들으며, 히메나가 소파에 다리를 꼬고 앉아 양손에 머리를 묻고 눈을 감은 채 울거나 소리를 지르거나 뭔가 단단한 것을 손으로 내리치는 모습을 상상했다.

　얼마 후 발코니에 나가 앉아 담배를 피우다가 멀리 걸어가는 히메나를 보았다. 어디로 가는지는 모르지만 아주 빠르게 걷다가, 거의 두 블록 떨어진 곳에서 도로를 건넌 뒤 더욱 빨리 걸어가는 모습이 보였다. 헤드폰을 쓰고 몸에 딱 붙는 검은색 탱크톱 차림으로 한 손에는 담배를, 다른 손에는 종이 가방을 들고 있었다. 나는 가방에 무엇이 들었는지, 히메나가 어디로 가고 있는지 궁금했다.

나중에 그녀의 아파트에서 와인을 마시며 나의 하루를 이야기할 때, 그 종이가방이 거실의 작은 장식장 위에 놓여 있는 것을 보았다. 입구 부분이 꽉 말려 있고 바닥은 기름기에 얼룩진 채로.

그 안에 뭐가 있는지 물어볼까 하다가 그만두었다. 그러다 나중에 히메나가 화장실에 간 사이에 일어나 다가가서 가방을 열었다. 그러면 안 된다는 걸 알았지만 나도 스스로를 어찌할 수가 없었다.

안에는 온갖 종류의 사진과 엽서가 들어 있었는데 찢어졌거나 오래되어 누렇게 바랜 것들이 많았다. 스페인어로 쓰인 편지도 여러 장 있었고, 그중 어떤 것들은 너무 여러 번 접었다 폈다 한 흔적이 있어서 잘못 만지면 바스러져버릴까봐 염려가 되었다. 가방 밑바닥에는 검은 머리 가닥이 든 펜던트를 담아 밀봉한 지퍼백, 묵주, 아마도 히메나인 듯한 아이가 어딘지 알 수 없는 지역의 황량한 메사*에 서서 자기 발을 내려다보고 있는 흑백사진이 있었다. 사진 뒷면에 글이나 설명이 전혀 없어서 어디에서 찍은 사진인지는 알 수 없었다.

---

* 꼭대기가 평평하고 등성이는 가파른 언덕.

히메나가 욕실에서 돌아왔을 때, 이번엔 그냥 종이가방 안에 무엇이 있냐고 물었다. 질문이 나오기가 무섭게 히메나는 어깨를 으쓱하며 말했다. "아, 아무것도 아니에요. 그냥 파스텔리토*인데, 드실래요?"

나는 아니라고 고개를 저었지만, 나중에 내 아파트에 돌아와 앉아 생각하니 내가 먹겠다고 했다면 히메나는 어떻게 했을지 궁금해졌다.

그날 밤에 칼리는 직장에서 늦게까지 일했다. 그래서 나는 일주일에 평일 닷새 중 사흘 정도 우리 아파트 앞 도로 건너편에 오는 타코 트럭에서 저녁을 사 건물 앞 계단에 앉아 먹었고, 히메나는 내 옆에 앉아서 담배를 피웠다.

나는 이 타코 트럭을 좋아했지만 히메나는 정통 멕시코 음식이 아니라며 그곳을 이용하지 않았다. 대신 그녀가 더 정통에 가까운más auténtico 곳이라고 주장하는 타코 트럭까지 시내 반대 방향으로 거의 일곱 블록 거리를 걸어갔다.

그날 밤에 내가 그 차이를 어떻게 구분하느냐고 묻자 히메나는 말했다. "토르티야죠. 타코 트럭이 토르티야를 직접 만

---

* 쿠바식 페이스트리 빵.

들지 않는다면 그건 진짜가 아니라는 뜻이에요. 도로 건너편을 보세요. 저 사람들은 토르티야를 비닐봉지에서 꺼내잖아요. 가게에서 산 거죠. 감추려고 하지만 보면 알아요."

도로 건너편을 보니 타코 트럭의 불 켜진 내부에서 두 남자가 그릴 위로 허리를 굽힌 채 일하고 있었다.

"또하나," 히메나가 덧붙였다. "살사로 장난치면 안 돼요. 저 사람들이 파는 살사 소스 먹어봤어요?"

히메나는 혼자서 픽 웃으며 담배를 한 모금 빨고는 고개를 설레설레 저었다.

나는 시계를 보며 칼리가 집에 올 때까지 시간이 얼마나 남았는지 헤아려보았다. 좀전에 히메나는 요즘 칼리와 둘이 자주, 거의 매일 아침에 만나서 보조금 관련한 일을 하고 있다고 말했다.

"그럼 난 왜 두 사람이 함께 있는 모습을 본 적이 없지?" 내가 물었다.

"왜냐면," 히메나가 대답했다. "우린 일급비밀이니까요."

나는 히메나를 쳐다보았다. "진지하게," 나는 말했다. "둘이 어디에서 만나?"

"발설할 수 없어요."

나는 타코를 집어 한 입 베어먹고 다시 내려놓았다.

"우리도 만난다는 사실은 말 안 했고?"

"안 했죠."

"좋아."

"있잖아요, 좋은 여자예요, 아저씨 부인."

"알아."

"그리고 칼리는 아저씨가 정신 차리길 바란다는 거 알죠?"

"알아."

"그 문제는 좀 조심하셔야 할 거예요." 히메나가 말했다.

"무슨 뜻이야?"

하지만 히메나는 대답하지 않고 그저 마당 저쪽 끄트머리만 내다보았다. 주초에 그녀가 작은 다육식물 정원을 만들어놓은 곳이었다. 도시 남부의 스튜디오에서 작업하는 이들 중 데니스라는 연로한 화가가 다육식물을 수집하는데, 한두 개씩 히메나에게 주며 집에 가져가라고 했다는 것이었다. 히메나는 그것들을 마당의 먼 울타리 근처 땅에 하나둘 심어, 더들리야, 알로에, 아가베 따위로 이루어진 멋진 군락을 조성했는데 아직 베니는 그것을 알아차리지 못했거나 불평하지 않았다.

그날 저녁에 히메나는 전날 커다란 도기 화분에 담아 집으로 가져온 거대한 자주색 에케베리아를 보고 있었다. 히메나는 바로 이 에케베리아가, 적어도 자기 친구 데니스의 말에 따르면, 굉장히 희귀한 품종의 다육식물이며 매우 귀한 거라고 얘기했다. 잠시 후 히메나는 울타리로 걸어가 에케베리아 화분을 다시 건물 앞으로 가져왔다. 이 아름답고 기이한 식물을 우리 앞쪽 계단에 놔두고 가만히 앉아서 바라보는 히메나의 눈빛이 아득해졌고 그녀의 어깨가 내 어깨에 가볍게 닿았다.

마침내 히메나가 전화기를 꺼내 카메라 앱을 열었다.

"사진을 찍어 엄마한테 보낼 거예요." 그녀가 말했다.

"왜?" 나는 물었다. 히메나는 어머니 얘기를 한 적이 거의 없었다. 우리가 알고 지낸 삼 주 동안 어머니는 사실상 전혀 언급되지 않았고 그나마 내가 들은 얘기는 어머니가 조울증을 앓는다는 것, 평생 시설을 들락거리며 살았다는 것, 히메나가 열여섯 살일 때부터 그녀의 삶에 사실상 부재했다는 것 정도였다.

"엄마가 식물을 무척 좋아해요." 히메나는 앞마당 끝자락을 바라보다가 하늘을 올려다보았다. 먹구름이 모이고 남쪽에서 뇌우가 몰려오고 있었다. "사진을 보면 엄마가 행복해할 거예요."

5

그해 봄에는 나이들어간다는 것을 한층 실감했다. 물론 거울을 보면 바로 느낄 수 있는 사실이었지만 다른 곳에서도 느꼈다. 예컨대 슈퍼마켓에서 젊은이들 사이를 걷고 있으면 아무도 나를 의식하거나 쳐다보지 않았다. 가장 큰 슬픔은 바로 그런 인정의 부재에서 왔던 것 같다. 그것은 보이지 않는 존재가 된 현실, 유령이 되어 세상을 살아나가는 현실이었다.

그러나 히메나와 함께 있으면 늘 다시 보이는 존재가 된 느낌이었는데, 아마 그것도 한몫했을 것이다. 히메나는 젊었고, 어쨌든 나보다는 젊었고, 나를 바라봐주었다. 아마도 그 눈길에 연애 감정은 없었겠지만—나 역시 그런 차원에서 생각진 않았다—같은 인간으로서, 자신과 마찬가지로 두려움과 후회에 휩싸인 채 인생을 망치지 않으려 애쓰며 이 땅 위를 걷는 사람으로서 나를 바라보았다.

비록 나는 정말로 인생을 망치고 있었고 그 사실을 알고 있긴 했지만 말이다. 나는 혼자 궁리하며 내 인생을 수습하거나, 적어도 영화 작업이나 다른 프로젝트에 매진해야 할 시간에 히메나와 마냥 노닥거리면서 인생을 망치고 있었다.

"네가 무엇을 하는지는 상관없어." 칼리는 언젠가 내게 말했다. "하지만 뭐든 하긴 해야 해. 그러지 않는다면 이게 다 무슨 의미야?"

이거라니, 그게 뭔데? 나는 가끔 묻고 싶었다. 물론 답을 알고 있었지만.

그즈음 어느 오후에 칼리가 나를 보았다면 무슨 말을 했을까? 히메나의 아파트에서 댄지그의 음악을 들으며 마리화나를 피우거나, 히메나가 소장한 무명의 폴란드 다큐멘터리나 잊힌 지 오래인 1950년대의 영화제 수상작 예술영화를 보고 있는 나를 보았다면? 그리고 이 시기에 칼리는 히메나와 뭘 하고 있었을까? 보조금 관련한 일을 하지 않을 때 그들은 뭘 하며 아침 시간을 보냈을까? 가끔 나는 칼리도 나와 같은 이유로 히메나에게 끌린 건지, 아니면 그녀에겐 다른 이유가 있었는지 궁금했다. 아마도 더 내밀하고 더 개인적인 이유였을 것이다. 내가 이렇게 말하는 건 히메나 얘기를 꺼내거나, 그이름을 거론할 때마다 칼리는 대답을 얼버무리며 방어적이다시피 한 태도를 보였기 때문이다. 둘이 가까워지고 있고, 우정이 쌓여가고 있고, 그 우정이 나와는, 혹은 히메나와 나의 우정과는 아무런 상관이 없다는 사실을 알았지만 그러면서도 이런 일이 일어난다는 것, 칼리와 내가 같은 사람과 독특한 우정을 맺고 있다는 것이, 우리가 어떤 의미에서 평행하면서도 별개인 삶을 살 수 있다는 것이 기이하게 느껴졌다.

언젠가 히메나와 함께 있을 때 이런 얘기를 해볼까 생각했지만, 히메나 역시 칼리에 대해서나 둘이 함께하는 시간에 대해 말하기를 꺼리는 듯했다.

"이것은 우리가 칼리 얘기를 하지 않아야만 계속될 수 있어요." 딱 한 번 내가 캐물었을 때 히메나는 그렇게 대답했다. 오후에 히메나의 소파에 누워 마리화나 담배를 주고받으며 〈아라야〉를 세번째인가 네번째로 보고 있을 때였다. 히메나는 영화를 잠시 정지시키고 담배를 껐다.

"이것이 뭔데?" 내가 일어나 앉으며 물었다.

"응?"

"네가 방금 그랬잖아. 이것이라고, 이것이 뭐야?"

히메나는 나를 쳐다보다 웃음을 터트렸다. "망할, 내가 어떻게 알아." 히메나는 말하고 리모컨을 집어 다시 영화를 틀었다. "영화나 보시죠, 네?"

그날 저녁에 집에 갔더니 칼리가 부엌 옆 발코니에 나가 앉아서 담배를 피우며 헤드폰으로 음악을 듣고 있었다. 그것이 이즈음 칼리가 스트레스를 푸는 방식이었다. 칼리는 적어도 한 시간은 그렇게 앉아 있다가 안으로 들어왔다. 그렇게 하지 않으면 남은 밤시간에 생산적인 일이라곤 전혀 할 수 없을 거라고 칼리는 말했다.

직장에서 다른 무슨 일이 일어나고 있다는 걸 나는 알았다. 이젠 더이상 인턴이 아닌 그 인턴이—지금은 무슨 개발 관리자가 되어 기부자들과 정기적으로 미팅을 하며 기금 조성 캠페인을 기획한다고 했다—어떻게 된 일인지 더욱 높은 직위로 올라가서, 이제는 그 여자가 단순히 칼리를 초라하게 만드는 게 문제가 아니라 자리를 대체할 가능성까지 있다는 것도 알고 있었다. 그런데도 칼리는 이제 그런 얘기를 전혀 하지 않았고 내가 직접적으로 묻지 않으면 그 인턴을 언급조차 하지 않았다.

그날 밤에 발코니에 나가 앉아 있는 칼리를 보며 우리가 처음 여기로 이사했을 무렵 거의 밤마다 발코니에 앉아 있던 삼층의 나이 많은 부부가 생각났다. 그때는 우리 둘 다 삼십대 초반으로 이 건물의 젊은 부부에 속했지만, 이제 칠 년이 지났으니 바로 우리가 그런 인간 화석으로 보일 게 분명했다. 당시에는 우리가 이렇게 긴 시간 뒤에도 같은 건물에서 살고 있으리라고는 상상하지 못했던 것 같다. 아직도 번듯한 집 하나 없이 제자리에 정체되어 있으리라고는, 아이도 낳지 않고 안정적인 직업도 없이 살고 있으리라고는.

한참 뒤 칼리가 뒤돌아보며 내게 미소를 지었다. 그녀는 곧 들어갈게, 라고 입 모양으로 말하고 나서 다시 고개를 돌려 아래쪽 골목을 내려다보며 아이팟에서 나오는 음악의 리듬에 맞춰 무아지경에 빠진 듯 고개를 흔들었다.

나중에 칼리가 안으로 들어왔을 때 나는 스토브 앞에 서서 나의 특기 요리인 포솔레 수프를 끓이고 있었다. 칼리가 내게 알려준 요리법이었다. 칼리는 잠시 그대로 서서 나를 바라보다가 식탁 위에 가방을 내려놓고 메스칼 병을 찾으러 갔다. 뭔가 언짢은 일이 있는 것 같아서—평소보다 더 산만해 보였다—얼마 후 내가 캐물었더니 칼리는 직장에서 종일 힘들었다고 인정했다. 무엇보다도, 히메나가 보조금 관련한 일에서 발을 뺐다는 것이었다.

"그게 무슨 말이야?"

"이젠 하고 싶지 않대."

"왜?"

칼리는 어깨를 으쓱했다. 자기가 무시당했다고 느끼는 듯했고, 어쩌면 심지어 마음에 상처를 받은 것 같았다. 칼리는 히메나와 어떻게 지내는지 좀처럼 말하지 않았지만, 그래도 나는 둘이 부쩍 가까워졌다고 느끼던 참이었다.

"난 너희 둘이 요즘 꽤 가까워졌다고 생각했어."

"나도 그랬어." 칼리가 말했다. "너무 가까운가 싶기도 했고." 칼리는 발코니 쪽을 내다보았다. "어쨌든 내게는 좀 불리할 것 같아, 보조금을 못 타내면."

"걔가 발 뺐다고 말하니까 회사에선 뭐래?"

"사실 별말 없었어. 그래, 그 여자앤 좀 심하게 망가진 것 같더라, 그렇게 말하는 사람이 몇 있었고."

칼리는 자리에서 일어나 얼음을 더 가지러 냉장고로 걸어갔다. 그러고 다시 식탁으로 돌아와 앉아서 나를 차분하게 쳐다보았다.

"멍청한 소리 같겠지만, 난 정말로 그애를 돕고 있다고 느꼈어, 알아? 내 인생에서 정말로 보람이란 걸 느낄 수 있는 일 같았단 말이야. 내가 다른 사람을 위해 무언가 좋은 일을 하고 있다는 느낌을 주는."

"좋은 일 한 거 맞아." 나는 말했다. "그애는 네가 있어서 운이 좋았어."

"정작 본인은 관심도 없는데, 뭐."

"그건 알 수 없잖아."

칼리는 어깨를 으쓱했다. "있지, 에벌린은 벌써 지역 예술가 세 명을 대신해 보조금 신청서를 제출했어."

"에벌린이 누구야?"

"인턴 말이야."

"너 지금껏 한 번도 이름을 말한 적 없어."

"말한 적 없다고?"

"응," 나는 말했다. "말한 적 없어."

"뭐, 이름은 에벌린이야." 칼리는 술잔을 들어올리며 말했다. "그런데 알아? 걔는 이제 그 망할 놈의 인턴이 아니란 말이지."

가끔 나는 칼리가 이러는 모습을 보면 슬퍼졌다. 따지고 보면 사실 진짜 문제는 그 여자가 아님을 나는 알기 때문이었다. 칼리를 정말로 괴롭히는 건 직장을 잃을지도 모른다는 두려움이고, 그것을 그 여자에 대한 온갖 미움으로 표출하고 있을 뿐이었다.

이 인턴이 아니라면 다른 인턴이 문제일 거라고, 가끔 난 말하고 싶었다.

하지만 어쨌거나 칼리는 그런 말을 듣고 싶어하지 않는다는 걸 알았다.

"내가 이미 한 번 해고된 적이 있어서 그래." 칼리는 나중에 소파에 함께 앉아 있을 때 말했다. "그 사실을 모두가 아니까, 내게 무슨 얼룩이 묻은 것만 같아. 회사가 날 다시 채용하긴 했지만, 작년에 봉급도 아주 조금 올려주긴 했지만,

아직도 그건 빌어먹을 얼룩이라고."

6

그뒤로 한동안 히메나는 사라졌다. 혹은 사라지진 않았더라도, 칼리와 나를 계속 피해 다니기 시작했다. 우리 셋 사이에서 일어나는 일들이 너무 버거웠을 수도 있고, 아니면 단지 우리가 너무 기이한 관계라고 느껴서 그랬을 수도 있다. 언젠가 히메나는 자신이 우리 둘을 각자 따로 만나는 결혼상담사 같은 기분이 들 때가 많다고 했고, 또 언젠가는 우리 둘과 딱히 아무것도 하지 않는데도 자신이 정부가 된 느낌이라고 말하기도 했다.

"플라토닉한 정부 말이에요." 히메나는 말했다. "그런 걸 가리키는 이름이 있을 텐데."

"그냥 친구라고 하면 어때?" 나는 말했다. "뭐하러 복잡하게 꼬아?"

"실제로 복잡하니까요." 그녀가 말했다. "그걸 모르겠어요?"

히메나가 그런 얘기를 한 날 저녁에 우리는 아파트 입구 계단에 앉아 있었다. 여느 때와 똑같은 우리의 일과. 동네는 조용했다. 나와서 자전거를 타는 아이들 몇 명, 앞마당 한가운데에서 훈연기에 갈비를 조리하는 다른 세입자들 몇 명. 해는 멀리서 지고 있었고 시내의 높은 건물들도 눈에 들어왔다.

"두 사람에게서 잠시 벗어날 필요가 있을 것 같아요." 히메나가 잠시 후 음료를 한 모금 마시며 말했다.

"왜?" 나는 물었다.

"몰라요." 히메나가 말했다. "그냥 그런 생각이 들어요."

그러더니 자리에서 일어나 계단에 컵을 내려놓고 안으로 들어갔다.

그날 밤, 나는 이층 복도에 선 채로 아래층에서 히메나와 칼리가 대화하는 소리를 들었다. 서로에게 무슨 얘기를 하는지는 알아들을 수 없었지만, 목소리가 오르내리며 시간이 갈수록 대화가 점점 열기를 띤다는 것 정도는 알 수 있었다. 나중에 칼리가 돌아와 다음주에 히메나가 캘리포니아로 떠난다고, 그 얘기를 하고 있었다고 설명했지만, 둘의 대화를 듣고 있던 그 순간에는 그보다 더 심각한 문제처럼 느껴졌다.

"무슨 요일에 가는지는 말해?" 우리는 부엌에 서서 담배를 피우고 있었다.

"아니." 칼리는 고개를 저었다. "그냥 다음주라고만 했어." 그러고는 특정한 메시지를 찾는 것처럼 휴대전화를 내려다보며 잠시 화면을 살피더니 부엌에서 걸어나갔다.

그날 밤에 칼리는 딱히 무엇도 하고 싶지 않은 듯했다. 우리는 함께 조용히 저녁을 먹고 일찍 잠자리에 들었다. 언제쯤인가 밖에서 개 짖는 소리에 잠이 깼는데, 칼리가 측면 발코니에 혼자 나가 달빛에 몸이 은색으로 물든 채 앉아 있었다. 칼리는 헤드폰을 끼고 제 몸을 팔로 감싼 채 앞뒤로 천천히 흔들었다. 나는 창가에 서서 한참 그녀를 바라보았다. 얼굴은 보이지 않았지만 어깨를 모으고 앞으로 웅크린 뒷모습이 얼핏 울고 있는 사람처럼 보였다.

7

이후 두어 주 동안 별다른 일은 없었고, 도시 북부에 사는 히메나의 이모가 두 번 다녀갔다. 히메나가 아파트에서 내게 보여준 사진들 속에 있던 사람이라서 알아볼 수 있었다. 강인하고 위엄 있는 분위기를 풍기는 나이든 여성으로, 길고 검은 머리에 광대뼈가 도드라지고 예쁜 얼굴이었다. 히메나의 이모가 처음 왔을 때 나는 현관 계단에서 담배를 피우며 앉아 있다가 말없이 길을 터주었다.

하지만 그다음주에 두번째로 왔을 때는 잠깐 불러 세워야겠다는 생각이 들었다. 그때도 나는 계단에 앉아서 커피를 마시고 있었다.

"히메나를 찾으세요?" 나는 물었다.

이모는 어리둥절한 표정으로 나를 보다가 내가 그걸 어떻게 아는지 의아하다는 듯 조심스러운 기색을 띠었다.

"그앨 봤나요?"

"캘리포니아에 갔어요." 나는 말했다. "어쨌든 말로는 그럴 거라고 했어요."

고개를 끄덕이던 이모의 표정이 어두워졌다. 깊이 두려워하던 사실을 내가 확인해준 듯한 표정이었다. "폴리야 아 우나 야마 Polilla a una llama." 마침내 이모가 말했다.

"그게 무슨 말이에요?"

"그냥 그런 표현이 있어요." 이모가 말했다. "스페인어로 '불나방'이란 뜻이죠."

나는 고개를 끄덕였다.

사실을 말하자면, 히메나가 캘리포니아에 있는 시간이 길

어질수록 나는 그곳이 그녀에게 어떤 의미인지, 거기에서 무
슨 일이 일어났었는지 더욱 궁금해졌다. 히메나가 한두 번쯤
예술가 친구들을 넌지시 언급한 적이 있고 물론 어떤 남자랑
결혼할 뻔했다는 얘기도 했지만, 그 남자에 대해서 그 이상
은, 심지어 이름도 말한 적이 없었다. 나는 그를 히메나의 아
름다움에 이끌린 부유한 영화 제작자로 상상할 때도 있었고,
어떤 때는 이단아, 펑크 밴드의 베이스 주자, 마약상, 정서적
으로 불안정한 배우 등을 상상하기도 했다. 하지만 누가 되
었든 실제 그 남자는 틀림없이 이런 유형들보다 훨씬 더 미
적지근한 사람이었을 것이다.

결혼할 뻔했어요, 라고 히메나는 마치 간신히 면한 비극을
얘기하듯 내게 여러 번 말했다.

그녀의 이모가 찾아온 날, 그 얘기를 해볼까 생각도 했지
만 그냥 마음을 바꿔 웃으며 내 전화번호를 주면서 언제든
전화하면 내려가서 히메나가 있는지 확인해주겠다고 말했
다. "여기까지 차를 몰고 달려오시는 것보다 훨씬 쉬운 방법
이죠." 나는 말했다.

"맞아요." 히메나의 이모는 고개를 끄덕인 다음 천천히 팔
을 뻗어 내 손을 잡고 구슬픈 눈빛으로 나를 바라보았다. "고
마워요." 이모는 부드럽게 말했다. "다시 올게요."

결국 히메나가 떠나 있던 기간은 두어 주에 그쳤고 일자리를 잃거나 사우스웨스트예술대학의 학생 지위를 잃을 만큼 긴 시간은 아니었다. 돌아온 히메나의 머리는 더 짧아졌고 목덜미에 새로운 문신이 생겼는데, '올비다도스'라는 스페인어가 검은 필기체로 새겨져 있었다. 나는 지하의 세탁실에서 축축한 블랙진과 티셔츠가 담긴 바구니를 들고 계단을 올라오는 히메나와 마주쳤다.

　　"건조기가 고장났어요." 히메나는 어깨를 으쓱하며 말했다. "염병할 베니."

　　내가 도와줄까 물었지만 히메나는 아니라고 했다. "캘리포니아는 어땠어?" 그녀가 복도를 따라 자기 아파트 쪽으로 걸어가기 시작할 때 나는 물었다.

　　"묻지 마세요." 히메나는 돌아보지도 않고 어깨 너머로 말했다.

　　"그렇게 나빴어?"

　　히메나는 이번에도 돌아보지 않은 채 고개를 끄덕이고는 문 앞에 멈춰 서서 바구니를 바닥에 내려놓았다. 나는 그녀가 열쇠를 찾아 더듬거리는 모습을 말없이 지켜보았다.

　　"그래도," 히메나가 말했다. "아마 다시 돌아가서 한동안은 거기서 지낼 거예요."

"무슨 말이야?"

히메나는 계속 열쇠를 찾아 더듬거렸다.

"갔다가 오는 거야?"

"아니요." 히메나는 여전히 아래를 보면서 고개를 저었다. 그러다 마침내 열쇠를 찾아 자물쇠에 넣고 나서야 나를 보았다. 내 심장이 빠르게 뛰는 게 느껴졌다.

"수업은 어떡하고?"

히메나는 어깨를 으쓱했다. "캘리포니아에도 예술학교는 있어요, 믿기 힘들겠지만."

나는 히메나를 쳐다보았다. "내 말은, 네가 해오던 작품은 어떻게 되느냐고."

"작품이 어디로 도망가진 않겠죠."

나는 꼼짝도 하지 않고 선 채 히메나의 표정을 읽어내려고 애썼다. "네가 결혼할 뻔했다던 그 남자 때문이야?"

히메나는 눈길을 떨구었지만 아무 말도 하지 않았다.

"많은 것들 때문이에요." 마침내 대답한 히메나는 돌아서서 자기 아파트 안으로 들어갔다.

칼리는 그날 오후에 남부 지역의 소규모 미술관에서 열리는 자선 행사를 진행하고 있어서 나는 칼리가 돌아오기 전에 둘이 먹을 저녁을 준비하고 아파트를 청소해놓기로 약속했지만, 그 순간 내 머릿속은 오로지 히메나가 떠나고 여기에 있지 않게 된다는 생각, 그게 우리에게 어떤 의미일지에 대한 생각으로만 가득차 있었다. 나는 복도에 선 채 내 두 손을 내려다보며 정신을 차리려고 애썼다.

얼마 뒤 문이 다시 열리더니 머리를 내민 히메나가 나를 빤히 쳐다보았다. 아주 잠깐 우리의 시선이 마주쳤을 때 히메나는 빙긋 웃더니 천천히 고개를 돌리며 말했다. "영화나 볼래요?"

8

〈아랴야〉의 다른 특징. 다큐멘터리이지만 다큐멘터리 같지 않다. 허구의 이야기 같은 느낌이 든다. 허구의 이야기에서 생겨나는 것과 비슷한 시적인 느낌, 분위기가 있다. 지역의 소금 광부들이 연기하는 등장인물이 있고, 실험적인 형식과 구조를 사용한다. 베나세라프는 이 영화를 완성한 뒤 베네수엘라의 여러 영화 및 문화 기관에서 수장을 맡았으나 다시는 영화를 찍지 않았다. 베나세라프가 이후에 그 걸작을 촬영했던 섬으로 다시 돌아간 적이 있는지 물었더니 히메나는 그렇다고, 여러 해가 지난 뒤 다시 갔다고 말했다.

"하지만 그때는 거기 살면서 일하던 사람들이 거의 다 사라진 후였어요. 남은 건 유령 도시뿐이었죠."

나는 고개를 끄덕였다.

"하지만 그래도 난 그런 생각은 하기 싫어요." 히메나가 말했다. "그냥 영화 속 모습 그대로 기억하고 싶어요."

"왜?"

"왜냐면," 그녀는 말했다. "영화의 끝부분에는 여전히 희망이 있잖아요. 그 사람들에게 앞으로 어떤 일이 일어날지 아직은 모른다고요. 그 사람들이 더 좋은 삶을 찾을 가능성이 아직 남아 있어요."

"하지만 그렇게 되지 않잖아." 나는 말했다.

"알아요." 히메나가 대답했다. "하지만 영화 끝부분에서는, 그러니까 아직 아무도 그걸 모르잖아요."

9

석 달 뒤 히메나의 이모가 전화를 걸어 조카가 있는 곳을 아는지―그애를 보거나 소식을 들은 적이 있는지―물었을 때 나는 진실을 말해야만 했다. 히메나가 떠난 뒤로 소식을 듣지도 만나지도 못했다고. 내가 아는 건 히메나가 로스앤젤레스로 돌아갔다는 사실뿐이었는데 그건 이모도 이미 알고 있었다. "애가 또 이러네." 이모가 말했다. "처음이 아니에요." 그러더니 거기에 있는 남자에 대해 모호한 말을 했다. 처음에는 그 남자를 가리켜 '펜데호'라고 했다가 나중에는 '수시오'*라고 묘사했다.

"그 남자가 애를 죽일지도 몰라요." 이모가 말했다.

"무슨 뜻이에요?" 내가 물었다.

하지만 이모는 더 설명하지 않았다.

"사실 히메나를 마지막으로 본 건 떠나기 일주일쯤 전이었어요." 나는 말했다. "우리에게 작별인사를 제대로 하지도 않았고요."

"전형적이네." 이모가 말했다. "그렇죠?"

나는 아무 말도 하지 않았다.

"히메나는 그래서 거기로 돌아간 건가요?" 내가 마침내 물

---

* '펜데호(pendejo)'는 '멍청한', '수시오(sucio)'는 '더러운'이라는 뜻의 스페인어 속어.

었다. "그 남자 때문에?"

"아니, 그 남자 때문은 아니에요." 이모가 말했다. "딸 때문이죠."

"히메나에게 딸이 있나요?"

"오, 이호."* 이모가 말했다. "정말 그애에 대해 아무것도 모르는구먼, 그렇죠?"

나는 아무 말도 하지 않았다.

"그리고 역시나 그애와 사랑에 빠졌겠지, 안 그래요?"

그때 히메나가 떠나기 며칠 전에 우리가 나눈 대화가 떠올랐다. 그때 나는 히메나에게 칼리와 육체적인 관계가 있었는지 물었다. 히메나는 눈을 굴리면서 웃음을 터트렸다. "너무 전형적이야." 히메나가 말했다. "왜 남자들은 뭐든 다 섹스 문제라고 생각하지?" 그러더니 계속 고개를 저으며 걸어가버렸다.

히메나의 이모는 이제 전화선 저편에서 말없이 내 대답을 기다리고 있었다.

"그랬을 거야." 이모가 마침내 말했다. "안 그래요?"

"아닙니다." 나는 대답하며 창밖으로 멀리에 있는 야자나

---

* hijo. '아들' 혹은 '젊은이'를 뜻하는 스페인어.

무들을 바라보았다. "절대로 그런 사이가 아니었어요."

그뒤로 몇 날, 몇 주 동안, 칼리와 나는 아파트 안을 유령처럼 배회하며 우리가 다시 함께할 방법, 지난 몇 달간 우리 삶에 일어난 그 알 수 없는 일을 뒤로하고 나아갈 방법을 찾으려 애썼다.

나중에 우리는 그것을 우리 인생에 불쑥 끼어든 막간극이라 불렀다. 우리는 그것에 여러 가지 이름을 붙였다. '히메나가 아래층에서 살던 그 엉망진창 시절' 혹은 '그 아무개가 늘 옆에 있었던 이상한 날들'과 같은. 하지만 한동안 우리는 히메나가 그리웠다. 대학 신입생이 처음 몇 주 동안 부모를 그리워하듯이 히메나를 그리워했다. 히메나가 우리 옆에 있다는 것, 우리 둘만이 아니라 다른 누군가가 곁에 있다는 것을 알 때 느꼈던 위안을 그리워했다.

그리고 이후 한동안 칼리는 어떤 고요의 단계에 들어섰다. 측면 발코니에 나가 음악을 듣고 담배를 피우며 혼자서 오랜 시간을 보냈다. 때로는 아이를 가지면 어떨까 다시 얘기하기도 했는데 칼리가 그런 말을 한 건 꽤 오랜만이었다. 나이가 서른아홉인데, 그래, 어렵긴 할 거라고, 위험 부담도 있을 거라고, 하지만 아직은 가능하다고, 그녀는 말하곤 했다. 하지만 시간이 좀 지나자 그런 얘기는 직장 업무의 압박에, 점점 커지는 미래의 불확실성에 빨려들어 사라져버린 듯했다.

나로 말하자면, 드디어 직장을 구했다. 시내의 영화 연구소에서 음향 제작을 담당하는 시간제 일자리였다. 보수가 높지는 않았지만 일주일에 나흘이나 닷새 정도는 아침에 집밖으로 나가게 해주었다. 그즈음 다큐멘터리 촬영은 이미 포기한 뒤였다.

히메나의 이모가 사라진 조카 때문에 우리에게 전화한 뒤로 몇 달이 지난 어느 밤이 아직도 떠오른다. 나는 칼리와 함께 발코니에 앉아서 히메나가 자신의 예술에 대해 말하는 오디오 파일을 재생했다. 히메나는 아직도 다시 나타나지 않았는데―실은 영영 나타나지 않았다―그 녹음된 목소리를 들으니 기분이 이상했다. 소리가 왜곡되고 지직거렸지만 여전히 분명한 히메나였다. 난 타인이 내 예술작품과 교감하기를 희망하는 건 무의미하다고 생각해요. 히메나는 말했다. 난 무언가를 만들 때마다 나를 둘러싼 가까운 공동체를 생각해요…… 내가 존경하는 예술가들은 자기 작품을 지적으로 분석하지 않고 심지어 작품에 대해 얘기하려고 하지도 않아요. 일리가 있다고 생각해요? 히메나는 조용히 말했다. 무슨 뜻인지 알겠어요?

다 듣고 나서 내가 오디오를 *끄*자 칼리가 내 어깨에 머리를 기댔다. 우리는 멀리 떨어진 건물들, 부드럽게 빛나는 샌 안토니오 도심의 불빛을 바라보았다. 추운 밤이었다. 근래의 기억 중 가장 추운 밤이라 할 만했고 공기가 맵차서 입김이 눈에 보였다. 아래층 마당에서 사람들의 말소리, 파티가 시 작되는 소리, 누가 기타를 치는 소리가 들렸다. 나는 칼리를 가까이 당겨 안아 어깨를 팔로 감싸고 손을 잡았다.

"있잖아," 얼마 후 나는 칼리와 손가락을 엮은 채 먼 곳의 건물들을 바라보며 말했다. "가끔 난 우리가 어디로 갔었나 의문이 들어, 칼리."

"무슨 뜻이야?"

"모르겠어."

"우린 아무데도 안 갔어." 칼리가 말했다. "그리고 그게 바로 문제 아닌가 생각할 때도 있어."

나는 칼리를 보았다. "하지만 내 말이 무슨 뜻인지 알잖아." 내가 말했다. "가끔은 과거에 내가 어떤 사람이었다는 생각에 매달려 너무 애쓰고 있다는 걸 깨달을 때가 있어, 알아? 그걸 놓아버리기가 너무 힘들어."

칼리는 고개를 끄덕였다. "하지만 사실 넌 그다지 다르지 않아." 칼리가 말했다. "우리 둘 다 그래."

"더 성공한 사람으로 변하지 않은 건 확실하지." 나는 말했다. "혹은 현명한 사람으로."

"맞아." 칼리가 말했다. "하지만 어쨌든 그런 얘기는 아니야. 성공이니 뭐니 그런 건 사실 중요하지 않아." 칼리가 내 손을 꽉 움켜쥐고 술잔을 들어 길게 한 모금을 마시고 나서 다시 나를 바라보았다. "정말로 네가 예전과 그렇게 다르다고 생각해?"

"모르겠어." 나는 말했다. "어쩌면 참을성이 더 많아졌겠지. 나 자신에게 거는 기대는 확실히 낮아졌고."

"자신에게 더 관대해졌다고 생각해?"

"아니." 나는 말했다. "그냥 기대가 낮아진 것뿐이야."

칼리는 빙긋 웃으며 내 어깨에 머리를 기댔다. 그 순간 어떻게 우리 둘 다 히메나에게 그리도 이끌렸는지 어렵지 않게 알 수 있었다. 우리 같은 사람이라면 누구나 그랬을 거라는 사실도.

히메나 자신이 무엇을 얻었는지는 정말로 모르겠다. 우리가 함께한 그 시간에서. 자신의 아파트에서 보낸 그 길고 나른한 날들에서. 어쩌면 딴생각을 하게 해줄 누군가가 옆에 있는 것만으로도, 자신의 거실에 타인의 몸이 존재하는 것만으로도 괜찮았는지 모른다. 나는 너무도 오래 칼리와 함께 지냈기에 가끔 잊고는 했다. 독신일 때는 그것만으로도, 같

은 공간에 누군가가, 타인의 몸이, 얘기를 나눌 다른 인간이
있다는 것만으로도 얼마나 위안이 되는지.

빈집

    집주인 마누엘은 우리 층 복도의 아파트 한 칸을 비워두었다. 마당이 내려다보이는 복도 끝 집이었다. 그 건물에 입주하고 첫 몇 달 동안 나와 내 아내 스테퍼니는 밤에 마누엘이 그 집에 들어가는 소리를 자주 들었다. 그는 안에서 티토 푸엔테와 엘라 피츠제럴드의 음반을 틀었고, 때로 산티토스 콜론이 노래하는 목소리가 복도를 따라 울려퍼졌다. 우리 바로 옆집에 사는 에스텔이라는 나이든 여자가 가끔 불평할 때도 있었지만 보통은 아무도 뭐라 하지 않았다. 어쨌거나 마누엘은 집주인이고, 여기는 그의 건물이었다. 그는 원하는 것을 할 수 있었다. 그럼에도 마누엘이 이따금 아주 늦은 밤에 나타나 그 집 안으로 사라져 음반을 틀어놓고 뭔지 모를 무언가를 하는 그 상황에는 뭔가 으스스한 구석이 있었다. 문 밑으로 담배 연기와 냄새가 새어나올 때도 있었고, 그가 안에서 술을 마시는 게 아닐까 생각될 때도 있었지만 증거는 찾지 못했다. 내가 파악한 바에 따르면 그 아파트에는 살림살이가 거의 없었다. 에스텔은 그 안에 소파와 작은 탁자와 냉장고가 있지만 그 밖에는 아무것도 없다고 말했다. 에스텔은 또한 마누엘이 이혼 절차를 밟고 있어서 실제로 거기에 들어가 살아야 할지도 모르기 때문에 일종의 대비책으로 아파트 하나를 비워두는 거라고 추측했다. 마누엘은 아내와의 헤어짐을 슬퍼하는 거야, 에스텔은 저녁에 우리를 초대해 계피를 넣은 차나 커피를 대접하며 그렇게 말했다. 결혼생활의 종말을 슬퍼하는 거라고. 이런 일은 그 조용했던 여름이 거의 끝날 때까지 두어 달, 혹은 그 이상 계속되었다. 그러다 갑자기 멈췄다. 마누엘의 한밤중 출입은 중단되었고, 티토 푸엔테의 관현악 밴드 소리도 함께 사라졌다.

아내가 다시 받아준 거야, 어느 날 저녁 우리가 집에서 나가는 길에 에스텔이 알려주었다. 난 그렇다고 거의 확신해.

사라진 것들

나는 대니얼을 마지막으로 본 날에 찍은 그의 사진을 가지고 있다. 그때는 2005년으로, 우리가 샌안토니오에서 처음 살던 집, 지금도 아내가 우리의 첫 보금자리라고 부르는 집으로 이사한 직후였다. 사진 속 대니얼은 나와 함께 뒷마당 덱에 서서 팔을 내 어깨에 느슨하게 둘렀고, 앞서 우리가 함께 마신 와인 탓에 눈은 살짝 풀어져 있다. 사진 속은 초저녁이고 여름이다. 뒷마당 울타리 꼭대기에서 폭포처럼 흘러내리는 부겐빌레아 꽃 넝쿨, 내 아내 타냐가 그해에 다육식물 정원을 꾸미려고 모은 자잘한 선인장들도 보인다. 지금 그 사진을 보면 나는 대니얼을 생각하는 만큼이나 우리가 그 집에서 살던 시절을 떠올린다. 하지만 물론 한 가지 또렷한 차이가 있다면 그 집은 아직도 거기에 있지만 대니얼은 그렇지 않다는 사실이다.

대니얼이 사라졌다고 내게 처음 알려준 사람은 당시 그의 여자친구였던 앙투아네트였다. 그녀는 대니얼이 조슈아트리 국립공원의 포티나인 팜스 오아시스 트레일에서 실종된 직후인 어느 저녁에 내게 전화를 걸었다. 내가 대니얼을 마지막으로 본 지 상당히 오래, 아마도 일곱 달가량 지난 시점이었는데, 우리 사이가 그토록 가까웠던 걸 감안하면 이례적인 일이었다. 그때 대니얼은 오스틴에서 살았고, 나는 그전 일년여 동안 대니얼이 여행을 무척 자주 다녔으며 옐로스톤과 알래스카에도 여러 차례 다녀왔다는 사실을 알았다. 조슈아트리에 대해서는, 과거에도 여러 번 갔다는 정도는 알고 있었지만 그 마지막 여행에 대해서는 알지 못했다. 앙투아네트의 말에 따르면, 사실 대니얼은 그전 여섯 달 동안 조슈아트리에 세 번이나, 한 번은 둘이 함께, 다른 두 번은 혼자서 다녀왔고, 인근 리버사이드 근처에 별장을 살 생각도 했다. 앙투아네트는 내게 전화한 날 저녁에 이런 얘기를 다 해주었다. 가을 학기가 시작되고 몇 주가 지난, 9월 말의 훈훈한 저녁이었으며 나는 그때 고급 드로잉 수업 저녁반의 그룹 비평을 진행하고 있었다.

내가 스튜디오에서 수업을 하다가 측면 발코니로 나와 서 있는 동안, 학생들은 유리창 너머로 나를 걱정스럽게 바라보았다. 앙투아네트는 자기가 아는 사실을 다 이야기했다. 대니얼이 사십팔 시간 가까이 실종 상태라는 것, 대니얼과 최종적으로 직접 연락이 닿은 건 그가 혼자 마지막 여행을 떠난 날 아침에 유카밸리에 있는 모텔 방에서 전화를 걸었을 때라는 것, 수색대 및 구조대는 그가 오르던 산길에서 발자국이든 물병이든 옷가지든 단 한 가지도 발견하지 못했다는 것. 그들이 찾은 것은 대니얼의 스바루 자동차뿐이었는데, 포티나인 팜스 오아시스 트레일 입구 근처의 코튼우드 탐방객 센터에 주차되어 있었고 누가 건드린 흔적은 없었으며 앞좌석의 잠긴 글러브박스 안에는 그의 휴대전화가 들어 있었다. 앙투아네트는 내가 대니얼의 가장 가까운 친구 중 하나이고, 대니얼이 내 얘기를 자주 했으며, 내가 이 소식을 알고 싶어할 것 같아서 전화했다고 말했다. 아울러 오는 주말에 대니얼의 오스틴 친구들 한 무리와 휴스턴에 사는 그의 가족이 모여서 서로 정보를 나누고 밤샘 기도를 할 거라고 말했다. 나도 함께하고 싶다면 와도 좋다고 했다.

그 대화 전부가 내게는 받아들이기 버거운 것이어서 그날 저녁의 다른 기억은 별로 남아 있지 않다. 그저 다시 강의실로 들어가 학생들에게 뜻밖의 응급 사태가 생겼다고 간단히 설명한 뒤 집 쪽으로 차를 몰았지만 집에 가진 않았다는 정도만 기억난다. 나는 집에 가지 않고, 대학 시절에 방학이 되어 집에 오면 늘 대니얼과 함께 가던 술집으로 갔다. 이 달러짜리 테카테와 코로나와 버드와이저를 파는 멕시코식 술집이었다. 그곳에서 나이 많은 손님들 옆에 끼어 앉아 혼자서 술을 퍼마셨다. 그때 대니얼은 서른세 살이었다. 대다수 사람의 기준으로 보면 어린애나 다름없었다. 아직 머리도 빠지지 않았고, 여전히 별 노력 없이도 탄탄해 보이는 달리기 선수 같은 몸을 가지고 있었다. 그는 그전 몇 년 동안 델Dell사에서 일하며 많은 돈을 벌었다. 정말이지 너무 많은 돈을 벌어서, 부끄럽게도 나는 갑작스럽게 생긴 그 엄청난 재산—웨스트레이크힐스에 있는 새집, 수영장, 개인 트레이너—을 가끔 부러워했고 심지어 씁쓸해하기도 했다. 그러나 이제 드는 생각은, 대니얼에겐 자기가 번 돈의 절반조차 쓸 기회가 없을지 모른다니 얼마나 슬픈가, 얼마나 비극적인가, 그런 것뿐이었다. 앙투아네트는 이 소식을 실제보다 더 낙관적으로, 더 희망적으로 전하려 했지만 실은 대단히 절망적인 상황임을 알 수 있었다. 심각한 상황이었다. 그렇지 않다면 앙투아네트가 그렇게 허둥대며 내게 전화하지는 않았을 것이다.

나는 그 주에 휴강이 불가능한 수업 몇 건이 아직 남아 있다고, 하지만 주말까지도 대니얼이 나타나지 않는다면 그때 오스틴으로 가서 돕고 밤샘 기도에도 참석하겠다고 그녀에게 말했다. 그런 다음 전화를 끊고 학생들이 있는 강의실로 돌아갔다가 술집으로 간 것이었다. 하지만 나는 주말에 오스틴에 가지 못했다―학교에서 동료 한 명과 학생 한 명이 관련된 급한 일이 생겨 거기에 가야만 했다. 그리고 마침내 그다음주에 오스틴에 갔을 때는 희망이 바닥난 상태였고, 거기에 왔던 사람들은 앙투아네트와 대니얼의 가족만 빼고 거의 다 돌아가고 없었다.

나는 인생에 후회가 그다지 많지 않지만, 그 주말에 대니얼의 집에 가지 않은 일만은 깊이 후회한다. 지금까지 알게 된 사실로 미루어보면 내가 갔더라도 큰 차이는 없었을 것이다. 거기에는 정보를 나누고 서로를 위로하려고 모인 대니얼의 친구 몇 명과 그의 가족과 앙투아네트뿐이었다. 그래도 내가 가서 함께했더라면 좋았을 것 같다.

그즈음엔 물론 수색과 구조는 취소되었고, 그즈음엔 물론 희망도 거의 사라졌지만, 내게 전화했을 때(혹은 그뒤에 보낸 이메일에서도) 앙투아네트는 그런 말을 전혀 하지 않았다. 몇 달이 지난 뒤 앙투아네트를 도와 대니얼의 물건을 정리할 때, 나는 처음부터 좀더 솔직하게 상황을 알려주었더라면, 더 일찍 전화해주었더라면 좋았을 것 같다고 말했다. 그러자 그녀는 잠시 움직임을 멈췄고—그때는 장례식이 끝나고 며칠이 지난 상황이었고 우리는 대니얼의 집 뒷마당에 있는 수영장 가장자리에 서 있었는데, 나는 그날 아침 샌안토니오에서 차를 몰고 달려가 집을 정리하는 앙투아네트를 돕는 중이었으며 일을 마치려면 여러 날이 걸릴 듯했다—이제 그녀는 수영장을 등지고 섰다. 앙투아네트는 내게 전화했을 때 사실 대니얼은 이미 나흘 가까이 실종된 상태였다고 말했다.

"나흘이라고요?" 나는 말했다.

"그래요." 앙투아네트가 대답했다. "하지만 부탁인데 날 미워하지 말아줘요."

나는 대니얼의 집 마당 끝자락에 자라난 플럼바고 꽃과 야자수, 산쑥 따위를 바라보았다. 대니얼이 사라지고 없는 동안 내가 하고 있었던 수많은 멍청한 짓을 생각했다.

"감당할 일이 너무 많았겠죠." 마침내 나는 앙투아네트의 팔에 손을 올리며 말했다. "그런 상황에서는 뭘 어떻게 해야 옳은지 알 수가 없으니까."

"대니얼의 부모님은 조용히 지나가기를 원한다고 하셨어요."

"그러셨을 거예요." 나는 말했다. "그리고 당신은 그분들 뜻을 존중하려 했던 거고."

"맞아요." 앙투아네트가 말했다. "그래야 할 것 같았어요."

"그래서 실제로 그 뜻을 존중했고."

그러자 앙투아네트가 눈길을 돌렸다. 나는 그녀를 지지하고 이해하려고 노력했지만 마음 한구석에서는 더 빨리 내게 알리지 않은 것을 여전히 원망했고 앙투아네트가 그걸 느낀다는 사실도 알았다. 앙투아네트는 원래 프랑스인으로, 그 무렵 삼 년 가까이 미국에서 살고 있었지만, 합법적인 거주인지 아닌지 나는 알지 못했다. 일하지 않는다는 사실, 학교에 다니며 뭔가 공부하지도 않는다는 사실은 알았다. 내가 파악한 대로라면 대니얼은 몇 년 전에 파티에서 앙투아네트를 만났고 그뒤로 계속 함께 살았다. 대니얼은 나와 만날 때 앙투아네트 얘기를 거의 하지 않아서 나는 그들이 그다지 진지한 관계가 아니라고 생각했다. 언젠가 내가 둘이 결혼할 거냐고 묻자 대니얼은 웃음을 터트리더니 할 수도 있고 안 할 수도 있다고 말했다. 그리고 다시 한번 웃었다. "앙투아네트," 그는 말했다. "그 여자는 정말 작품이야, 친구. 난 앙투아네트를 죽도록 사랑하지만, 어쨌든 그 여자는 작품이라고." 대니얼은 그렇게만 말했고, 다시 한번 나는 이 말을 둘이 그다지 가깝지 않다는 의미로 받아들였는데, 지금 보니 앙투아네트는 본질적으로 사실혼 관계의 아내 역할을 해온 것 같았다. 부분적으로는 대니얼의 재산을 위해서, 그의 유언장이나 유산 상속인에 포함되기를 희망해서 그랬을 거라고 짐작할 법한 상황이었지만, 앙투아네트의 말로는 대니얼이 유언장에서 거의 모든 재산을 가족―형제자매와 부모―에게 남겼다고 했다. 그걸 억울해하거나 실망하는 기색이 전혀 없어서 나는 그녀가 대니얼을 진심으로 사랑한 것 같다고 생각했다.

"상속에서 배제되어 화나진 않아요?" 나는 물었다. 그날 오후, 우리가 거실과 식품 저장실을 대부분 치운 뒤였다. 이제 우리는 대니얼의 집 부엌에 서 있었다. 여섯시가 다 되어 가는데도 햇빛이 환히 비쳐들었다.

"내가 빼달라고 했어요. 내가 아내였다면 그건 다른 문제겠지만 난 아내가 아니었으니까요."

"대니얼은 뭐라고 했어요?"

"그럴 수 없다며 버티려 했지만 끝내 내 바람을 존중해줬어요."

나는 앙투아네트를 바라보았다. 그녀는 와인 병들을 상자에 담아 테이프로 포장하고 있었다. 이른 저녁이었고 수영장 쪽으로 난 창문 밖으로 해가 지는 모습이 보였다.

"게다가." 앙투아네트는 말했다. "난 그이의 가족과 가깝게 지내고 싶은데—그건 내게 중요한 일이거든요—내가 대니얼과 함께한 의도를 가족들이 의심하는 건 바라지 않아요."

"가족들은 여기 자주 왔나요?" 내가 물었다. "도우러?"

"그때 한 번뿐이었어요." 앙투아네트가 말했다. "참 이상하지 않아요? 당신이 그들보다 더 자주 왔네요."

"가족들은 아직도 이 상황을 부정하고 싶은지도 모르죠."

앙투아네트는 어깨를 으쓱했다. "내가 없었으면 이 집은 대니얼의 물건으로 채워진 채 그냥 이대로 있었을 거예요."

"그럼 당신은 여태 여기서 지냈어요?" 답이 자명한 질문이겠지만 한 번도 정식으로 물은 적이 없다는 것을, 그녀가 집에서 나갔는지 아닌지 내가 모른다는 것을 그때야 깨달았다.

"네." 앙투아네트는 말했다. "그리고 사실 여기에 있는다고 더 슬프진 않아요. 그럴 것 같았는데 아니에요. 오히려 대니얼과 더 가까이 있는 기분이 들어요. 아직도 그이 옷을 입고 잘 때도 있어요."

그때 창밖을 바라보니 뒷마당 위로 날아가는, 아마도 찌르

레기인 듯한 새떼가 보였다. 수영장에 낙엽이 쌓이기 시작했고 잔디는 몇 주째 깎지 않은 상태였다. 좀전에 앙투아네트에게서 설비 관리 일꾼들을 내보냈다는 말을 들은 참이었다. 이젠 그들에게 보수를 줄 돈이 없는데, 대니얼의 가족에게 요구하기는 불편하다고 했다.

"다음에 어디로 갈지는 정했어요?" 내가 물었다.

앙투아네트는 상자를 포장하다가 고개를 들었다. 그러더니 일어서서 싱크대 위에 낱개로 남아 있는 와인 병 중에서 하나를 집어 쳐다보다가 빙긋 웃었다. "이거 마실래요?" 병을 보여주며 그녀가 말했다. "싼 거 아니에요."

나는 라벨을 유심히 보는 척했지만 실은 와인에 대해 아는 게 거의 없었다. "아직 난 오늘밤에 잘 곳을 찾아봐야 해요." 나는 말했다. "내일 우리가 남은 짐을 다 싸려면 나도 좀 쉬어야죠."

"여기서 자도 돼요." 앙투아네트가 말했다. "밖에 수영장 카바나도 있고, 원하면 거실 소파에서 자도 되고요."

그러면 어떨까 생각했다가, 샌안토니오에 있는 타냐를, 그녀에게 뭐라고 말해야 할지를 생각했다. 앙투아네트는 아름다운 여자였고, 내 의도와는 전혀 다르게 타냐가 무슨 생각을 할지 알 수 있었다. 얼마 전에 타냐에게 며칠간 여기 와서 앙투아네트를 돕겠다고, 선의의 표현으로 도움을 주고 싶다고 말했었다. 대니얼도 그렇게 해주기를 원했을 거라고, 나는 안다고 말했다. 처음에 타냐는 탐탁지 않아했지만 결국에는 동의했다. 하지만 이 집에서 자는 것까지 동의한 건 아니었다.

"좀 생각해볼게요." 나는 말했다. 하지만 앙투아네트는 이미 잔을 꺼내 와인을 따르고 있었다.

"배고파요?" 앙투아네트가 물었다. "먹을 걸 좀 만들어볼게요."

대니얼에게서 마지막으로 받은 이메일에는 프랑스로 다시 가고 싶다는 바람이 길게 적혀 있었다. 대니얼은 대학 졸업 후 일 년간 프랑스에서 살며 우리가 둘 다 아는 여러 친구들과 함께 배낭여행을 했다. 그는 아직도 그때를 평생 가장 행복했던 일 년으로 기억한다고 이메일에 썼다. 그리고 자신이 앙투아네트에게 끌린 데는 부분적으로 그런 이유도 있는 것 같다고, 그녀가 그 한 해를, 인생의 그 시기를 떠올리게 하기 때문일 거라고도 썼다. 앙투아네트는 매우 전통적인 프랑스인이라는 말도 했는데 그게 무슨 뜻인지는 설명하지 않았다. 그는 또 앙투아네트를 보면 프랑스에서 사귀었던 클레르라는 여자가 생각난다고. 하지만 클레르와 달리 앙투아네트는 아주 온화하고 다정하다고 썼다. 이 말에는 앙투아네트에 대한 대니얼의 감정이 그나마 가장 구체적으로 드러나 있긴 하지만, 내가 어떻게든 이해하고 애써 추론한 바에 따르면 그 감정은 복합적이었다.

타냐는 대니얼이 왜 우리를 집에 초대해 앙투아네트를 소개하지 않는지, 둘의 관계를 왜 비밀로 하는지 이상하다고 생각했지만 나는 전혀 그런 식으로 보지 않았다. 대니얼은 자기를 잘 드러내지 않는 사람이며, 연인이 생기면, 특히 상대를 진지하게 생각할 때는 더욱 조심하는 경향이 있음을 알았다. 나는 예전에 앙투아네트를 두 번 만났었는데, 두 번 다 두 사람이 마파로 가는 길에 샌안토니오에 들른 경우였고, 그래서 그녀의 전화번호가 내 전화기에 저장되어 있었던 것이다. 두 번 다 대니얼은 셋이서만 만나자고 했다. 대니얼은 물론 타냐를 사랑했지만 타냐가 앙투아네트를 만나면 좋게 보지 않을 거라고 직감한 듯했고, 아마 그 생각이 맞았을 것이다. 타냐는 늘 대니얼을 감싸고돌면서 마치 누나처럼 챙겼다. 그가 돈을 벌기 시작한 뒤로는 특히 더 심해져서 대니얼의 여자친구들을 항상 미심쩍게 바라보았다. 타냐는 대니얼의 실종 소식에 심하게, 아마도 나만큼 심하게 충격을 받았다. 몇 주 동안 슬픔을 가누지 못했고 상심이 너무 커서 장례식에도 참석할 수 없었다. 그 주말에도 나는 타냐에게 같이 가자고—가서 집 정리를 돕자고—했지만 타냐는 못하겠다고, 다시 그 집에 발을 들일 수조차 없을 것 같다고 말했다.

이상한 일이지만, 그전 몇 달간 우리 사이에는 알 수 없는 긴장이 흘렀다. 대니얼의 실종으로 인해 오히려 서로에게 더욱 의지할 법도 했건만 실제로는 그렇지 않았다. 타냐는 직장에 몇 주간 휴가를 냈는데—다 합치면 한 달이 넘는 휴가를 쌓아두었던 그녀는 이번이 그것을 사용하기에 더없이 적절한 때라고 생각했다—그런데도 지난 한 달간 내가 타냐를 실제로 본 시간은 그리 많지 않았다. 타냐는 아침마다 달리기와 운동에 몰두하기 시작했고 오후에는 소파에 누워 나는 들어본 적도 없는 방송들을 끝없이 보거나 컴퓨터 화면을 들여다보며 내가 모르는 사람들에게 이메일을 쓰고 있었다. 내가 어쩌다 한 번씩 함께 뭔가 하자고—저녁을 먹거나 술을 마시러 나가자고—제안했을 때도 타냐는 당장은 사람 많은 곳에 갈 만한 마음 상태가 아니라고 말했다. 내가 그게 무슨 의미냐고 물어도 더이상 설명하지 않았다. 어떤 면에서 우리는 그저 슬픔을 다루는 방식이 달랐던 것 같다. 정신적 외상을 일으키는 어떤 일이 일어나면 나는 성격상 그것에 대해 말하고 마음을 털어놓는 편이었지만 타냐는 훨씬 더 내향적이고 안으로 숨어드는 사람이었다. 타냐의 성정은 주위에 벽을 쌓고 담요를 누에고치처럼 둘둘 감은 채 소파 위에 누워 누구와도 말하지 않는 것이었다. 하지만 대니얼의 실종 이전에도 우리 사이는 이미 벌어지고 있었기에 나는 문제가 더 악화될까봐 걱정스러웠다.

그날 아침에도 같이 가자고 청했지만—실은 애원했지만—타냐는 완강하게 거부했다. 자기에겐 정말이지 너무 고통스러울 거라고 주장했지만, 나는 그게 전부가 아니라는 것을 알았다. 타냐는 차 안에서 한 시간 반 동안 나와 단둘이 있고 싶지 않았던 것이다. 앙투아네트를 만나 대화를 나누기가 싫었던 것이다. 그리고 대니얼의 물건들에 둘러싸여 그에게 일어난 일을 상기하고 싶지 않았던 것이다.

"도착하자마자 전화할게." 나는 그날 아침에 문가에 서서 말했다. 타냐는 그때 몸에 담요를 두른 채 소파에 누워 있었다. 간밤에도 그곳에서 잤다.

"달리기하러 나가 있을지도 몰라." 타냐가 말했다.

"그럼 메시지를 남길게."

"밤에 전화해." 타냐가 말했다. "잠자리에 들기 전에, 알았지?"

"알았어." 나는 말했다.

하지만 나는 잠자리에 들기 전에 타냐에게 전화하지 않았다. 앙투아네트와 나는 처음 딴 와인을 다 마시고 나서 한 병을 더 땄다. 그뒤로도 모르긴 해도 와인을 두세 병쯤 더 마신 뒤 나는 지하실에 있는 대니얼의 술 저장고로 가서 전부 위스키로만 몇 병을 더 가져왔다. 그즈음 앙투아네트는 거실 소파에서 정신을 잃었고, 그래서 나는 부엌 한가운데 놓인 아일랜드 식탁 앞에 앉아서 조명을 줄이고 혼자서 점점 더 술에 취해갔다. 그만큼 진탕 마신 건 아주 오랜만, 아마 오륙 년 만이었고, 내 몸이 그걸 원한다는 느낌이 들었다. 결국 나는 수영장 옆의 긴 의자 위에서 정신을 잃었다. 언제쯤인가 물에 들어가려고 했는지, 다음날 아침 여덟시경에 앙투아네트에게 발견되었을 때 나는 트렁크팬티만 남기고 옷을 다 벗은 채 반쯤 바람을 넣은 에어매트를 붙들고 있었다.

앙투아네트는 티셔츠에 운동복 바지 차림으로 냉동 콩 봉지를 머리에 대고 있었다.

"물 한잔 줘요?" 그녀가 물었다. "아스피린이라도?"

"사실 난 괜찮아요." 나는 말했고, 실제로도 그랬다. 놀랍게도 숙취가 전혀 없었다.

"난 다시 가서 잠깐 더 자야겠어요, 괜찮죠? 냉장고에서 뭐든 꺼내 먹어요. 그리고 내가 너무 오래 자면 좀 깨워줘요."

앙투아네트는 돌아서서 다시 집으로 들어갔고, 나는 잠시 더 누워서 구름 한 점 없이 맑은 아침 하늘을 바라보았다. 타냐를 생각하며 전화를 해야 할지 말아야 할지 고민했다.

얼마 뒤 집안으로 들어가 오트밀에 과일과 토스트와 오렌지주스 한 잔을 챙겨 먹었다. 전날 밤에 무슨 일이 있었는지 생각해봤지만 대부분 기억이 흐릿했다. 앙투아네트와 함께 대니얼에 대해 이야기하다가, 프랑스 북부의 바스노르망디에서 보낸 그녀의 어린 시절 얘기를 들은 기억이 났다. 다소 원시적인 형태의 피아노를 완전히 처음부터 손수 만들어낸 그녀의 할아버지—아니 삼촌이었던가—에 대해, 런던의 로열오페라하우스에서 기록 관리자로 일한 다른 친척, 아마도 이모나 고모에 대해 들은 기억도 났다. 앙투아네트에겐 이상한 이야기들이 굉장히 많았고 대화를 하면 할수록 이야기는 더욱 이상하게 흘러갔다. 어느 순간 그녀는 거실로 갔다가 다시 돌아오지 않았다. 가서 확인해보니 쓰러져 잠들어 있었고, 그래서 나는 술을 찾아 지하실로 내려갔다.

그날 밤늦게 집 뒤쪽 수영장 옆 덱에서 편안한 자리를 찾아 앉아 있을 때 앙투아네트가 우는 듯한 소리, 거의 동물처럼 울부짖는 소리를 들었다. 집으로 들어가 그녀가 괜찮은지 살펴야 하나 생각하며 거기 앉아 있었던 기억이 났다. 하지만 내가 가면 우리 둘 다 난처해질 거라는 생각에 그렇게 하지 않았다. 그냥 의자에 등을 기대고 눈을 감았다. 눈을 감은 채 귀를 기울였다.

그런데 이제는 간밤에 집안으로 들어가지 않은 것이 잘한 행동이었는지 의문이 들었다. 어쩌면 앙투아네트는 내가 와서 위로해주기를 기대했는지도, 내가 어디에 있는지 알고 싶었는지도 몰랐다. 부엌에서 전날 우리가 어질러놓은 것들을 둘러보다 거실로 들어갔더니 앙투아네트가 사다놓은 포장 재료들이 대부분 거기에 있었다. 완충재, 포장용 강력 테이프, 신문지와 상자들, 가위와 라벨지 등등 필요할 거라고 생각되는 모든 것을 준비해두었다. 나는 소파에 앉아 바닥에 놓인 판지 상자 묶음에서 하나를 꺼내 조립하기 시작했다. 앙투아네트는 위층에서 자고 있고 앞으로 한참은 더 잘 것 같아서 나 혼자 잡다한 물건—액자와 재떨이와 탁상 스탠드—을 집어 신문지로 둘둘 감싼 뒤 상자에 넣었다. 상자 하나를 끝낸 뒤에는 다음 상자로, 또 다음 상자로 이어갔다. 머지않아 거실의 물건이 절반쯤 상자에 담겼다. 더 작은 상자에는 책 전부와 무게가 나가는 물품을 넣었고 더 큰 상자에는 깨지기 쉬운 것들을 넣었다. 어느 순간 땀이 흐르고 있었고 머리도 약간 어질어질했다.

정오가 되어 앙투아네트가 마침내 아래층으로 내려왔을 때는 거실 전체와 대니얼의 서재 대부분이 정리된 상태였다. 모든 상자를 복도에 나란히 쌓았고 내가 분류할 수 있는 것에는 라벨도 붙여놓았다. 앙투아네트는 내가 정리한 것들을 한참 바라보다 미소를 지었다.

"더 오래 잘걸." 그녀가 웃음을 터트렸다.

그즈음 나는 땀에 푹 젖었고 셔츠도 축축했다. 내가 포장하지 않은 유일한 물건은 대니얼이 벽에 걸어놓은 원화 작품들이었다. 일부는 내가 알기로 굉장히 값비싼 작품이고 또 어떤 것들은 대니얼에게 개인적 의미가 깊은 물건이었다. 앙투아네트가 그 미술품들을 어떻게 할 계획인지 나는 알지 못했다. 그중 몇 작품은 내가 대학원 시절에 제작해 대니얼에게 선물한 석판화였고 서재에 있는 리놀륨 판화들 중 하나는 내가 학부 때 만든 것이었다. 내 아내 타냐라면 청년기 습작이라고 부를 그 오래된 작품들을 보고 있자니 조금 민망했다. 고등학생 때 찍은 옛날 사진을 보면서, 내가 정말로 머리를 저렇게 하고 다녔다고? 하고 생각할 때와 비슷한 느낌이었다.

하지만 초기 작품이고 민망한 작품이라 해도 대니얼이 내 작품을 집안 곳곳에 전시했다는 사실은 언제나 감동적이었다. 그날 나중에 가족실을 치우면서 앙투아네트가 설명한 대로, 그것은 대니얼이 늘 나와 가까이 있기 위해 택한 한 가지 방법이었다. "대니얼은 늘 내게 얘기했어요." 앙투아네트가 말했다. "그 판화들을 보면 당신이 거기에 있는 것처럼 느껴진다고. 당신이 거기에 없더라도. 아주 먼 곳에 있더라도."

나와 앙투아네트는 가족실 바닥에 앉아서 DVD를 상자에 넣고 있었다. 영화 제목들을 보니—〈암흑가의 세 사람〉〈델리카트슨 사람들〉〈5시부터 7시까지 클레오〉—과거로 돌아간 느낌이 들었다. 7번가에 있던 우리의 옛 아파트로, 혹은 나중에 바턴스프링스에서 살던 아파트로 돌아간 것만 같았다. 물론 그때는 오스틴이 변하기 전, 그저 한산한 대학 도시에 불과했던 시절이었다. 내 나이 사람들은 그 시절을, 1990년대 초반의 오스틴을 향수에 젖어 떠올리기를 좋아한다. 마치 1920년대의 파리나 1960년대의 버클리를 얘기할 때처럼. 하지만 때로는 정말로 그런 곳들과 비슷한 느낌이 들기도 했다. 그 당시에도 우리는 우리가 매우 특별한 곳에서, 이 지역 역사의 매우 특별한 시기를 살아가고 있다는, 그리고 그 시기가 영원하지 않을 거라는 사실을 명확하게 인식하고 있었던 것 같다. 그리고 당연히 그 시기는 영원하지 않았다. 오늘날의 오스틴은 우리 유년기의 오스틴, 혹은 대학과 대학원 시절의 오스틴과도 닮은 데가 거의 없다. 하지만 지금은 그곳에 갈 때 그런 생각을 하지 않으려고 노력한다. 대니얼이 말하던 '4월의 마지막 나날'*에 대해 생각하지 않으려고 노력한다. 대니얼이 읽었다는 어떤 시의 구절인데 시인의 이름은 이제 기억나지 않는다.

"칵테일 타임이 다 되어가네요." 앙투아네트가 말하고 있었다. 그날 저녁, 가족실 정리를—적어도 대부분은—마친 뒤였고 우리는 이제 부엌으로 돌아가 먹을 것을 찾았다. 앙투아네트는 사워도우 빵 한 덩어리와 생토마토 몇 개를 찾았고 나는 그뤼에르 치즈 반 파운드와 올리브오일과 마늘을 찾았다. 그것을 전부 모아서 우리는 브루스케타 혹은 그릴드치즈 오픈샌드위치를 닮은 어떤 요리를 완성했다. 재료를 쿠키판에 잘 조합해 올리고 오븐에 넣어서 구웠다.

"보기엔 그다지 좋지 않을 수도 있어요." 앙투아네트가 말

---

* 미국 시인 제임스 테이트의 동명의 시에서 인용한 표현.

했다. "하지만 맛은 좋을 거라고 장담해요." 그러고는 돌아서서 와인을 더 가지러 지하실로 내려갔다.

몇 분 뒤 다시 올라왔을 때 앙투아네트는 레드와인 여러 병과 내 휴대전화를 들고 있었다.

"간밤에 이걸 거기다 놔뒀나봐요." 내게 휴대전화를 건네며 앙투아네트가 말했다. "소리가 울리고 있었어요."

그제야 온종일 전화기를 보지 않았다는 사실을 깨달았다. 잠금 화면을 풀자 부재중 전화 일곱 건과 새로운 메시지 네 건이 보였다. 전부 타냐가 보낸 것이었다.

앙투아네트에게 곧 돌아오겠다고 말한 뒤 전화기를 가지고 뒷마당 수영장 근처로 나갔다. 밖은 37도가 쉬이 넘을 듯한 더운 날씨여서 나가자마자 땀이 흐르기 시작했다. 나는 수영장 옆 시멘트 덱 위에 앉아 물에 발을 담갔지만, 물마저 차갑지 않고 목욕물처럼 미지근했다.

마침내 전화를 받은 타냐의 목소리에서 잠기운이 느껴졌다. 하지만 화가 난 건 아니었다. 그저 피로할 뿐.

"하루종일 전화를 걸었어." 타냐가 말했다.

"알아." 나는 말했다. "미안해." 뭔가 문제가 있다는 느낌이 들었다. "무슨 일이야?"

"모르겠어." 타냐가 말했다. "그냥, 장례식을 정말로 해버려서 그런가?" 타냐는 잠시 말을 멈췄다. "이젠 정말로 끝난 것 같잖아."

나는 아무 말도 하지 않았다.

"대니얼 생각을 멈출 수가 없어. 뇌가 끝없는 생각의 고리에 걸려버린 것 같은데, 그걸 끊어낼 수가 없어."

"책을 좀 읽어보면 어때?" 내가 물었다. "텔레비전을 보는 건?"

"텔레비전에 죽음에 관한 내용이 얼마나 많이 나오는 줄 알아? 아는 사람이 죽기 전까지는 그걸 깨닫지 못하지. 그러다 누군가를 잃고 나면 사방이 온통 죽음이야. 잊으려고 애쓰는 바로 그것을 일깨우지 않는 방송을 단 하나도 찾을 수가 없어."

무슨 말을 해야 할지 알 수 없었다. "보고 싶어." 마침내 나는 말했다.

"나도 보고 싶어." 타냐가 말했고 잠시 조용해졌다. "어쩌면 그냥 네 목소리를 듣고 싶었나봐."

안으로 들어가니 앙투아네트가 부엌 한가운데에 있는 아일랜드 식탁 앞에 앉아 우리가 만든 샌드위치 하나를 들고 입김을 불어 식히고 있었다.

"아직도 뜨거워요." 쿠키 판에 놓인 다른 샌드위치를 고갯짓으로 가리키며 그녀가 말했다. "그런데 냄새는 좋네요."

나는 식탁 맞은편에 앉아서 앙투아네트가 마개를 따놓은 와인에 손을 뻗었다.

"레드를 마시고 싶을지 화이트를 마시고 싶을지 모르겠더라고요." 앙투아네트가 말했다.

"레드 좋아요." 내 잔에 와인을 따르며 나는 대답했다.

"익숙한 장면처럼 느껴지네요." 앙투아네트가 말했다. "안 그래요?"

"어떤 식으로?"

"모르겠어요." 앙투아네트는 어깨를 으쓱했다. "그냥 그렇게 느껴져요."

나는 그녀를 바라보았다. "대니얼이랑 함께 요리를 자주 했어요?"

"네." 앙투아네트가 말했다. "항상 했죠. 물론 대니얼은 솜씨가 엉망이었지만 요리하는 걸 너무 좋아하니까 그런 말은 차마 할 수가 없었어요." 앙투아네트가 웃음을 터트렸다. 그러고는 해가 지고 있는 창밖을 바라보았다. 나는 대니얼의 마지막 몇 달에 대해 말해달라고 했다. 내가 보지 못했던 그의 인생 마지막 몇 달.

"사실 무척 평화로웠어요." 앙투아네트가 잔을 내려놓으며 말했다. "사실 고요하다고도 할 수 있었죠. 대니얼은 조슈아트리로 몇 번인가 혼자 여행을 갔어요. 빅벤드 국립공원에도요. 그리고 언제나 느긋해져서 돌아왔죠. 모든 것에 대해, 그러니까, 심지어 자기 업무에 대해서도. 평소에는 절대 그러지 못했거든요." 앙투아네트는 나를 바라보았다. "그 근처 리버사이드에 집을 하나 더 살 생각을 한 게 그즈음이었어요. 정말로 진지하게 고민했다니까요? 혼자 거기로 나가서 오래 있겠다고요."

나는 고개를 끄덕였다.

앙투아네트는 잔을 들어 한 모금 마셨다. "이상한 얘기지만, 가끔 이게 무슨 농담이 아닐까, 대니얼이 우리에게 어떤 장난을 치고 있나, 아직도 그런 생각이 들어요. 그이는 항상 그런 치밀한 장난을 꾸미고 그랬잖아요?"

"그렇죠." 나는 말했다. "하지만 왜 이런 장난을 치겠어요?"

"그게 문제예요." 앙투아네트가 말했다. "그럴 이유가 없죠."

앙투아네트는 잔을 내려놓고 식탁 표면을 손가락으로 길게 쓸었다. "그리고 가끔은요—미친 생각인 거 나도 알아요—그래도 가끔은 대니얼이 나타날지도 모른다고, 아니면 누군가가 그이를 찾아낼지도 모른다고, 아직도 그런 생각이 들어요."

나는 고개를 끄덕였다. "나도 그래요." 나는 말했다.

"사람의 마음이 어떤 차원에서 저항하는 거겠죠. 누군가가 그렇게 사라져버린다는 것에 대해. 우리가 온전히 이해할 수 있는 일이 아니잖아요."

나는 브루스케타를 집어 작게 베어먹었다. "대니얼이 의도적으로 이렇게 되기를 원했을지도 모른다는 생각은 해봤어요?"

"사라지기를?"

"혹은 모든 걸 끝내기를."

"그럼요." 앙투아네트는 말했다. "당연히 해봤죠. 그런 생각 많이 했어요. 그이는 행복하지 않았잖아요. 특히 일할 때는. 가끔 그런 얘기를 했어요. 하지만 그곳에 가 있을 때는 전혀 불행하지 않았죠." 앙투아네트는 와인 잔을 들어 한 모금 마시고 창밖의 정원을 흘낏 쳐다보았다. "경찰과 얘기해보니 그들은 범죄일지도 모른다고 생각하더라고요. 하지만 세상의 어느 누가 대니얼을 해치려고 하겠어요? 아는 사람도 거의 없잖아요, 그렇죠? 친구도 별로 없었고요." 앙투아네트가 나를 쳐다보았다. "그건 불가능해 보여요."

나는 고개를 끄덕였다. "나도 그런 거라고는 생각하지 않았어요."

"나도 아니었어요." 앙투아네트가 말했다. "비록 세상엔 망가진 사람들이 너무나 많지만요, 그렇죠?"

"맞아요." 나는 말했다. "확실히 그래요."

앙투아네트가 나를 보다가 와인을 한 모금 마셨다. "그런데 그것이 대니얼의 선택이라면—다른 가능성 말이에요—대니얼이 침묵을 선택한 거라면, 그럼 괜찮아요. 그이의 침묵이잖아요. 미스터리이고요. 그건 우리가 이해할 수 있는 일이 아니죠. 다만 그이가 조슈아트리에서는 절대로 불행하지 않았다는 사실만은 확실히 말할 수 있어요." 앙투아네트는 나를 지긋이 바라보았다. "단 한 번도."

우리는 그뒤로 밤까지 계속 일했다. 와인 잔을 가지고 이 방 저 방 이동하며, 먼저 아래층과 차고를 정리하고 그다음에는 위층으로 올라가 손님방과 주主 침실을 정리했다. 주 침실로 가까워질수록 분위기가, 적어도 내가 느끼기에는, 슬프게 바뀌었고 앙투아네트는 이상하게도 그곳에 대해 방어적이라는 생각이 들었다. 자기가 그 방을 어떻게 해놓고 지냈는지 나에게 보이고 싶지 않은 듯했다.

"그 방은 나 혼자 할게요." 진공청소기를 가지고 그곳을 향해 가는 나를 보고 앙투아네트가 말했다.

"알겠어요." 나는 말했다. 그때는 새벽 네시쯤으로 동이 틀 무렵이었고 우리는 둘 다 피곤했다. 티셔츠가 등에 들러붙고 손과 팔뚝에는 긁힌 상처가 가득했다. 내가 주 침실 밖 복도에 앉아서 벽에 기대자 앙투아네트도 내 옆에 앉았다.

"이제 정말로 도와주실 일이 별로 남지 않았네요." 그녀가 말했다. "나머지는 내일이나 월요일에 나 혼자 할 수 있어요."

"그리고 대니얼의 부모님은 화요일에 오시죠?"

앙투아네트는 고개를 끄덕였다. "하지만 그분들은 대니얼이 이곳에 뭘 두고 살았는지도 모르시고, 이 물건들을 따로 보관할 곳이 있는 것 같지도 않아요." 그녀가 나를 쳐다보았다. "그러니까, 뭔가 가져가세요. 사진이라든가, 그림. 그분들은 없는지도 모를 거예요."

나는 고개를 끄덕이며, 그럴 수 있다면 뭘 가져갈지 생각했다. 우리가 대학에 다닐 때 대니얼의 부모님은 샌안토니오에 살았지만—나처럼 대니얼도 그곳에서 자랐다—이제 그들의 집은 휴스턴이었다. 칠 년인가 팔 년 만에 장례식에서 만났을 때 그들은 나를 겨우 알아보았다. 그렇지만 대니얼의 아버지가 한 연설이 내게는 이상하게도 감동적이었다. 그는 늘 내게 고집불통의 군인 유형이라는 인상을 주었지만 장례식에서는 아들의 유년기에 대해 유창하게 이야기했다. 내가 아직 대니얼을 알지 못했던 그 시기에 대해, 그때 대니얼이 얼마나 예민한 아이였는지에 대해. 연설을 마치며 그는 거의 들리지 않을 만큼 조용한 목소리로, 자식을 땅에 묻는 불가해한 과제 앞에서는 인생의 그 어떤 경험도 도움이 되지 않는다고 말했다. 눈을 내리깔고 그 말을 하는 아버지의 손이 떨렸고 내 몸속에서 뭔가가 꿈틀거렸다.

앙투아네트는 이제 일어서서 복도 끝 포장 재료들이 있는 곳으로 걸어갔다.

"수영을 할까 생각중이에요." 앙투아네트는 말했다. "더위를 이길 수가 없네요. 같이 하실래요?"

하지만 그녀는 그 말을 하며 이미 계단을 내려가고 있었고 곧 시야에서 사라졌다.

수 년 전에 대니얼이 이 집을 샀을 때 설치한 수영장은 무정형하고 모던한 디자인의 인피니티 풀 스타일로 설계되었고, 가장자리가 지평선이나 하늘과 합쳐져 사라지는 듯한,

그래서 경계가 없는 물처럼 보이는 듯한 시각적 효과를 주었다. 그의 집에는 이전에도 여러 번 왔었지만 수영장에 들어간 적은 한두 번밖에 없었는데, 대니얼이 수영장을 거의 사용하지 않았기 때문일 것이다. 대니얼은 물에 들어가기보다 수영장 옆에서 노는 데 훨씬 더 관심이 많아 보였다. 타냐가 언젠가 말했듯 대니얼은 순전히 심미적인 이유로 수영장을 들인 것 같았다.

그렇긴 해도 그 수영장은 아름다운 공예 작품이었고—건축가를 고용해 설계한 것이었다—여름의 더위 속에서 하루 종일 땀을 흘리며 친구의 삶의 조각들을 버려진 퍼즐 조각처럼 상자에 담아놓고 나니, 이제 나는 물의 차가움과 물이 피부에 닿을 때의 충격을 즐길 준비가 된 기분이었다.

내가 수영장으로 내려갔을 때 앙투아네트는 이미 얕은 쪽 물가에서 수면 위에 떠 있었다. 수중 조명으로 밑에서 불을 밝힌 수영장은 파란색으로 빛났고 머리 위 하늘에는 반짝이는 별이 가득했으며 우리 주위의 대기는 매우 건조하고 잠잠해서 모든 것이 약간 초현실적으로 느껴졌다. 앙투아네트는 부엌에서 샴페인 한 병을 가져다놓았고, 내가 반바지와 티셔츠를 벗는 동안 샴페인을 놓아둔 가장자리로 물에 뜬 채 다가왔다.

"오늘밤이 지나면 대략 한 달 정도는 술을 마시지 않을 거예요, 알겠죠?" 그 말과 함께 앙투아네트는 웃으며 샴페인 병을 잡고 한 모금을 마셨다. "믿어도 돼요."

"믿을게요." 나는 대답했고, 웃으면서 물속으로 들어갔다.

피부에 닿는 물의 감촉이 좋았다. 잠시 정신이 안정되는 것 같았고 며칠 동안 느끼지 못했던 평정이 돌아온 듯했다. 머리를 물속에 푹 담그고 숨을 멈췄다. 몇 초 뒤에 다시 물 위로 올라왔더니 앙투아네트가 보이지 않았다.

이름을 외쳐 불렀지만 대답이 없었다. 그때 카바나에서 부스럭거리는 소리가 들리더니 잠시 후 그녀가 발포 고무 매트를 두 개 들고 나와 수영장으로 가져온 다음 물에 띄웠다.

내가 그중 하나에 올라가고 앙투아네트도 나머지 하나에 올라간 뒤, 우리는 물을 저어 수영장 한가운데로 간 다음 몸을 돌려 매트에 등을 대고 누웠다.

앙투아네트가 매트 위에 샴페인을 챙겨 왔고 우리는 둘 다 한동안 아무 말도 하지 않았다. 그저 병을 주고받으며 하늘의 별을 바라보고 우리들의 숨소리만을 들었다.

그러다 병을 반쯤 비웠을 때 그녀가 왠지 음모를 꾸미는 듯한 표정으로 내 쪽을 보더니 말했다. "있잖아요, 두 분에게 말 안 했어요, 앨런. 내가 당신에게 전화했다고 말하지 않았다고요."

"누구 말이에요?"

"그이 부모님."

나는 그녀를 보았다.

"혹시 당신이 죄책감을 느낄까봐 하는 말이에요." 앙투아네트는 말했다. "그분들은 그 주 주말에 당신이 도우러 올 거라고 생각하지 않았어요. 그러니 실망 같은 건 하지 않았다는 거죠. 아무도. 그냥 당신이 알아야 한다고 생각했어요."

나는 고개를 끄덕였다. 나는 그 일로 죄책감을 느껴왔고 앞으로도 한동안 그럴 것이었지만 그때 그런 말은 하지 않았다. 그저 다시 하늘을 향해 고개를 돌리고 샴페인 한 모금을 마신 뒤 눈을 감았다. 멀리서, 집안 어딘가에서, 희미한 음악 소리가 들려왔다. 아까 앙투아네트가 틀어놓은 경쾌하고 잔잔한 음악, 따뜻한 음악이었다. 나는 그녀 쪽으로 다시 고개를 돌렸다.

"뭘 좀 물어봐도 돼요?" 나는 물었다.

"물론이죠."

"대니얼이 지난 몇 달 동안 내 이야기를 하긴 했나요? 나 혹은 내 아내에 대해?"

앙투아네트는 고개를 끄덕였다. "그이는 언제나 두 사람 얘기를 했어요." 그녀가 말했다. "하지만 맞아요, 특히 지난 한 해 동안은 더 그랬죠."

나는 그녀가 건넨 샴페인을 받아 입술로 가져갔다.

"그리고, 당연히, 두 사람을 걱정하기도 했어요."

나는 앙투아네트를 보았다. "우리 둘의 관계가 계속될지에 대해서 말인가요?"

"그래요." 앙투아네트가 고개를 끄덕였다. "대니얼은 당신 부부가 아이를 가지려고 노력해야 한다고 생각한 것 같아요."

"정말로?" 나는 웃음을 터트렸다.

"네." 앙투아네트는 빙긋 웃으며 대답했다.

나는 다시 병을 돌려주고 그녀가 한 모금 마시기를 기다렸다. 멀리에서 하늘이 밝아오며 지평선에 여명의 기운이 나타났다.

"그럼 자기와 타냐에 대한 얘기도 했겠네요, 그렇죠? 타냐와 내가 사귀기 전에?"

"그래요."

"타냐는 항상 아무것도 아니었다고 말했는데, 난 정말인가 싶어요."

"아무것도 아니지는 않았을 것 같아요." 앙투아네트가 말하며 웃었다. "하지만 누가 알겠어요?"

나는 고개를 끄덕였다.

매트 위에서 몸을 틀어 그녀를 보았다. 그리고 그 주말이 시작된 뒤 처음으로 생각했다. 앙투아네트와 대니얼이 얼마나 아름다운 커플이었는지, 샌안토니오에서 두 번 만났을 때만 보더라도 두 사람이 함께 있는 모습이 얼마나 아름다웠는지. 그러다 무슨 이유인지 혼자 있는 대니얼이 떠오르며, 정말 그 국립공원에서 길을 잃었다면 얼마나 무서웠을지 생각했다. 아무도 자신을 발견하지 못할 것이고, 바깥세상의 누구도 자신을 데리러 오지 않을 거라는 현실을 받아들여야 하는 일이 얼마나 터무니없이 힘들었을지.

나는 눈을 감고 물에 몸을 맡긴 채 한참을 그대로 떠 있다가 마침내 다시 앙투아네트를 쳐다보았다.

"있죠." 잠시 후 내가 말했다. "내가 어제 한 질문에 아직 답을 안 했잖아요."

"어떤 질문?"

"집을 다 정리하고 여기를 떠나면 뭘 할 건지."

앙투아네트는 어깨를 으쓱했다. "음, 아마 나도 모르기 때문이겠죠." 그녀는 경계가 흐릿한 수영장의 가장자리 너머를 바라보았다. 멀리 주간州間 고속도로를 달리는 차들의 불빛이 희미하게 보였다. 그 순간 나도 몇 시간 뒤에 길을 나서야 한다는 것을, 월요일 아침 수업이 있다는 것을 깨달았다. 나는 앙투아네트가 건네주는 병을 받아 길게 한 모금을 마셨다.

"그런데 어디든 다른 곳에 있고 싶진 않아요. 당장은요." 그녀는 그 말을 희미하게, 조용하게 하고 난 뒤, 팔을 뻗어 내 손을 가볍게 쥐었다가 놓았다.

나는 샴페인 병을 돌려주고 다시 눈을 감았다. 몸이 나른 해지며 모든 것이 부드러워지는 느낌이 들었다. 샌안토니오에 있는 타냐를 떠올리며 돌아가면 무슨 말을 할지, 이제 우리에게 어떤 일이 벌어질지 생각했다. 대니얼을 떠올리며 그 친구가 벌써 얼마나 그리운지, 그의 얼굴을 얼마나 보고 싶은지, 대니얼이 없는 내 인생을 상상하기가 벌써 얼마나 불가능하게 느껴지는지 생각했다. 소중한 나의 친구. 인생의 다른 수많은 일에서는 그토록 운이 좋았으나 한 번의 지독한 일격을 당한, 소중하고 또 소중한 나의 친구. 대니얼이 우리와 함께 있지 않다는 것이, 이렇게 아름다운 그의 수영장에 우리는 있는데 그는 없다는 것이 너무도 부당하게 느껴졌다.

마침내 눈을 뜨고 앙투아네트 쪽으로 고개를 돌렸을 때, 그녀는 나를 똑바로 바라보고 있었다. 미소를 짓지는 않았지만 슬퍼 보이지도 않았다. 그저 나를 바라보기만 했고, 그래서 나는 그녀도 아마 나와 똑같은 생각을 하고 있으리라 짐작했다. 우리는 아주 이상한 이틀을 함께 보냈다고, 그리고 내가 떠난 뒤 우리는 아마 다시는 만나지 않을 거라고. 어쨌든 꼭 그렇게 되어야만 할 이유는 없을 테지만, 그래도 그 일이 일어나기 전까지 우리에겐 아직 반시간 정도가 남아 있었다. 이 순간이 계속되는 척할 반시간, 어둠 속에서 고요히, 하지만 둘이서 함께 물에 뜬 채로 누워 있을 반시간, 해가 뜨고 어둠이 걷히면서 이젠 떠나야 한다는 것을, 거의 두려움에 가까운 무언가를 느끼며 깨닫기 전까지의 반시간.

앤드루 포터는 첫 소설집 『빛과 물질에 관한 이론』에서 평범하고 안온해 보이는 교외의 삶을 지탱하는 상실감, 희생, 공허함을 섬세하게 포착하여 개인의 내면과 관계를 통찰하는 울림이 깊은 이야기들을 들려주었다. 세심한 깨달음과 깊은 유대의 순간을 서정적으로 표현하는 문장과 단편소설의 묘미를 살리는 구성이 돋보이는 포터의 데뷔작은 2008년에 단편소설 부문 플래너리 오코너상을 수상했고 여러 문학 매체에서 '올해의 책'으로 선정되었다.

2013년에 발표한 장편소설 『어떤 날들』 이후로 다시 단편으로 돌아간 앤드루 포터는 미국에서뿐만 아니라 국내에서도 크게 호평을 받은 첫 소설집 이후 십오 년 만에 새로운 소설집 『사라진 것들』을 내놓았다. 초단편 여섯 편을 포함한 열다섯 편의 수록작은 전부 사십대 남성 화자의 일인칭 서술로 전개된다는 점이 특징적이며, 주로 중년의 삶에 깃든 불안과 두려움을 배경으로 잃어버린 꿈과 자유와 낙관주의를 포함해 저물어가는 젊음과 함께 사라진 것들을 하나씩 불러내 애도한다.

이름이 한 번씩 언급되기는 하지만 시종일관 '나'로 지칭되는 이 화자들은 대체로 대학가나 예술계에서 생계를 꾸리는 중년의 남자들이다. 이들은 예술가이거나 그 계통에서 일하는 연인 혹은 배우자와 함께하며 그들의 고뇌와 번민을 세심하고 때로는 무기력한 시선으로 바라보거나(「넝쿨 식물」 「첼로」「히메나」) 막중한 책임이 주는 중압감에 짓눌려 공황에 빠지거나(「숨을 쉬어」「벌」) 현재의 삶을 불현듯 낯설게 느끼며 어디에서 무엇이 잘못되었는지 자문하거나(「라인벡」) 이루지 못한 꿈과 불안한 삶의 원인을 찾아 번민한다(「실루엣」).

인생 경로를 바꾸는 일이 비교적 쉬운 젊은 시절과는 달리 지킬 것도 잃을 것도 많아진 이들의 삶은 가족의 안전에 대한 불안과 두려움에 위축되고(「오스틴」) 나이가 들면서 "아무도 나를 의식하거나 쳐다보지" 않는다는 느낌, 인정받지 못한다는 소외감, "유령이 되어 세상을 살아나가는 현실"의 쓸쓸함에 젖어 있다(「히메나」, 267쪽).

이 남자들은 대개 두 부류로 나뉘는데, 첫번째 부류는 나이 들기를 거부하며 대학 시절과 똑같은 취향과 생활양식을 유지하려 애쓴다. 어쩐지 "뭔가 놓치고 있다거나 뒤처지고 있다고"(「넝쿨식물」, 52쪽) 느끼기도 하지만 금세 "그렇지 않다고, 인생을 있는 그대로 즐기고 있다고"(「라인벡」, 97~98쪽) 변명하며 불안을 다독인다. 두번째 부류의 남자들은 시기마다 주어진 과제와 책임을 다하며 살아가다 문득 관습에 봉사하는, 알 수 없는 불안에 찌든 자신의 삶이 젊은 시절에 꿈꾸던 것과 너무나 다르다는 사실을 깨닫고 되묻는다. "무슨 일이 일어난 거야." "너 어디로 간 거야?"(「오스틴」, 24쪽)

이 남자들이 누렸거나 그리워하는 젊음은 술과 담배(때로는 마리화나)를 맘껏 즐기고 예술에 전념할 시간과 자유가 있는, 뭐든 좋아하는 일을 하면서 평생을 살아갈 수 있다는 희망이나 가능성의 창문이 아직 닫히지 않은 상태다. 낮에는 조용히 일하다가 해가 지면 연인과 "커피에서 와인으로 이동하는 시간, 저녁식사에서 식후 음주와 담배로 이동하는 시간"(25쪽)을 즐기고, 친구들을 불러 음악을 들으며 술을 마시다가 "저녁의 끝은 늘 함께 침대에 나란히 누워 있거나 소파 위에서 서로를 꽉 끌어안고 뒤엉킨 몸으로 맞이"(26쪽)하는 삶이다(「담배」).

하지만, 어느덧 그런 나날은 가고 그들은 문득 삶이 아주 낯선 곳으로 흘러와버렸다는 사실을 깨달으며 어디서 무엇이 잘못되었는지 자문한다.

참 이상한 일이다. 마흔세 살이 되었는데 미래가 어떻게 될지 전혀 모르다니, 삶의 어느 시점에 잘못된 기차에 올라타 정신을 차려보니 젊을 때는 예상하지도 원하지도 심지어 알지도 못했던 곳에 와버렸다는 걸 깨닫다니.

_「라인백」, 127쪽

나이들어가며 칙칙하고 우울해지는 삶의 이런 단면들은 아름답지도 흥미롭지도 않지만, 앤드루 포터는 누구나 느끼면서도 뭐라 이름 붙이기 힘든 감정을 선명하게 불러내 비슷한 경험을 공유하는 동시대인들의 상실감과 공허함을 고요하지만 강렬한 이야기로 위로한다.

멕시코와 국경을 맞댄 텍사스주 고유의 문화와 기후, 역사, 식생까지도 생생하게 살아나는 장소성, 간간이 등장해 잠시 숨 고를 자리를 마련해주는 초단편 작품들, 서늘한 감동을 주는 인상적인 엔딩 등으로 앤드루 포터는 개성적인 서사 스타일을 구축했다.

『사라진 것들』에서 그는 따뜻하고 감성적인 문장으로 젊음의 절정을 지나온 사람의 추억과 회한을 이야기한다. 나이가 든다는 것은 한때 당연했던 것들을 포기하고 이전엔 몰랐던 제약에 점점 길들어가는 과정인지도 모른다. 이 소설은 그런 과정에 있는 독자들에게 사라진 것들을 함께 애도할 공간이 되어줄 수 있을 것 같다. 그래서인지, 개인적 삶과 밀접하게 맞닿은 소설을 쓰는 앤드루 포터가 훗날 그리게 될 노년의 삶은 어떠할지도 궁금하고 기대가 된다.

2024년 1월
민은영

지은이 **앤드루 포터**

1972년 미국 펜실베이니아주 랭커스터에서 태어났다. 뉴욕의 바사 대학교에서 영문학을 전공하고, 아이오와 대학교 작가 워크숍에서 예술학 석사학위를 받았다. 2008년에 출간한 데뷔작 『빛과 물질에 관한 이론』으로 단편소설 부문 플래너리 오코너상을 수상했으며, 장편소설 『어떤 날들』이 있다.

옮긴이 **민은영**

고려대학교 영어교육과를 졸업하고 이화여자대학교 통번역대학원에서 석사학위를 받았다. 현재 전문 번역가로 활동중이며, 옮긴 책으로 『어떤 날들』 『곰』 『거지 소녀』 『사랑의 역사』 『남자가 된다는 것』 『칠드런 액트』 『존 치버의 편지』 『여름의 끝』 『에논』 『내 휴식과 이완의 해』 등이 있다.

문학동네 세계문학

사라진 것들

1판 1쇄 2024년 1월 15일 | 1판 7쇄 2024년 9월 25일

지은이 앤드루 포터 | 옮긴이 민은영
책임편집 김영수 | 편집 이봄이랑 강윤정
디자인 김문비 유현아 | 저작권 박지영 형소진 최은진 오서영
마케팅 정민호 서지화 한민아 이민경 왕지경 정경주 김수인 김혜원 김하연 김예진
브랜딩 함유지 함근아 박민재 김희숙 이송이 박다솔 조다현 정승민 배진성
제작 강신은 김동욱 이순호 | 제작처 천광인쇄사(인쇄) 경일제책사(제본)

펴낸곳 (주)문학동네 | 펴낸이 김소영
출판등록 1993년 10월 22일 제2003-000045호
주소 10881 경기도 파주시 회동길 210
전자우편 editor@munhak.com | 대표전화 031)955-8888 | 팩스 031)955-8855
문의전화 031)955-2696(마케팅), 031)955-2679(편집)
문학동네카페 http://cafe.naver.com/mhdn
인스타그램 @munhakdongne | 트위터 @munhakdongne
북클럽문학동네 http://bookclubmunhak.com

ISBN 978-89-546-9735-4 03840

www.munhak.com